中国散文60强

长路与短句

沈 念 / 著

北京联合出版公司
Beijing United Publishing Co.,Ltd.

图书在版编目（CIP）数据

长路与短句 / 沈念著. -- 北京 : 北京联合出版公司, 2024. 8. --（中国散文60强）. -- ISBN 978-7-5596-7803-4

Ⅰ. I267

中国国家版本馆CIP数据核字第2024EF3795号

长路与短句

作　　者：沈　念
出 品 人：赵红仕
出版监制：张晓冬
责任编辑：牛炜征
特约编辑：和庚方　张　颖
封面设计：立丰天

北京联合出版公司出版
（北京市西城区德外大街83号楼9层　100088）
三河市同力彩印有限公司印刷　新华书店经销
字数150千字　650毫米×920毫米　1/16　14印张
2024年8月第1版　2024年8月第1次印刷
ISBN 978-7-5596-7803-4
定价：65.00元

“中国散文 60 强”丛书

编委会

中华散文的文脉与发展

——“中国散文60强”总序

邱华栋

中国是诗的国度，亦是散文的国度。

穿越千年时空，从明清至唐宋，再由魏晋南北朝至两汉先秦一路回溯，汉语言文学中的散文实乃根深叶茂，硕果累累。无论是“唐宋八大家”之雄文美文，还是骈俪多姿的辞赋，以及名垂史册的《史记》《左传》，均为中国文学史上的璀璨明珠。“散文”与“诗”一道，成为中国文学的“嫡系”。尽管，后来从西方引进嫁接技术所催生的“小说”，大有“喧宾夺主”之势，终究还得“认祖归宗”，血脉和基因是无法改变的。

在中国散文流变历程中，曾出现过两次鼎盛期。一次是被文学史家所公认的“先秦散文”时期。其时，伴随着春秋时期的思想解放，诸子蜂起，百家争鸣，一大批散文家以饱满的气血、驳杂的学识和破茧的精神，创造出了散文的繁荣和辉煌局面，对后世产生了极大的影响。

到了“五四”时期，中国散文迎来了第二次鼎盛期。白话文如劲风激浪，吹刮和涤荡着神州大地。沉睡的雄狮醒来了，偃卧的小草开始歌唱。许多学贯中西的进步文人，肩扛文化变革的大纛，冲锋陷阵，掀起了一波又一波的新文学浪潮。《新青年》上刊载的散文，犹如一束束亮光，不但给人以希望，还给人以力量。“五四”以来的散文作品，无论是观念和主题，还是形式和风格，都跟以往的散文迥然不同。最具代表性的，当属鲁迅先生的散文（包括杂文），其刚健、凌厉的文质，疗救了中国散文长久以来颓靡不振、钙质疏流的顽疾。此外，周作人、郁达夫、朱自清、萧红、沈从文等一大批作家的散文创作亦各具特色，呈一时之盛，影响深远。

时代的前行催生了文学的发展，然而文学与时代有时并不同步甚至充满了“张力场”。“五四”的个性解放虽然催生了一批个性鲜明的散文精品，但这样的生态并未持续多久，中国散文的波峰出现了向低谷滑行的趋势。有论者指出，“散文在 50 年代既是对解放区散文文体意识的放大，又是对五四散文文体精神的进一步偏离。这种放大和偏离表现在个体性情的抒发让位于时代共性或者时代精神的谱写，政治标准优先于艺术标准，批判性为歌颂性所取代等诸方面。”（董健、丁帆、王彬彬《中国当代文学史新稿》）1960 年代初，散文创作一度出现了活跃，“专业”从事散文创作的作家群凸显出来，刘白羽、杨朔、秦牧相继登场，迅速成为散文界的三位名家。但他们的作品后人评价褒贬不一，认为其中颂歌式的写法较为单向，这种模式化的写作，不但对散文的建设毫无益处，反而扼杀了散文的个性和神采。

“文革”十年，中国散文更是一片凋零和荒芜，乏善可陈。1970 年代末，一些历经浩劫的作家开始复血，解除思想枷锁，重新拿起笔来写作，中国散文才又凤凰涅槃，焕发生机。加之各种文学刊物纷纷复刊和创刊，以及大量西方文化读物的译介出版，更为这些饥渴、桎梏太久的散文作者提供了登台亮相的舞台和瞭望世界的窗口。

1980 年代初期，伴随改革开放的热潮，思想解放大旗招展，文化随之繁荣，诸多承续“五四”精神的作家以笔为旗，抒发胸中压抑既久之块垒，出现了一批抒情性质浓郁的散文，使得现代散文这块“百花园”芳菲争艳，蔚为大观。特别是 1980 年代中期，随着作家主体意识的不断强化，中国文学开始呈现出一个崭新局面，作家从“集体意识”中抽身而出，重新返回“个体”，注重对生活的体察和内在情感的表达。这一时期，散文的艺术性得以强化，文本的精神内涵和表现空间得以拓展。

进入 1990 年代，社会发展日新月异，城镇化进程锐不可当，文化领域亦呈多元格局。各种文学思潮相互碰撞，人文精神的讨论更是打开了作家们的创作思路。“大散文”概念的提出，引发了散文界对散文的内涵和外延的重新讨论和界定。风靡一时的“文化散文”热，成为文坛上一道靓丽的风景。“新散文”“原散文”“后散文”“在场散文”等散文流派“你方唱罢我登场”，争奇斗艳，各领风骚。

及至二十世纪末，一批深具先锋意识和文体自觉的新锐作家，像一头公牛闯入瓷器店，使散文天地发生了激烈的碰撞和变化，形成一股新的散文潮流，提升了散文的审美品质和精神向度。

纵观 1978 年至 2023 年四十多年来，中华大地在“改开”的黄金时代中，社会生活奔涌激荡，各种思潮风起云涌，散文创作更是云蒸霞蔚、气象万千，涌现了众多成就斐然、风格各异的散文作家和具有思想深度、艺术上乘的散文作品。岁月的流水冲走了枯枝败叶和闲花野草，中流砥柱却巍然屹立。时间留住了新时代的散文经典，经典在时间的长河中绽放光芒。以沙里淘金的经典散文向“改开”的时代致敬，是我们不可推卸的责任和义务。

别看散文的门槛貌似很低，要真正写好，却实属不易。优质散文是有难度的写作，它不但需要作者的智识、胸襟、眼界、修养和气度格局；更需要写作者的态度、立场、慈悲、良知和批判勇气。遗憾的是，散文创作繁荣和光鲜的另一面，却是大量平庸甚至低劣之作的泛滥，不但败坏了读者的胃口，而且造成了物质和精神的极大浪费。散文作家层出不穷，散文作品汗牛充栋，可真正能让人记住的散文佳构却凤毛麟角。

散文要发展，文学要前行。发展和前行就要从平庸的樊篱中突围。在突围的过程中，散文作家不可太“聪明”，不可太世故，要永存对文学的敬畏之心。一言以蔽之，散文的尊严来自散文作家的尊严。也可以说，要想散文繁荣，首先需要有一批人格健全，品德高尚，铁肩担道义的散文作家。什么样的人写什么样的文章。特别是写散文，最容易看出一个作家的内在品质和境界涵养。一个人格不健全的人，哪怕他作文的技法再高妙，也很难写出撼人心魄、抚慰灵魂的散文来。作家精神品质的高低，直接决定其作品的精神向度。

为了散文写作的突围和发展，为了建设独具特质的当代散文，也是为了更好地从经典散文中汲取营养，我认为有必要正视和重申一些常识性的思考。高头讲章的理论是灰色的，常识之树却葳蕤常青。

一、作家的个体精神决定散文的优劣。常言道，散文易学而难攻。难在什么地方，不是难在技巧，而是难在作家个体精神的淬炼上。倘若作家的个体精神不够丰富，不够深刻，不够清澈，纵使他手里握着一支生花妙笔，也写不出令人称赞的散文。那么，如何才能做到个体精神的丰富性呢，这就要求作家时时刻刻不背离生活，要知人情冷暖，体察人间百态，关心民瘼，有忧患意识，不要做生存的旁观者。一个冷漠甚至冷酷的人，是不适合从事散文创作的。

二、真诚是确保散文品质的基石。散文创作跟作家的生存经验息息相关，可以说，真正优质的散文，无不牵连着作家的血肉和心性。作家的喜怒哀乐，悲欢离合，都或隐或显地暗含在他的作品中。假如在一篇散文作品中，读者既看不到作者的体温，又看不到作者的态度，那这篇作品或许就是失败的。说明这个作者在他的作品中“说谎”或“造假”，缺乏真诚之心。作家一旦失去真诚，为文必定矫揉造作，作品也必定会失去生命力。因此，真诚是散文的“生命线”，也是“底线”。

三、个性是促进散文生长的养料。人无个性便无趣，文无个性便平质。当下，每年都会诞生数以万计的散文篇章，但能够让人记住，且读后还想读的作品并不多，何故？概在于这些数量庞大的散文，无论题材，还是语感都千篇一律，像是从“模具”中生产出来的，缺乏辨识度。散文要发展，必须要求作家具有“个性意识”。“个性意识”不是标新立异，更不是哗众取宠，而是一种“创新意识”和“审美意识”。但凡在散文创作方面被公认的那些大家，都是“文体家”，他们以自觉的写作实践，开创了散文写作的新路径。不合流俗方能独步致远，推动散文的建设和繁荣。

当然，以上几点并非创作散文的圭臬，谁也没有资格去为散文“立法”。

散文是自由的创造，散文精神即自由精神。我之所以提出来，仅仅是希望引起散文同行们的重视和参考，共同为中国当代散文的发展尽力增光。

我们策划、编选“中国散文 60 强”（1978—2023）的初衷，旨在对新时期以来的中国散文创作作出梳理、评价和选择，试图精选出风格各异的代表性散文作家，以每位一部单行本的形式，呈现出中国新时期优质散文的大体样貌。此项目的发起人为资深出版人张明先生。多年来，他一直追求做高品位的纯文学书籍，也曾连续多年与中国散文学会、中国小说学会合作，出版年度《中国散文排行榜》和年度《中国小说排行榜》。2023 年他策划出版了《中国小说 100 强》，反响不俗。身处喧嚣、纷杂的环境，能以如此情怀和心力来为文学做如此浩大的工程，不能不令人钦佩！

感谢张明先生邀请我和叶梅、冯秋子、陆春祥、吴佳骏、张英、文欢组成编委会，共同遴选出 60 位作家。我们在召开筹备会的时候，即将作品的思想性、艺术性、代表性以及影响力作为编选的基本原则。在确定入选作家名单时，我们认真商讨，反复研究，生怕因为各自的眼力、审美和趣味之别，造成遗珠之憾。好在我们的工作得到了作家们的积极回应和鼎力支持，惠风和畅，大地丰饶。

60 位入选的作家，既有令人尊敬的文学大家，如孙犁、张中行、汪曾祺、史铁生、邵燕祥、流沙河、刘烨园、宗璞、贾平凹、韩少功、张炜、梁晓声、阿来、冯骥才等。这批散文大家的作品，文风质朴、清朗、刚健，充满了“智性”和“诗性”。无论他们是写怀人之作，还是针砭时弊，歌咏风物，都有着鲜明的文化立场和审美取向。他们或出入历史，借古观今；或提炼人生，洞明世事，输送给读者的都是难能可贵的“精神营养”。

也有被散文界公认的名家，如李敬泽、王充闾、马丽华、周涛、冯秋子、叶梅、筱敏、张锐锋、周晓枫、于坚、鲍尔吉·原野等。这些作家的散文作品，特色鲜明，风格独特，诚挚内敛，从内容到形式，都作出了各自的探索和尝试，为当代散文注入了活力。从他们的作品中，我们不但能够领略汉语之美，更可以借此反观生活与存在，寻找人之为人的价值和尊严。

还有散文界的中坚力量和青年才俊，如彭程、谢宗玉、江子、雷平阳、任林举、塞壬、沈念、傅菲、吴佳骏、周华诚等。从他们的作品中，我们见到的，不只是中国散文的文脉传承，更是自由精神的张扬。他们文心雅正，笔力锋锐，不跟风，不盲从，始终保持着独立的思索和判断，在各自所开辟的散文园地中精耕细作，以崭新的姿态参与和推动当代散文的变革。

其实，细心的读者不难发现，入选本丛书的老、中、青三代作家都有个共性，即他们均在以自己的作品审视心灵，心系苍生，弘扬真善美，鞭挞假恶丑，充满了正义感和人道主义精神。这自然与时下众多书写风花雪月，一己悲欢，充塞小情趣、小可爱的散文区别开来。正是因为有他们的存在，中国当代散文才呈现出一幅绚丽多姿的长卷。

需要说明的是，有些重要的散文家，如张承志、余秋雨、王小波、苇岸、刘亮程、李娟等人，由于版权或其他不可抗原因，未能将他们的作品收录进来，我们深以为憾。

我们还要感谢北京立丰天文化传播有限公司的资金支持，感谢北京联合出版公司的精心编校，他们慷慨和无私的义举，对于繁荣中国当代散文创作、对于赓续中华优秀散文文脉、对于中国新时期的文化积累，均具重大价值和意义，可谓善莫大焉。这套丛书的出版意义将同《中国小说 100 强》一样，旨在给读者以经典的指引，这既是一项重要的原创文学工程，同时也是助力推动全民阅读和研究传播文化的公益工程。

郁郁乎文哉，中国散文有幸！

是为序。

2024 年 5 月 12 日星期日

（作者为全国政协常委，中国作协副主席、书记处书记）

目　录

Contents

上编：没有对象的牙齿

下编：化作水相逢

上编：没有对象的牙齿

少年眼

之失明者：一切近，终远离

傍晚，我爬上东门堤的闸头看落日的时候，瞎子三五结队地走过。他们的关系可以组合成兄弟、夫妻、朋友、情人。那些故作轻松的谨慎步子，踩着散落一地的斑斑沙砾，脚底蹦出咯哧的响声。他们的“目光”被一根摩挲得发亮的细竹篙牵引，敲打着回家的路，叮叮，哏哏，参差起伏，像曲乐单调的演奏练习，却掩饰不了内心的欢愉。

浑圆的红日垂钓着远处的河面，河道弯弯绕绕，在视线尽头浮出一小块镜面似的光。镜面坠地破裂，碎金般的光照晃着我的眼睛，锐利地疼。我不知道瞎子的眼睛是否也能感受到光的热情，火一般的跳跃。有时，我想象我是个瞎子，闭紧眼睑，摇摆脑袋，那些河岸边的房屋、树林、裸泳的少年，依然在我的眼幕留下一个个清晰的影像。我悄悄尾随这些失明者，他们中的某一个，偶尔会转过来，翕动鼻翼，歪牙咧嘴，发出奇怪的笑声。是发现我这个拙劣的模仿者吗？我啸唳一声，捡起一颗石块，掷向河面，一道抛物线滑落，消失在余晖的光芒里。

我不知他们如何度过这漫漫长生。突如其来的感慨，因何而来，却那么真实地出自一个少年模糊而忧郁的内心。

我们全家从小镇搬离后，我的故乡就变成了这座小县城。河流穿过，把县城从中间劈成两半。石头垒筑的拱桥横跨东西，架通来往，桥下四季流水，桥上经常驻留着许多闲得发慌的大人和孩子看风景，还有那些以算命为业的瞎子。这些失明者肩上搭着个蓝色的褡裢包，一把小板凳，“蜗”在桥的人行石阶上，天晴下雨，撑开一把黑伞，绑在桥梁柱上。人们在桥上相遇，点头，交谈，脚底蹚起的尘灰，扑满瞎子靛蓝的中山装。一天里总有几个游手好闲的人，蹲守在瞎子们身边，听他们给那些“送上门”的女人细掰前世今生，爱情婚姻，财富子嗣。这是那个年代在小县城生活过的每一个人都不会忘却的一道风景。

某一天，瞎子们搬进了政府搭建的安置房，一排小砖房，单门独户，坐落在东门堤上。打卦算命测名者，数着房墙上的数字，拣中自己要找的房号，低着头栽进去，坐在戴着墨镜的瞎子对面，几块钱可以聊上大半天。瞎子一旦开腔，时光开始收费。而更多的时光，他们就那么孤独地坐着，腰背挺直，怔怔地望着水泥墙壁，又像是倾听哗哗作响的钱币跟着河流远走。我从那些小房子前走过，突然会想起在某个外国电影中看到的教堂，孤独的瞎子扮演忏悔者和牧师的双重身份。这些瞎子的人生起点相离甚远，命运故事却差异甚少。看不见的世界，约束着他们生活圈的半径，看似很长。

曹瞎子的故事从很多人嘴里转述到我耳里。这个外貌平平的瞎子，唯一惹人注目之处是他尖细的下巴上长着一粒肉痦子，痦子上又冒出三两根细长曲卷的细须毛。他被传说的理由是，某一天他的三寸不烂之舌，不动声色地鼓动一个有几分风韵姿色的女人离开了她的丈夫，继而委身于他。大人们口水四溅，道听途说的个中细节充满情色猜想。

人人想探知真实的隐情，也许真相早被抛弃，每一个转述者都在游历一座虚构之城。此等艳事招惹诸多同行的羡慕嫉妒恨，既模糊又清晰的美丽，瞎子们习惯了得不到，却痛恨突然拥有的同类。曹瞎子何德何能，必是使了不少坑蒙拐骗的伎俩。不久，女人的丈夫找上东门堤，这个踩人力车的男人气急败坏地揪住曹瞎子的衣领，嚷叫声引来里外三圈幸灾乐祸的围观。曹瞎子喘匀几口气，扒开车夫粗糙的手掌，捋平被揪皱的衣领。车夫让一个瞎子的傲慢激怒了，挥动长臂扑过来时，曹瞎子的细竹篙抵达了车夫的喉结处，车夫点穴般怔立不动。据说在场的目击者谁也没看清瞎子是如何出手的，车夫硕大的喉结上下滚动，唾液咽吞，青筋暴凸，神色却瞬间黯然。后来有人猜测曹瞎子是伪装的武林高手，某某门派的隐秘传人，也不乏辗转打听登门拜师求艺之人，皆遭遇曹瞎子的冷漠回绝。

那些无所事事的时光段落，我跟在几个从未想过知晓尊姓大名的瞎子身后。一个羞怯的少年，不确定是否能找到那个传闻中的曹瞎子，与高人的相遇是缘分，这是我从小听爱看武侠传奇的父亲讲述中出现最多的关键词。某个英俊少年家道中落受人欺凌或是仇人追杀流落江湖，命运几经曲折跌宕之后终有缘遇到一个拯救他的人。缘分是需要等待的。我想其实我是认识过那个曹姓瞎子的，他就在这一群瞎子里面，他们踟蹰的背影，需要我去辨认找出这位暗藏的高手。我想象过多种遇面的场景，但没有一个是我所坚定的。后来我怪罪自己的这份犹疑不决错过了相识的时机。我怀着深深的怯意，紧紧走在“曹瞎子”的脚步之后，而我们的距离却越来越远。

我曾试图探究他们失明的原因。遗传、患病、伤害，林林总总的天灾人祸，从父亲嘴里出来的那些说法，无法填满一个少年写着疑问的沟壑。我睁开眼睛，看着呈现眼前的变幻世界，而失明者只能枯守一片漆黑。我常常追随至算命瞎子多数聚居的南堤巷，有半爿街巷，每幢瓦屋里都居住着至少一个失明者。他或她早出晚归，有笑有泪，有吵闹有沉默。春秋季节的晴好日子，他们喜欢搬把木椅慢腾腾地坐到太阳底下互相丢话，有位年老矮小的瞎子打开收音机贴耳听着一个说书人的拍案惊奇，边听边嘴里咂咂嚼着虚无的空气。有个中年女瞎子皮肤真熨帖，她把毛线球放在双膝间竹条发光的箩盘里，双手交织着渐渐拉长的衣袖。我突然发现这个小县城居然有这么多的失明者都在好端端地活着。他们貌似正常人的生活状态，让我诘问过父亲，父亲的回答是："活着就是人生！" 我没有机会目睹这些失明者的伤痛情状，我知道他们不会永远是快乐的。这些晦涩的不明，跟随一场眼疾向少年时的我奔袭而至时，我仿佛被巨大的恐慌撞倒在地，真切触摸到失明者隐埋的伤痛。

在一次逗闹的游戏中我的左眼不慎被小伙伴用圆棍击伤，不轻不重，但第二天眼球开始充血，上下眼皮帕金森症般频繁眨动，视力在凝望一件物体时会跑光，丧失焦点捕捉的能力。医生蛮力翻开眼睑倒入生理盐水帮我清洗，挤入眼膏，一块方形纱布封住我的眼睛。我用另一只眼打量世界，头左右大幅度摆动，母亲的训斥如风过耳，我享受着与平日不同的新奇。但新奇很快消失，取而代之的是惊马奔逃般的慌乱。夜幕降临时，我感到了眼力的不逮，磕磕碰碰地寻找，让我对母亲的提醒警觉。羞耻的白纱布在我脸上"生活"了一个星期，我睁大眼睛透过纱布感受亮光，时刻敏锐地感受眼睛的存在。我再也不像平时那样欢快，坐在东门堤的闸座上，我想象自己真正失明的模样，热泪涌动，少年的心哭泣得那么无声却蛮横。

受伤的眼睛带来的视力下滑伴随我至今。我习惯了在那些球面非球面玻璃树脂镜片的辅助下瞻望这个世界。在那次眼伤休复的很长一段时间，我提醒自己远离东门堤上的瞎子们，仿佛他们墨镜后面的空洞随时会席卷我。但这些恐惧又很快"好了伤疤忘了痛"，从少年身体里跑离，重蹈过往生活。某日我照旧在东门堤的夕阳笼罩之下，跟在两个瞎子身后，悠闲地窃听他们的对话。细小的灰尘在他们的脚下缠绕，谈到的死亡话题让我惊骇得接连几天默然无语。

瞎子甲很熟悉地拍着乙的肩膀说，昨晚我死了。乙皮笑肉不笑地说，又被弄死啦？甲“呸”了一声，然后长叹一口气，表情严肃地开始叙说。我死了，我参加了自己的葬礼，三天三夜的吹拉弹唱，那么多我认识的不认识的亲朋好友、左邻右舍都赶来了。我跟每一个人打招呼，我能看见他们脸上的每一道藏在欢笑和悲伤里的细小皱纹。他们嗑着瓜子，天南海北，谈笑风生，说着那些我以为荒诞不经的往事，一点也不惊讶我又能看见了，就好像我从来没有瞎过。可我突然听不到声音了，每个人夸张的嘴型像哑巴剧。最后结束散去，他们与我道别，我却跨不出屋子窄窄的门槛。外面照进来的光越来越强烈，我眼睛里的光一点点涣散，消失，直至重沦黑暗。

乙扭过头端详着身边这位朋友的脸，他这个动作在我记忆中是那么清晰，他看见了什么吗？甲的神情却被我记成一片空白，但我能感受到一个人宣读自己死亡决定时的伤感情绪，他低哀的语调萦绕在我人生的成长段落中，在无数次睡眠中怎么也取不下来。是不是长久锁闭在黑暗之中，他们反而更加惧怕某一天睁开眼看见光明，不确定的世界于瞎子而言才是正常的。

离开县城，我越走越远，那些陪伴过我成长的算命瞎子依然待在回忆的角落。那个角落像落幕的舞台，灯光一束束黯淡至熄灭，却散发出炙手的热量。我想象失明的过程是伴随着黄昏和熄灭的灯一起到来的。仿佛那轮落日，西天红光如萎灭的火焰，灰黑云层千军万马般奔腾而来。视觉世界离开光明者的眼睛，离得越近的东西反而跑得更远。而在我成长中的阅读里，某一天我惊诧地遇见，在那个“天堂”般的图书馆里，博尔赫斯和两位前任馆长格鲁萨克、何塞·马莫尔，居然都是失明者，但他们管理的图书馆已成为文学史上的象征符号。博尔赫斯丢失了那可爱的形象世界，却启步另一种创造。他的诗歌和小说，就像进入一个黑暗陌生之地摸索的人，环绕迂回，碰撞敲打，像深夜飓风暴浪中的大海，万千勇气落寞生长。浮现一句重复多次的话，上帝关上一扇门，就会打开一扇窗。

门和窗都连接通往世界的道路。

失明者的心中，藏着另一个想象的世界。我还看到了荷马，那部举世闻名的史诗的创造者，讲述那些伟大的历程，却只是一个盲诗人。诗是基于听觉成立的。它需要大声吟诵。还有“在这个黑暗而辽阔的世界”里的弥尔顿，孤立无援地在文学丛林里前行，写出失乐园和复乐园。还有詹姆斯·乔伊斯，疯狂地学习各国语言并自创艰涩难懂的语言，这个意识流的先驱，浩大著作的一部分就是在黑暗中完成。我听说他是个失明者后，终于为阅读《尤利西斯》《芬尼根的守灵夜》时的不顺畅找到一个合适的借口。

他们失明的原因错综复杂，而我们这群拥有光明者站在岸边，唏嘘命运之手的决绝，庆祝自己的幸运。一年前的一次体检，眼科大夫提醒我的过度用眼，一长串理论推演和术语堆积，把我深深地震慑了。视网膜脱离、视网膜病变、玻璃体积血、玻璃体混浊、黄斑裂孔、黄斑前膜……像一个个黑点飞扑而来，砸在一个长期埋首于书堆和电脑者的心床之上。要光，就有了光。人类创世纪的铿锵话语芳香流淌。要没光，也就没了光。眼科大夫的判词冰冷桎梏。

“一切近的东西都将远去。”某天母亲给我提到邻居家哥哥的时候，我想起偷偷从哥哥的黑皮手抄本上读到这一模棱两可却感觉喜欢的句子。我后来从歌德的作品中找到出处。一句谶语。那次我随母亲去医院探望，手术后的邻居哥哥正躺在病床上，眼部蒙着雪白的薄纱，他在校园的球场上与人冲撞，眼角膜脱落，正滑向失明的危险边境。手术后，他开始佩戴眼镜，沉默寡言，目光呆滞，不再参与任何一项体育运动。一些年后，我再次听说的不幸是，他在一场车祸中最终告别光明，沦陷黑暗。这个可悲的第三者叙述，让我心头地动山摇，即使失明者能获得世界上最庞大的善意，但他们只能抱着明亮的白天哭泣。

之失忆者：海马体在风中溶解

好些年前，我回到小县城，要在桥东的汽车站下车，那里有很多家小餐馆小旅馆，餐馆的洗涮水就倒在路上。几位看模样是乡下进城的中年女子朝大巴车里抖落的男乘客走过来，顾盼左右，窸声问询，又苍蝇般尾随，想拖几个去旅馆休息。我看到空中一层薄薄的灰尘，是淡蓝色的，覆盖县城上方。我也顾盼左右，穿过她们吵闹的身体，一只粉红色的塑料袋鼓得圆圆的，被风托举到半空。风是从护城河的方向吹来的，我轻轻闭上眼睛，能看到她微笑的模样。

她是个失忆者，没有了记忆水草般的缠绕。这个女人的模样，稍加打扮一番，便有一种矜持的精致，脸蛋、腰身、步子，都是讨男人喜欢的那种。或者更年轻一些，有众多的追求者绝不是虚构。我是随母亲去工商巷看望叔外公时第一次见到她的。在几天前的一场意外火灾中，叔外公为了抢救一床棉被，把自己烧伤了。叔外公的家事，出现在我耳边时，总是围绕着儿女的不孝，生活的拮据。瘦小的老人气恼之下搬出了儿子家，回到工商巷的老房子。老房子墙身腐旧，风从四面八方可以鼓吹进来，在那个冬天的夜晚把火盆的火苗吹向了叔外公床上的棉被和蚊帐。行动缓慢的老人从睡梦中醒来，还不肯放弃对少得可怜的财产的拯救，火苗蹿到旧帐顶，又引燃屋顶的木板、墙上糊得厚厚的报纸。刚刚过去的干燥之秋，把这些物什都“养”得肥富流油，火星一引，就都兴高采烈地欢跃起来。

是女人叭唧叭唧踹开叔外公家的门，把他活生生拖出火堆的。母亲充满感激地哀叹一声，她是个失忆者。父亲漫不经心地说，她是大脑中的海马体受了创伤。丢失了记忆的人，这在少年的我的心中，像是一颗深水炸弹突然在心头爆裂。

叔外公家墙上扑着几只一动不动的“蝴蝶”，翅翼之上写满铅字，很怪诞的场景。他半张脸涂满奶油般的烫伤药膏，油腻腻地躺在床上，薄如蝉翼的肌肤，拱起丘壑般的褶皱，散发阵阵来历不明的恶气，在房子的灰烬气味中飘荡。拐进巷口之时，母亲微笑着跟女人打招呼。女人面无表情地坐着，梳理着被火苗舔舐过的发梢，看着眼前走动的陌生人。左邻右舍都在赞叹女人的勇敢之举，大半夜都呼呼沉入梦乡，幸亏有失忆的女人醒着，及时救人性命。大家夸赞的语调里总有种哀伤，静水深流，倾覆一个少年起伏的内心。

隔一两天我就缠着母亲去看望叔外公，更多的是想看到失忆的女人。我们要经过女人家的小院子，花草茂盛，女人坐在石凳上发呆，或者是站在墙根那一溜菊花前手持一葫芦瓜瓢发呆，瓢里的水颗颗垂落，溅湿她那双自己编织的布拖鞋。我从院墙砖窗的缝隙里看到她，她连头也不发生轻微的摆动。发呆是女人的常态，记忆太累，她是一次次决绝地斩断过往，清空。她的大脑里存储的时间是随时清零的。

我喜欢看到她的模样，有一种安抚的力量，让少年的内心充满欢愉。如果不是她的失忆，她也会记住我。这就是我当时的想法。我并不愿打探她因何失忆，她的隐秘往事，她捉襟见肘的人生。但我的记忆不是空白，餐桌上母亲跟父亲描述她所知道的女人，到叔外公家时总有好心的邻居说话说着就绕到了女人身上。某天来探望叔外公的人群中有一位身材宽阔的老太太，她闻讯而来，目睹年轻时爱慕过的人风烛残年，旋即涕泪涟涟。狭小的屋子里声音嘈杂，大家又说到感激女人的话题上，我听清了老太太的一句话，她们是同乡，女人在乡下名声糟糕透了。

大人们并不顾忌一个少年的在场，怂恿着老太太捡拾女人丢失的记忆。躺在床上的叔外公脸上的伤疤，因为焦躁而有些变形。不解其意的老太太此时因为掌握一个人的记忆而内心无比虚荣。她从女人还是年轻漂亮的女孩时开始了叙述。

一个县城来的小伙子喜欢上了年轻漂亮的女孩。小伙子应该是来乡下度假的，带着一个小皮箱，装的都是书，借书的缘故，女孩和他走得很近。有一天晚上女孩父母走亲戚未归，小伙子就走进了女孩的房间，那时农村的卧房都摆有两张床，他们各自睡在一张床上，夜话至黎明。据说，谈的都是儿时往事和读到的那些书中的爱恨情仇聚离悲欢。第二天清早，几个同龄的嫉妒者把他们堵在了屋里，村里一下就爆炸了。在八十年代封闭的农村，女孩的名声被一个充满想象的夜晚玷污了。这块斑斑污迹如影相随，女孩后来考上县里的师范学校，毕业分配时，有人时时不怀好意地提到那块斑污，她理所当然地被分到最偏远的一所乡村小学。路途迢远，跋山涉水，她的沉默寡言也成为那块斑污的证词。没有人向她靠近，即使她家搬到了另一个镇上，依旧没有人与她恋爱。“小伙子人呢？这个罪魁，难道从此就躲开了吗？”大人们几次焦急地插嘴询问，仿佛也在等待他的出场，拯救一个弱女子即将倾倒的人生。

老太太叙述小伙子的语调，却转变成遗憾和伤感，好像一条湍急的河流转瞬汇入一汪平静的湖泊。是的，小伙子每年都会去看望女孩，坚持了十来年吧。他自己考上大学，分配到市里的学校，书教得好，还是有名的诗人，他每年的假期都会来。女孩的新家，女孩工作的学校，小伙子每次来，待两三天又走了。有人见到他们在河堤上散步，小伙子高声朗诵，神采飞扬，女孩望着远方，笑意盈盈。他们似乎从来没有过谈婚论嫁，也许是现实的距离在他们之间制造着一道不可逾越的堑沟，但人们都在背后明确了女孩和小伙子的男女关系。“那他们最终有没有在一起呢？”人群中有人如此发问。这立刻遭到另一个声音的嘲笑：“明摆着的结果，没在一起呀。”

两个人之间的美好关系，是如何被洪水冲破堤岸而不可收拾的。老太太的语调突然颤抖起来，仿佛要讲述的结局与她的罪过有关。她说，有一年夏天涨水，小伙子困在了去往学校的对岸，水势滔滔，浑浊污秽，没有船工敢冒险渡河。小伙子在河边坐了大半天，河对岸除了几头牛马寻草的影子晃动，始终是一幅空荡荡的背景。他到附近的一家南杂铺里想买一双印花的袜子，接待他的是店老板的女儿，恰好也是放假刚从市里回来。年轻的诗人跟那个可怜的女孩就此别过，很快与新的一见钟情者成婚。

人群里迸发出几声哀叹。太戏剧性了，太多的剧情都没展开就结束了。多年的情感抵不过一次偶遇。而我至今不明白，老太太为什么偏偏要选择小伙子是去买双袜子，甚至我怀疑自己的记忆也有了偏移。

本以为故事到此就画上了句号，每一段情感都会有一个美或不美、幸或不幸的归宿。那个女孩也终归要找到不顾忌她糟糕名声的男人，也确实有个游手好闲的小商贩娶了她。小商贩走家串户，活跃在小镇和乡间，他为自己找到一个有正式工作的女教师而无限自豪。后来他暗中使出投机取巧赚来的钱，把女人从乡村学校调到镇上、县城。皆大欢喜的一件事，各人走上各人的人生轨道。旧时的相识都羡慕起这个名声糟糕的女人来。老太太说，他们进了城的事就不清楚了。

叙述到此暂停，我以为母亲要领我走了，那个周日的下午我们已经待了比平时多出许多的时间。烧伤药的气味混夹在陈旧腐朽的房子里，奇怪的气息不时会冒出一股冷风，令人晕眩。“谁说说进城后的事呀，她怎么会失忆呢？”好奇者提出来。大人们互相张望对方，最后目光落在其中一个长得矮胖的妇人身上，她是最早搬到这条街巷的人。

矮妇人犹犹豫豫，喉咙里像卡着痰，把想说的话堵在了里面：“不是特别清楚哦……我说了你们不准外传呀。”她真的咳出一口痰，扭头吐到了墙角根，我看见有一只矮小的老鼠迅速凑上去，抚弄了一小会儿又哧溜跑远了。矮妇人说，女人和她的商贩丈夫过了几年顺风顺水的生活，买了现在居住的这个小院子，唯一的遗憾是没有孩子，怀得好端端的，稍不留心就流产了。如果女人没有孩子，这个家就不稳定。邻里朋友都帮着夫妻俩寻访各种破解流产的药物和单方，过去他们家的大门前岔路口常有药渣，大家踩来踩去却并没有听到好消息。但你别说，章老板（小商贩）做生意是刁钻抠门，但重情，对家里的女人还是蛮好的。有一天突然听说他吐血住院了，十来天后回来，只跟巷东口常一块下棋的老孙说话，原来他是气病的。女人爱恋过的诗人有天被一群文化人拥趸着来了，章老板和女人都被找去吃了饭，他被灌醉了送回来，女人是第二天一早回的。

“哎呀呀，问题一定出在这诗人身上，还找来干吗呀。”老太太嗟叹一声。后来听说女人好几个晚上半夜起来，捧着一个录音机听磁带里的声音，那磁带是在一家小酒馆录的，有人猜拳有人咳嗽还有几声响亮的屁，说话的是诗人，是小伙子在读自己写的一首首情诗。“都是写给女人的吧？”人群里一片唏嘘。矮妇人说，这女人就是中了邪，最绝的是她在半夜听得涕泗流涟，然后跟章老板说，她发现原来心里还一直深深爱着会写诗的诗人。

记忆有时是会欺骗人的。那个晚上的叙述，存在许多晦冥不清晰的部分，女人的爱情和经历似乎是经不住推敲的。像一条曲弯的山路，阳光照不到的地方树荫遮蔽、凉气袭人。我又想到曾经在现实生活中，明明记得的此地此物却在彼处寻得，又是记忆在背叛。当我们在多年之后去回忆强加到女人身上的糟糕时，是那些讲述者的记忆，还是我自己的记忆，混作一团，肤浅漂浮，不足以描述最复杂最美妙的情感，不由得黯然神伤，那是一个多么糟糕又多么值得怀念的年代。

“这是哪里，我是谁，我曾经是什么样？”那个不动声色地站在院子里的女人，看着那些陌生的脸孔走来走去，是绝不会记住自己的糟糕名声了。在一场车祸中，她的头磕在了保险杠上，医学专业术语如此称谓，海马体受损。这类遗忘症患者无法想象未来，其脑海里如山峦瀚海般拥挤的记忆也被橡皮擦擦得个干干净净。失忆者常常不知道自己是谁，或经感觉有很多的“我”。两年前，在朋友家看到他的孩子，正埋头观看一个十几集的叫《失忆症》的视频动画，是从同名 PSP 游戏改编的——在陌生的咖啡厅醒来的女主角，发现自己丧失了过去的所有记忆。很多人跟她说话表达对她的关心，但她一个也不认识。为了找回失去的记忆，她的人生新故事由此展开。

意识、记忆、身份、妄想、幻觉……对环境的一切正常整合功能皆遭遇破坏，失忆者生活中遇到的困扰无法言喻。很奇异的是，多年后，我提到女人的后来时，父亲母亲、县城里生活过的人，都患上集体遗忘症。但女人又是在我们身边真实存在过的。女人不过是提前把记忆支付给了时间和他者，也是把她那份说不清道不明的情感储存到了更广阔的空间，我们提取其中的片段，我们都是她个体记忆存在的证明人。而她的人生新故事，在未来的记忆里又会是怎样的面貌。我在回想一个少年曾经掌握的记忆时，本身就是在时空的大洋里开始一次记忆板块的漂移游戏，撞击、分离、嵌合、破碎，波浪起伏，循环往复，无始无终……

之失踪者：你去往远方，太阳仍自照耀

醒来的时候，吹过的风凉凉的了，我们的手紧紧地握在一起，却是汗涔涔的。我们脸红地互相对视一眼，跳下草垛，沿着通往县城的唯一公路，走回那个很陬的小镇。我们轮流讲述草垛上的梦，打破看不见的寂静，那些不同的地点、人物和事件，但都是在远方发生的。我问小佟，有没有在梦里哭过，眼泪会不会醒来还在流。

天光暗淡，回家的路变得漫长，偶有家户的灯火照来，我们的影子拉长又消失，像机械地玩弄一个前奏耗时的小魔术。他一直没有回答眼泪的问题，但我从他的眼里捕捉到一丝颤动的光芒，像一颗小琥珀里盛得下悄悄打开的夜空。

小镇像一个三角形两条边夹的顶角，而且是个锐角。它虽傍临一条大河，河上船只悠悠往来，但因河床的淤积抬高，已经进不了重量吨级的船舶。没有了大船，河流扼杀了人们生活于此的想象与愉悦。通往县城的公路常修常坏，不修更坏，尤其是雨天坑坑洼洼，泥泞不堪。这条路的另一个特点是窄，两辆略显宽敞的车相对行驶时，必须停下来一辆，等待对面的车小心翼翼地过去，司机骂完娘发完牢骚，重新上路。

交通的不便注定小镇的老人和孩子很少出门，外面那个世界对于十来岁的我来说，也几乎是空白的。然而在八十年代中后期工业振兴的背景下，镇上成立了一家风机配件厂，这一新鲜事物出人意料地给小镇带来蓬勃的生机。烂公路也在县政府的干涉下，旧貌换新颜，整修成了一条有厚度的水泥路。运营的班车增多，更多的新鲜玩意儿出

现在小镇街面上。还有一个有力的说明，那就是小镇迎来了我所知道的远方来客——北方的工程师佟国庆。他的姓氏在镇上找不出第二人，但叫“国庆”的人可不少，大人们可以从脑子里扫出一管箩。因了姓氏的独特，这位北方来的客人也独特了。我听到一些人恭敬地称呼他为佟工。他毕业于北方的一所机械精密学院，是风机配件厂请来的技术顾问。当时配件厂处于初建和试运营阶段，佟工程师的加盟和指导，使土生土长的工人们信心倍增，铆足了劲儿干。于是从两幢空荡的厂房里整日整夜地传出当当啷啷的声音。从车间流水线下来的成品被一批批送走，送到我们甚至连名字也没听说过的地方。那些圆形弧形梯形三角形以及各式各样的零配件最后究竟去了哪里，成了哪部机器的一部分，无人知晓。

佟工程师在我眼里是与本地出产的男人不同的。首推体形，典型的北方大汉，体格剽悍。大胡子每天都刮，脸颊和下巴是那种铁青色。但性格不像平常人们说的北方人豪爽，显得有些苍老、悒郁。他很少与女人说话。厂里有几个女会计女工人试图与他套近乎，他连正眼也不瞧，说不了两句话就扭头走开了。他对酒似乎有着天生的嗜好。家里一个大玻璃瓶，至少是十升的容量，瓶壁泡染成与酒一致的赭黄色。瓶子里泡了人参、天麻、枸杞，还有一条圆睁着眼睛的蛇。蛇安静地躺在药丛里，浑身鼓胀胀的，它是被酒活生生醉死的。佟工程师的妻子是那种戴眼镜短头发的知识型女性，但她从未在小镇出现过，我是在一张照片中见过一面。佟工程师每晚都喝，他把喝酒与加班工作掺杂在一起，一杯酒和一张图纸，在他眼中都是充满诱惑的。他喜欢喝酒画图到深夜。

我之所以对佟工程师印象深刻，当然与他儿子小佟有关。

小佟从遥远的北方来到我们南方小镇，据说乘火车转汽车需要两天多时间才能到达，多年后我想，这就是他流离的命运。他的异乡人身份在我们班显得格格不入。他的北方口音，腼腆的模样以及一些奇怪的癖好，让原本想接纳他的同学们一点点地远离，连老师也感到这小孩性格太内向太偏执了。最后他只有坐到我的旁边，与我这个在某段时间成绩下滑厉害，敢从楼上吐痰到校长身上，暗地给女孩递纸条的坏孩子走在一起，成了亲密的朋友。而我对他的好感，是因为他身上那件崭新的海魂衫。他跑动的时候，仿佛是海浪涌过来，并排坐一起，我能闻到海的声息。在大家面前，我们沉默又孤绝，他总是不会回避别人的挑衅，而我会在众人围攻时挺身而出，那时候打架没有理由，像六月的天气多变，一个眼神不对就可以翻脸。于是，有了后来的我们，沿着河流、公路走着的我们，在草垛、田野呆坐的我们。无可否认，他是我少年时期最要好的朋友，但我从没见这位朋友挨打后流过眼泪。我以为他是世界上最坚强的人。

小佟常常在午后或下午放学后把我带进配件厂的大门，走进那间光线略暗布置简朴的房间——北方父子临时的家。第一次扑鼻而来的是满房间的大蒜味，极其难受，我几乎呕吐。在这间三十平方米的房子里，我认识了北方的影子，看到小佟如何就着生大蒜吃馒头，把白菜粉条炖成一锅糊糊。我看到那超大瓶的酒，午后的阳光扑打在玻璃瓶上，色彩显得更厚重起来，并散发出馥郁、芳香之气。瓶里沉淀的静物让人冲动不已，我在多次怂恿之后终于得到他的许可，品尝一点酒的味道。那天是周日，工程师加班，我喝了一小口，又喝了一大口，我的脸红扑扑了一整个下午，并且让我一星期不敢和家里人多说话。我头脑清醒，心里火烧火燎，感觉到满嘴的异味，怕招致父母严厉的训斥。我在没有外人的情况下将嘴张开，呼出一口气，让小佟闻闻，还有酒味吗？他往往置之一笑，说是我心里作怪。

心里作怪，我还害怕和佟工程师在房间里相遇，似乎他知道我偷喝酒的事而在等待着给我惩罚。他对酒的嗜好和精明让人觉得酒就是他身上的物品，一清二楚。但在我们见过面后，又感觉到他是个外刚内柔的人。他脸上总是积压着严肃之态，像无时无刻不在思考问题和警惕着周边的人群，或是对儿子的行为持猜疑态度。有一次我被热情地留在他家吃饭，可他做的饭菜味道之差难以描述。饭间，他埋头吃着自己的，嘴里吭哧吭哧，后来他问我能喝酒吗？我一个劲地摇头，他平端着杯子，哈哈大笑，酒在杯子里颤，泛起一圈圈波纹。那是我第一次见他笑，然后他一仰头，杯中酒一饮而尽。

小佟也到我家多次，他拘谨得很，我爸妈对他态度的友好超过了对我。只有我俩独处时，他才会放松些，说些以前的经历和他的家乡，说他跟着工程师给人家拜年，一天走十几家，工程师每进一家，首先将桌子上一大杯（碗）酒喝尽，然后抓一把糖塞进他手中。等到晚上工程师醉醺醺地回家倒床就睡，他就从全身上下的口袋里用力地往外掏糖果，塞得太紧太多，他重复掏糖的双手也酸累不已。那些糖要吃多久啊？我问他。他面无表情地回答，很久很久。我看到了他张嘴时发黑的牙根和稀松的牙齿，摇摇头叹了叹气。

但他从来没给我讲过他的妈妈。

我试探地问过有关他妈妈的情况。小佟说，我妈妈走了。我说一定是工程师爱喝酒，你妈讨厌酒就走了，你就没有妈妈了。他争辩道，我妈妈是死了，车祸，我爸爸是在妈妈死后才爱上喝酒的。他拿出那张他妈妈像知识分子的全家福照片，黑白相纸边上有花纹形锯齿。坐在中间被妈妈一手抱着的他真的很小，皮肤白皙，脸蛋婴儿肥，头上插支花（证实是照相馆作背景的一枝花造成的特殊效果），真像个女孩子。我想到他没有了妈妈，这是一件可怜的事，就问道，你哭过很多次吧？他说，我的眼泪在夜里早都流光了。

我从未跟着同学后面喊他北方鬼佬，始终是站在他一边的。我曾经和一个比我个高的男同学动了手，他说小佟的妈妈是失踪了，跟别的男人跑了，一个坏女人故意抛弃了丈夫和孩子。我警告他不要乱议论别人的妈妈，高个子满不在乎，又跑到另一群同学之中咬耳朵。我走过去先动手推了他一把，他不乐意就回手打中我的下巴。我发疯似的一顿乱拳还给他，最后那男生鼻子被我打出血，鼻梁到现在还有些歪。我们多年之后遇见忆叙往事时都哈哈一笑，可当时的我伤心了好一阵，也因此在班上不受欢迎，他们背后指责我是“甫志高”。刚从红色小说《红岩》里记住这个革命叛徒的名字，我们嗤之以鼻，恨之入骨，没想到我竟然也成了这样的“叛变者”。我不可能让他们闭嘴，就只有拳脚相向。我并非打得过人家，但我发现当一个人看不到自己时，对生死疼痛就无所惧畏了。那段时间，我爸爸很不高兴地赔了高个子男生的医药费，三番两次向老师以及与我发生冲撞的同学道歉，却在心里宽容了我。

小佟内心的孤独我心知肚明又无力帮助，有一段时间他对学习、对任何事都提不起兴趣，像是撞了邪的人心神难以安宁。他也冷落我，我原谅他对我的一切冷落是想让我对他产生敌意，重返原本属于我的那个群体。没过多久，小佟就在那年冬天开始后不久走了。不声不响地镇上就少了一个人。走之前的晚上小佟来我家，留下了他的海魂衫，并告诉我，他妈妈不是车祸，是失踪了，有天早晨她说外出给他买新的冬袄，就再也没回来。你们没去找过吗？我问。小佟黯淡地说，那时他还小，爸爸让我从此闭嘴不提，问一次他就打我一次。

我们之间根本谈不上有什么离别留言，佟工程师当晚很早过来领他回了家。第二日清早一片灰蒙，小佟搭最早的班车去县城，售票员确证他上了车。那天的乘客很少，人们昏沉欲睡，没有人去想一个异乡孩子离开的原因。第三天，佟工程师也离开了，他要去找自己的儿子，这是天经地义的事。不声不响地镇上又少了一个人。但此事过了好几天，才从风机厂的大门里传出来，人们内心哗然。没有了妻子，再失去儿子，镇上的人说，佟工还能活下去吗？之后他们父子有没有重见，是去了省城或者回了北方老家，我一直没听到过确切的音讯。小佟走后的日子，我是最寂寞难过的，没有了朋友，同学们似乎都在为一个“叛变者”的孤单落魄而拍手称快。

流言在没有了北方佬的冬天遍地生长。佟家父子离开的另一个版本，被湿冷的风一刮，就变成了佟工程师与风机厂厂长的年轻夫人好上了。五十岁的厂长娶的小十几岁的女人好几年都没有生育，问题在哪里，早已是小镇公开的秘密了。厂长是二婚，之前的老婆也没生育，但离婚再嫁后就生了。没有子嗣，这是这位颇有经济头脑，做事大刀阔斧，在镇上算得上一个响当当人物的男人一生最大的失败。

佟工程师与三十岁出头，风姿绰约，待人大方热情的厂长夫人之间的发生的一切，与喝酒有关。佟国庆应邀到厂长家中吃饭，喝酒兴起，厂长撂倒了，然后自己上了那女人的床。此后他们多次幽会，也有的说女人本来想和佟工一起走的，厂长知道后气急败坏，以逼走佟工了事。还有各种猜测和臆想，如纷飞的落叶四处飘散，抵达镇上的每个角落。工程师走了，厂长仍是厂长，夫人还是夫人。不过夫人的肚子越来越腆，半年多后，她给厂长生了个眉眼蛮实的小女孩。厂长为此在小镇最豪华的“红楼”办了几十桌流水宴。他喜气洋洋且逢人发盖白沙香烟，眼睛里看不出一丝丝异样的神情。

工程师的“风流韵事”一度使已读中学稍谙世事的同学们暗流涌动。离开了的小佟陷入到阴冷的攻击里，他们的目标从佟工程师到小佟，又落到我身上。那些日子，我话语更少，经常一个人躲在校园的角落或夜晚的梦中暗自哭泣。我想象着某一天在陌生的地方又见到小佟，他长高了，结实了，还是那样腼腆。那些想流未流出来的眼泪在眼睛里，会不会帮他照亮夜间的路，冲去心上的尘土。那件海魂衫，我爸爸不由分说，将它还给了佟工程师，我并非觉得难过或遗憾，那是他最喜欢的，也是他失踪的妈妈留给他的念想。当我对故乡和亲情有了更深切的悸动之后，我以为我的朋友小佟并非真的失踪，而只是以一种体面的方式，逃避在异乡的冷落和龃龉。他去往远方，面朝太阳的海边，有一艘船，在海面上随波逐浪，穿着海魂衫的他，驾船沿着有水流的地方走，永远都是白天，没有夜晚，无论走到哪里，太阳仍自照耀。

这是他在那个草垛上的梦，我也做过，永远也不会忘记。

之失语者：把风撕碎成落叶，把雨拼贴成河流

我们隔着一堵墙。裁缝女人用县城话诅咒着这个世界。

这个女人有一双细巧麻利的手，从桌上的布块丛中哧哧哗哗剪出各种形状，然后才让人看到袖口里抖落一把闪光的锋利剪刀。从此无人敢在她面前动怒。

也只有他，能让裁缝女人的眼神变得温和，他的手像拥有另一样魔法，让风暴消失骤雨停歇。镇上没有人不认识他，有谁会不认识一个疯子呢？可很少有人知道他的名字，奶奶这么对我说，然后指着从桥上走过来的他，他叫肖顺利。

他是镇上最沉默的疯子。我们那里不盛产疯子，但那些年月里总有那么几个。消失了一个，另一个又莫名其妙地出现了。肖顺利是唯一的男疯子，也是在镇上活得最久的。那些女疯子太过嚣张，每天要在大街上撕开嗓子，打雷般地指着长长的街面骂，指着树骂，指着从身边开过去的镇长的小吉普骂。无法无天，有人看到笑面虎般的镇长某天皱了眉头，把这四个字随同一口浓痰吐到了街面上。但总归没有

人敢得罪她们，她们以疯耍疯，继而耍赖，你挑逗她无疑是惹火上身。她们把骂街当作了自己的工作，像到单位点卯似的上午下午准时来一轮，于是给大街上做生意的人当了报时的钟。她们骂得凶，声音尖厉，腔调有别，混杂在嘈杂的市井声中。有的手舞足蹈，额头上沁出一层细密的汗珠，她们不时掀起衣角抹一把。若是夏天，就会露出白白的肚皮，白白的胸罩。这些女疯子很讲究，是戴胸罩的，而且是绣花边的那种。但没过多久，她们就消失了。有的是离开，有的是被死亡带走了。

肖顺利与她们的不同，不仅他在性别上的独一无二，也因为他十来岁就疯了。更多的人称呼他“小疯子”，认为他的沉默就是因为一个人疯得太早，发音和听觉器官都“烧”坏了。他的沉默像一块黑冰冰的铁，镇得大家哑口无言，心里怦怦跳。大家都习惯了女疯子的吵闹，却看不顺眼他的失语。

肖顺利也有他的“工作”特点。大清早就在空阒的大街上走，从家里出发，走过石拱桥，穿过农贸市场，踅进供销社、农机厂、搬运社、康桥，又返转钻进几条露天巷子里，有时刚起床出来倒尿桶的女人会碰见他，开始都有些畏首畏尾，后来就习惯了。他天天早中晚如此。有时他会停在唾沫四溅谈笑风生的人群外，像认真倾听的样子。有时他猫着腰看几个老人打骨牌，女人搓麻将，一伙男人下象棋。据说肖顺利小时候棋艺过人。现在所知道的是他目睹有人下一盘好棋，就会露出平时难以见到的笑容，碰到臭棋他的眉头比谁皱得都厉害。一张脸扭曲变形，表情怪诞。大人们说他是真正的观棋者，观棋不语的真君子。有人太叽喳，就有人瞪一眼，骂骂咧咧道，学学肖疯子！也曾经有大胆者撺掇肖顺利来一局，但他袖子一拂，轻飘飘地离开了。

肖顺利和我算得是校友，虽然我进校时他已经退学了，可我想他肯定在那个破球架下玩过游戏，或洗衣台的石板上打过乒乓球……有次我意外发现抽屉的木板上刻着肖顺利的名字，放学前就不声不响地把课桌同邻组的调换了，我可不想坐一个疯子曾经的课桌。他的装束在我印象中好几年都变化不大，上身是银灰色卡其布中山装，风纪扣端正地扣着。裤子是蓝色的海军裤，一双绿色的解放军鞋，偶尔换双黑布鞋穿穿。他退学回家后正值青春发育期，胡髭和青春痘像野草似的往外冒，脸上弥漫着与年龄不对应的老衰。

我离开镇上到外地读书时，肖顺利还和他的哥嫂住在一起。他哥哥肖胜利是镇上建筑队的水泥匠，老实巴交的人；嫂子就是那位裁缝女人，她在自己家中开了裁缝店，手艺在镇上独一无二，只是脾气暴烈，常把那些打她主意的人、蹭来蹭去嚼着荤段子的人骂得垂头丧气。肖顺利出门时从不走前门，前门也是裁缝店面。他每次像鬼魅一样打开后门走出来，把房门上红色的锁搭子扣好，按进一把“江山牌”的小门锁。钥匙放进左胸前的口袋里，一声不吭地走了。他从不干活，肖胜利心情不好时，冲他发脾气，他只是低着头，没人听到过他去辩争。肖顺利的父母去世早，他几乎就是哥哥肖胜利拉扯大的，而裁缝女人也从不曾嫌弃他累赘，像是带着另一个儿子。

肖顺利小时候很聪明，几位小学老师有次谈论他，能言善辩、聪慧过人、品学兼优。语文老师还说起他曾在某次作文中写下诗一般的美妙句子:“把风撕碎成落叶，把雨拼贴成河流，我守着比我更小的世界。”关于他原本有着光明前途遽变成一个“小疯子”的缘故，镇上许多老人唏嘘不已。命中注定，逃不过就得受着，老人们嘴里哀告着，菩萨啊，睁开眼。

说得最多的版本，是有一次肖顺利在家附近折纸飞机玩，不小心把飞机飞进了隔四五间屋的镇人武部陈部长家院子里。门是锁着的，他身手敏捷，爬上院墙，成功进入后，捡到纸飞机，如果他返身走了就不会有后边的事情发生，也许镇上永远没有这个小疯子。肖顺利听到房子里传来吭哧吭哧的声音，像是欢乐又像是痛苦。好奇的他靠近窗户，眼前的一幕把十来岁的他惊呆了：一男一女赤身裸体地做运动（镇上的人喜欢这般称呼男女之间的性事）。女的是陈部长老婆，男的是谁，肖顺利不认识。后来的事情？像是脱了轨的列车。陈部长老婆抓住肖顺利，他看了多久，为什么会被抓住，其中细节耐人寻味。总之他被那女人拖到了大庭广众之下，一口咬定他偷看她洗澡，要作小流氓论处。爱面子的陈部长怒火中烧，对肖顺利连恐带吓，逮到镇派出所关了一天两夜。

肖胜利求尽人情后把肖顺利领回家。肖顺利就不肯再出门，一些不明真相的家长都禁止自家的孩子同他玩，老师开始把他丢在教室的后排角落里。那对男女欲火燃烧扭作一团的场面，带来厄运的呻吟声经常光临肖顺利青春萌动的身体。他在一天夜里发现短裤里湿答答一片，快乐与骇怕交织。他一天天沉默不语，神情恍惚。就这样变痴呆了，于是人们说，肖顺利神经了，他被吓疯了。

还有一种补充说法，肖顺利在某天傍晚拦住了和他同年级的陈部长的女儿，强迫她做她妈妈做过的事情，又被人抓住，臭打一顿，人被打傻了。不过这事需要考证。

男人不是镇上的。听说肖顺利在变神经的头段日子里，偶尔会从嘴里冒出这样一句话，当时没人懂其中意思。后来又冒出些帮肖顺利平反的说法。与陈部长老婆做运动的是那年下来验兵的某部队副连长，他在镇上“运动”了五天，就杳无音讯了。女人是做贼心虚，倒打一耙。陈部长最终决定与女人离婚，因为后来她与另一个男人搞运动时，被对方妻子的几个兄弟当场活捉。在“交代”中陈部长老婆一骨碌地说出了以前运动过的对象们，她与陈部长迅速地办理离婚手续，然后喝敌敌畏（剧毒农药）自尽。这些是之后的事，可时间过去了两三年，没有人去同情无辜的肖顺利，喜欢闲言碎语的人们都淡忘了他。

这些都是镇上的老人们断断续续说的，罗生门式的拼凑，是否能还原真实的事件？人人都保持了短暂的缄默。

我也不能计算出到现在肖顺利已经疯了多年。听说肖胜利肝癌离世之后，那个裁缝女人还带着他一起生活。裁缝店的生意冷清，女人的手上长满褶皱，再也不能像以前那样能麻利地抖出剪刀，她开始盼望有人上门搭讪，她也陷入了失语之中。前几年我回到镇里看望旧日同学，遇到倚在康桥桥墩上嗑瓜子的肖顺利，他神情颓废，我一下子并没有认出他来。他穿件深蓝色的中山装，布面掉了好几块颜色，下面是一条洗磨得发白的牛仔裤，很滑稽的打扮。他的头抬得老高，天空碧蓝如洗，不知他在自我陶醉什么。从镇上人的嘴里，他从一个沉默的小疯子变成了老疯子。他四十多岁身体已经发福，一直没有娶妻，头发秃去了大半，背有些佝，嘴唇乌紫，依旧没有人听到他说过什么，即使偶尔咕哝的话也少有人听清。他生活里最主要的事件还是出门，像青年男女轧马路般把镇上的街巷轧个遍。逢下雨时节就扛着把黑伞，伞下的肖顺利看背影有些蹒跚、惆怅，甚至是寒冷。有人说，肖顺利在找一个人，为他洗得真正的清白。我想若真这样，陈部长老婆早死了，而那个没有第二次出现在镇上的副连长，上哪里找呢？陈部长也退休多年，随嫁到县城的女儿去了很远的城市定居。他的院子卖给了从乡下搬来的一个杀猪佬。杀猪佬常常喝酒，把调皮的儿子打得呱呱叫，儿子越叫，他越狠，像是在杀一头嚎叫的猪。每当肖顺利听到那小孩传来的叫喊声，都会不由自主地抖动身体，脸上露出异常骇怕的神情，焦躁不安地在屋子里转来转去。

小孩叫喊的时候，肖顺利的脑子里出现的是一幅怎样的图景，抑或一片空白。无人得知也无人愿意猜测，如同人们从没追究过他没有语言的生活，是怎样走过那些安宁的晨光或风雨交加的暗夜。仿佛真是命中注定。

之失独者：扎疼脚的钉子是孤零

从爸爸单位院子大门走出来，正对面十米远处有一条小沟渠，平时沟渠里没水，沟底的乱石砖块横七竖八地摆列着，还有附近居民的垃圾，也被沟渠宽容地接纳。只有到了夏天，镇电排站为了减轻临小镇河流的压力，才会放些水进来，只要稍稍开一点闸，沟渠里就满满当当地了。春耕的时候，电排站也偶尔放几次水。水从沟里流过，不知究竟流到什么地方去？

沟对面是镇上的老居民区。连接沟两边的是三块石预制板“做”成的桥，可见沟是不宽的。三块石板，各自的年代不同，有一块已经坏了，但还藕断丝连地凹在那里，从没有人要把它移走的意思。有时候，个别胆大的小孩子喜欢从上面走过去，大人总是说，你有本事你走，摔死了你莫找我。这当然是气话，走了，也没事。走断桥的人并没有死去。

我常常从断桥上走过去。走向一条笔直的小巷，巷是露天的，我这么笔直地走过去，要走过胡木匠家、郭篾匠家、肖疯子家……足足有二三十户，然后会在临近巷子尽头外，到达桔娭毑家。

桔娭毑应该不是姓桔的，到底姓什么我也没弄清楚。大家都喊她桔娭毑，不管男女老少，也就再也没人去追问过她的真名真姓。名字不也就是一个代号吗？桔娭毑是一个矮个、偏胖的老妇人，她早年丧夫，儿子生了一场大病后离世。她从不肯住进镇福利院去，居委会好心的大妈们提出这个建议，就马上被她否决了。她说她绝对不会去，那里哪是住人的地方？不是住人的地方又是哪里呢？不过这我没敢问出来，这桔娭毑心里琢磨着什么可真奇怪。

两旁住的好些有手艺的人，做生意的人，普通住户，包括那个疯子，都被我认为是友善的。他们日复一日，年复一年地生活在小镇上，尤其是那些老人，先后从小镇离开尘世。带着留恋的姿态埋进泥土里，不知不觉。

桔娭毑的一生我知之甚微。我喜欢她胖脸上的和蔼亲切。她前前年去世后，妈妈在我身边接二连三地叹息：我们应该去看看她的。我猜妈妈一定从县城宽阔的大马路上遇到镇上的老熟人后，就念念叨叨地懊悔了。爸爸说，人的一生都有一个要去的地方。我正在一边看书，目光虽然没离开书本，但什么也没看进去。

我对桔娭毑的感情很深，但这种深怎么也抵挡不住时间和空间的磨蚀。我常去桔娭毑住的小巷里玩，亲热地喊她。桔娭毑总是逢人便夸我懂事。我和桔娭毑，谁是谁手中的风筝，迷糊得很，后来我走到县城又走到更远的城市后，风筝就断了线。

桔娭毑曾是带过我的三个保姆之一。妈妈生我时，一直在离小镇十几里外的小学教书，那个学校有多小我是没点印象了。我那时还在襁褓，妈妈要长途奔波，自然是不方便。在我一两岁时就先后放在学校附近的两位老人家各带过七八个月时间。我记得一个是妈妈学校老校长的老婆罗娭毑，一个是妈妈学生的母亲夏娭毑。桔娭毑也就是在我三岁多时把我领到她的家中。那一年，早晨妈妈把我送到桔娭毑家，晚上又把我领回去。我只在桔娭毑家度过白天，从没有经历过夜晚。

桔娭毑信佛，她家低矮的堂屋中央供着一尊瓷的观世音菩萨。堂屋一年四季很暗，顶多也只是亮一盏微弱的灯。关于在桔娭毑家那一年的细节，我的记忆零散。那么小怎么可能记得清楚呢？其他孩子对桔娭毑的屋子充满了畏惧，主要是房子光线太暗，不知道在黑暗的角落里藏着些什么吓人的东西，但那丝丝缕缕飘出来的香味又勾引着大家的好奇。

桔娭毑靠什么生活这个问题我没想过，即使问了大家也三言两语说不明白。她好像是专门给人家带小孩，可这怎么能养老呢？现在想起来都有些不可思议。桔娭毑没有工作，也从没干过任何带副业性质的事。她唯一做的便是带小孩。我还记得她后来领养过一个小女孩。

小女孩皮肤黑，头发稀，看上去营养不良。听说是桔娭毑乡下一个什么远房亲戚家的，穷，养不活，又嫌弃是女孩，于是托给了桔娭毑。小女孩初次出现在小巷里时，也是两三岁模样，被一个老人皱巴巴的手牵着。走进一个陌生的地方，心中的不安肯定是极大的。桔娭毑把这个我后来知道叫晴晴的小女孩牵回来的时候，我正和几个小玩伴在巷子里玩。我们都围观过来，因为小女孩使劲地哭，不肯进那间低矮的房子。桔娭毑就在一旁哄，光靠嘴巴哄是哄不好的，小女孩一个劲地嚷着要回家。情急之下的桔娭毑在身上乱摸，终于从口袋里摸出一个小手绢包，拿出一块花糖纸包着的牛皮糖。小女孩大概是从没吃过也很想吃这牛皮糖，竟然很快地停止了哭泣，一手擦着没落尽的眼泪，一手紧紧抓着牛皮糖，跟着桔娭毑走进了那扇漆块剥落的门。当时我们不懂事地冲着桔娭毑喊："桔娭毑，我也要吃。"桔娭毑刚刚晴转多云的脸上又露出为难的表情，但她还是冲我们几个小鬼高兴地说："下次桔娭毑买，今天冒得了。"

可想而知，一个小女孩对家的思念绝不会因为一颗牛皮糖而终结，此后桔娭毑要买多少颗糖才能阻隔那份思念。小女孩八九岁时，我曾在街上遇见她，她也认出了我，嘿嘿笑了一下，露出一口被虫蛀坏的牙齿。这恐怕是吃多了牛皮糖的缘故吧。真是可惜，也不知道现在晴晴的牙齿长好没有，她是不是还那么喜欢吃牛皮糖。

女孩在桔娭毑家生活了三年，也就是说在小巷里生活了三年。这是桔娭毑最快乐最满足的日子。但常常把桔娭毑给吃的东西悄悄藏着掖着的晴晴始终没得到周围小孩子的认可。大家在边上玩，她是没有参与机会的。不要她玩，还因为她笨，学跳皮筋谁也不愿她是一伙的，她跳不好就总拖后腿。于是晴晴泪汪汪地去找桔娭毑，她喊桔娭毑是极具地方色彩的，“姆妈”，有点撒娇的味道。

桔娭毑没办法，她无法影响以至改变玩耍得高兴的孩子们的意愿，就只好扯一根橡皮筋，绕在家门前的两根木柱上，让晴晴一个人玩。她在一旁唱：

> 周瓜皮，瓜皮周。周瓜皮的老婆在杭州，杭州杭州没解放，周瓜皮的老婆卖冰棒，冰棒冰棒化成水，你说这能卖给谁……

这是桔娭毑编的还是她从哪里学来的，我不知道，甚至这也有可能是桔娭毑小时候做游戏时唱过的。我喜欢听桔娭毑念唱周瓜皮的儿歌，看晴晴跳皮筋笨笨的样子，她一跳错了，就噘起小嘴气呼呼的。又要桔娭毑重新开始。桔娭毑坐在巷子路中间，边补着什么旧衣物边重新念唱。

有一天下午，桔娭毑家门口来了一对中年夫妇，乡里人打扮。桔娭毑看见他们，脸色先是一变，然后热情地让他们进屋。晴晴站在一边，这两个人就认真地看着，问她这问她那，还拿出买来的零食逗她。可晴晴好像胆小似的站在一边，没有伸手去接。桔娭毑喊晴晴到外面去玩，留下中年夫妇在房子里，大约半个多小时后，夫妇俩悻悻地走出门，还回头说了几句什么，我们离得远，什么也没听到。桔娭毑看着他们走了，连忙喊晴晴回家，抱着晴晴的样子，似乎是怕别人抢走似的。

过了几天，中年夫妇又来了，这一次带来了大包小包的东西，他们是早上到的，到中午的时候，就见晴晴被男的牵在手上，走了。晴晴挣着男人的手大呼小叫的：姆妈，姆妈。她哭得很凶，跟刚来时一个样，但还是走了。那一整天，桔娭毑的家门紧闭，谁也没看到她出来。

后来听大人们议论纷纷，晴晴是被她的亲生父母要回去了。那乡下人大概是条件好了，或是良心受到谴责。但这对桔娭毑来说，无疑是给她的生活一种剥夺式的打击。很长一段时间里，无论谁喊她，她只是木木地点头。她把自己关在房子里，门或是虚掩的。我们再也没见到桔娭毑念唱周瓜皮的儿歌，那低矮的房檐下再也没有晴晴笨笨的跳皮筋的情景了。

时间总会洗涮一切或深或浅的伤口，至少是给它们抹上一层别的东西。后来，晴晴的事就像没发生似的，她也就是桔娭毑带过的许多的小孩子中的一个，只是时间长些罢了。平时我们很简单地说，不愉快的总会过去吧！可有谁知道，对一个渐渐衰老的失独者曾经造成的心灵伤害，像一颗钉子，扎进脚掌的骨隙里，未见鲜血淋漓，只有痛在身体里如风中秋千般摇荡。

之失眠者：万物皆有裂隙，身体不安如火

他四处宣称，失眠时能与各种神灵鬼怪相遇。他是镇上最严重的失眠症患者。

有人在身后喊他："江跛（bāi）子，昨夜见到了谁？"他凭声音判断对此人的好恶，才决定转身与否。对于镇上最游手好闲的人，我也从未听过有人叫他真正的名字，他并不姓江，因为自称是跑江湖的，"江跛子"就成了这个江湖中人响当当的外号。他的腿有残疾，也不知是从哪天始变得一长一短。我老家的土话就喊这样的人"bāi 子"。

江跛子假若气定神闲地走路，不细看是看不出残疾来的，可只要

他走得稍快点，两条腿就像两根不同高度的弹簧，一起一伏，很有节奏和动感。他总是吹牛，把“小把戏”三个字挂在嘴边，我江跛子搞么子事不是跟玩小把戏一样。他看到我们这群喜欢围观他的孩子，也冲我们大喊，小把戏，来来，来。

从我记事起，江跛子就有这么老了，瘦削，满脸皱纹，眼睛斜吊着，透出一股阴冷之气，十步之外也能闻到他身体上的汗臭味。母亲们吓唬那些夜里吵闹的孩子，往往会说，再哭再闹，让江跛子把你收去做徒弟。江跛子的徒弟，就意味着他即将与蛇、匕首、鲜血等怪异可怕的事物在一起，连他自己的儿子都不喜欢父亲的这些东西，何况别的孩子。于是，哭声大多会戛然而止。

江跛子以流浪为荣，听说他年轻时抛妻别子，孤身闯荡江湖，终成“有名人士”。在镇上他算得上一面旗帜，可竖起了什么，没人说得准。江跛子到过些什么地方，他的光荣历史，他不说便没人知道。他天南海北地炫耀去过这里去过那里，大家半信半疑地点头，似乎是大人在看小孩子玩把戏，心底里在说，让你玩，看你玩出什么名堂。虽然压根谈不上荣归故里，但还是有兴趣浓烈的人终日围绕在他身边，递烟，点火，要听他瞎玄（侃）“江湖风云”。江跛子天生就会说，虽然他口角唾沫四射，但故事的悬疑让人忽略了这一毛病，还有他一身的异味。要说到他身上的异味，以臭为基调，又像是打翻了五味瓶，笼统地调和在一起。

江跛子的失眠由来已久，在他跑江湖的年月日里，他投身最便宜的旅馆，或者借宿乡下人家，也有过露宿街头，他常常睡不着，看着黑暗的天空中众多死魂灵行色匆匆。有次一个长袍紧束的肥胖尊者停足问他，从何而来，往何地去？他尚未回答就被遗弃，胖尊者早已钻进影子丛中消失。那个地界看起来并不美好，这是江跛子挂在嘴边的一句话。回到镇上，他说整夜不眠但次日依旧抖擞，人们是不信的。

但他会说出夜里镇上那些熟睡者不可知的不正常响动。比如李三大概几点出门便溺，张四又梦游了，赵五的孩子生病闹了，王六的老婆快乐地叫喊了。当事者要么讳莫如深，要么爽直地认了。所以人们相信了他的失眠。有好心人同情他，帮他寻访中药；有好事者鼓励他，多去攀附神灵鬼怪，练就通灵术，给人掐算今生与来世。但后来他老婆无意与人说起，睡着了像头猪，鼾扑扑的，翻个边也不会。人们就捂嘴偷偷笑了。

江跛子的老婆年轻时长相不坏，只是一只眼睛有些见不得光，眨巴眨巴的。她是个泼辣的女人，但江跛子有办法对付她。他总结为，嬉皮笑脸，打骂不还手，家里寸事不管。到吃饭时间，回来嚼口饭，喝盅酒，吃完就出门。在江跛子外出十多年的时间里，她一泡屎一泡尿地拉扯大三个儿子，自己也成了一个形象丑陋的老女人。她一天到晚就是在屋子里转悠，逢太阳天就把变成酱油色的被褥搬到阳光下晒，把一桶桶衣服、被单提到藕池河去洗，搅得河面立刻浮起一层油彩似的。她像不辞辛劳的蚂蚁，为过冬储存食物，把一个家操持得有模有样。有狠的是，她在江跛子两耳不闻家中事的情况下，操办了两个儿子的婚事，送高考落榜的小儿子去部队服了三年兵役。这是大家对这个女人刮目相看、佩服得五体投地之处。

江跛子在外面的那些年头终究没玩出什么名堂，但他儿子发达了，搞了钱，养了漂亮情人。2000 年初期我就听说这三兄弟在沿海某特区城市混得有模有样，还跟政府官员接触频繁，打拼着娱乐和饮食行业的天下。但人们津津乐道的是他们的原始积累，手下管束着几十上百个小姐，踩着她们的身体开始“荣华富贵”了。他们回来很少，偶尔其中一个回来，便到处炫耀，逢人便说的一句话是：到 ××，你只管找我，没我们兄弟摆不平的事，但是在镇上，谁动了我妈一根毫毛，老子就把他全身毛刨光。他们的孝顺，倒是真真确确的。

儿子不管爹，所以对于儿子的发迹，江跛子的态度有些暧昧，他似乎不太愿意在镇上提“这三个鸡巴 × 出来的破事”。甚至好几次他喝醉了就破口大骂三个儿子是臭鸡巴 × 出来的，靠女人发财算个屌。有人在一边像是劝又像是讽刺地说，莫骂自己啰，还不都是你个跛子 × 出来的。江跛子说是说，但他对儿子带回来的好烟好酒来者不拒。不吃白不吃，他偶尔大方地给旁人递烟时显得无比开心地说。

早些年，江跛子在家庭经济一度陷入困境时期做过各种营生。他最喜欢最拿手的就是玩江湖把戏。呵呵，挣点小钱。他在镇中心的街口，用白石灰画一个圆圈，把几个随身背的袋子丢在周围。袋子脏兮兮的，看不出装了什么。好奇的人围了几圈，面对沉思不语画手画脚的江跛子议论纷纷。听江跛子夸口，他要表演几个绝技，都是真功夫。

我到现在还记得清清楚楚它们的名字：匕首刺腕，借尸还魂，口吞毒蛇。表演之前他往往要弄很长的时间，他的时间是可以无限浪费的，但别人不行，有人没有耐性，走了，但总有人不断地围过来，挤个水泄不通。我们小孩子对这些是最感兴趣的，蹲在最前面，一溜圈儿目不转睛地盯着。等待他把一个个把戏展开。

匕首刺腕。现在想想真是太假了。装模作样流的血是那种劣质红墨水，颜色淡，有时候还是粉红色的。但当时我是那么紧张地看着他用一把亮晃晃的匕首扎进右手腕，匕首尖锐的一头从腕背露出来，还可上下活动，仿佛腕是空心的。那把匕首的柄是木头的，包了几层黑塑料胶，柄尾部吊着一簇红布条。匕首看上去是钢制的，江跛子递到我面前我不敢摸，我怕他把匕首扎进我的手腕。他举着带匕首的右手腕，右脚一颠一颠地绕着观众走一圈又一圈，一句话不说，脸上的神色是莫名的骄傲。那“血”是不常流的，看他心情好不好。如果心情好，有人嘀咕，没流血？他就会装作痛苦不堪状，弯下腰身，另一只手往怀里掏，等他站起来，手上的“血”开始流作一摊了。他的脸上露出的是灿烂的笑。

还有“借尸还魂”。他能把观众堆里一个人身上的某件小物品从空中抓过来。比如手表，钥匙，钱包。我见过一次，他真的把家住堤边的老伍的手表抓走了。老伍当场一副目瞪口呆的样子，还带头鼓掌，还要拜师学艺，差点当众磕头。后来我追着问老伍真是手表被“抓”走了？有什么特别的感觉没有？老伍笑而不答。再后来，我见到老伍与江跛子常在一起喝酒，亲热巴巴的样子，还不时聚头窃笑。我就怀疑两人在搞什么名堂，要不然，每次都是老伍身上的东西不见了，一转眼“真”到了江跛子手上。

只有“口吞毒蛇”，我没看到，一直感到遗憾。好些次他在前两个节目上耗去的时间太多，天色晚了，大家没了多少兴趣。有一次当他真要表演时，我被爸爸从人堆里抓出来，后脑壳被坚硬的指关节敲了几下，然后急匆匆地往学校赶。在课堂上我满脑子浮现的都是袋子里动来动去的蛇，还有江跛子把蛇吞进去吐出来。我放学后赶过去，可惜散了。我问别人真看到江跛子吞毒蛇了？答案不一，有人带着神气的口吻对我说是的，毒蛇吐着芯子从鼻子里哧溜地爬出来，还用手指头示范钻出鼻洞的动作。有人说信他个鬼，全是骗人把戏。我就一直后悔着，哪怕他最后没表演成功，哪怕是假的，让我亲自上当受骗一回也心甘情愿。

江跛子做这些把戏，多多少少“骗”到些钱。然后他把钱用到了哪里，给家里老婆了，还是买酒了，没人晓得，恐怕是后者可能性大些。

江跛子是去年死的。他的死与醉酒有关，也与失眠有关。镇里人都知道他是个酒缸，有多深没人探到过底。许多和他拼酒的人都败下阵，下次见面手一拱，匆忙走了。但那个阶段，他的失眠又犯了，唯有喝酒，把自己灌醉，他就能忘记自己是失眠还是睡着了。失眠让他遗忘这个世界，醉酒是唯一的拯救方式。那天深夜他在老伍家喝完酒孤身一人回家，不小心掉进老伍家院后的粪坑里，他拼命挣扎喊救命，而老伍早已醉迷糊了。等到第二天路人发现时，江跛子奄奄一息地攀着粪坑边沿，有气无力，半边脸耷在臭不可闻的尿粪中。他老婆烧了三大桶热水，一遍一遍地给江跛子洗，还擦肥皂，倒花露水。进去看的人都捂着鼻子出来了。怪味，以前他身上的味道就是这种味。还有，江跛子的样子太难看了，只是脸蛋看似白了些，皱纹一条条舒展开，他老婆从头至尾没哭。大家这么说。

江跛子两个儿子回来了，听说老三犯事暂时被关了，这小子太嚣张，闹得挺大，用钱也没弄出来。但江跛子的后事是不能等的。他的二儿子要把丧事办成镇里有史以来最隆重的。光道场就做了七天，同时也唱了七个晚上的夜歌。出葬那天，鞭炮声绵绵不绝，街面遍布寸厚的纸屑。江跛子的老婆瘦成一张薄纸，歪腻腻地躺在顶着遮阳盖的竹椅上，两个人抬。比起抬江跛子的二十四抬来，她显得可怜兮兮。

关于江跛子的葬礼，还要说的就是它成了他两个儿子那些三教九流的朋友的聚会。每天吆五喝六，打牌，喝酒，说些黄色笑话逗得涂脂抹粉的女人们笑得花枝乱颤。到了最后一天，江跛子大儿子的朋友一家前来作上祭，中途出车祸，除了司机重伤，那朋友一家和小汽车都废了。有人说，江跛子在走向地府的路上，还不忘记胡乱抓几个同行者。他一定又是喝了酒，人老了就这样，喝点猫尿连东南西北都分不清了。

有时候人们还聚在一起叹惋的是，江跛子终究没有在失眠的帮助下学会通灵术，而且死的前几年他已不再要什么把戏了，在他儿子提供的物质享受下，他渐渐“堕落”成一个更加游手好闲的人。从大家交谈中冷漠的表情看出，江跛子和他的把戏是被时间带走了，他那不安的身体里躲藏着的，最有价值的失眠，跟着他的死亡也变得一文不值了。

没有对象的牙齿

一

站在县城法院的阶基上，头顶上是一个硕大的国徽。云姐迅速把眼睛往低处放，像是搜寻失落的东西。她的手，不易察觉地抖动着。

这一幕让陪着来办离婚手续的我瞅个正着。我装着什么也没看见，只是说，我再打个电话。

电话是打给法院的人。我托了在县城工作的朋友，朋友又找了一个朋友，此般辗转，终于在法院办理离婚的民事庭找到了一个熟人。

因为没有来办过，听说手续很复杂，尤其是云姐这样的情况。当事人一方不在，无法现场宣判，必须公告，且公告半年时间。起初还有人说，你必须得把那个人找回来，不然这婚一定离不了。云姐在“找回来”面前退缩了，对于寻找极大可能找不回来的那个人，她束手无策。

那个人，云姐的丈夫，十二年前离家出走，就再也没回来过，连他自己的父母也不知道他生在何处，死在何方。倒是经常会有些乡邻春节返乡时突然间说起，好像在东莞的街头看到过，不过到了另一个人嘴里，那街头又变成了深圳、虎门、汕头，有的还说是沈阳、长春。

十年前，她就可以申请离婚。面对旁人的碎语，不知是内心恐惧这个让女人害怕的词汇，还是真的如她所言，她的妹妹还未成家，不想让外人说三道四。云姐就是这样优柔寡断地沉默着，仿佛她来到这世界就是为跟她有关的人而活着。

填表、登记、交费，留下电话地址，基本上没有什么问询，离婚的程序就结束了。临近午时，办事员也许急着要去赶一场宴聚，一切从速。云姐长吁一口气，说，没想到办得这么快。对于一场乱成一团糟的婚姻，这当然是一种利索的解脱，若是办事员刁难般地提出几个问题，她又会打退堂鼓。她很难得给自己做一次主。余下的事情就是等，办事员说，我们会安排人去男方家中调查，只要基本情况如你的离婚申请所述，很快就会宣判，公告半年后我们会通知你来领证，你可以走了。

我可以走了。云姐如释重负。走出法院 24 小时发出“嗞嗞”警报的安检门，拾级而下，她望了我一眼，有感激，更多的是灰色的迷惘。

几年后在她给我转述那个几乎掉光全部牙齿的梦境时，我脑海中第一时间浮现出她走下法院石阶的背影，漫长空荡的石阶，仿佛那些人生中经历不尽的苦难和悲伤在人间孤独地摇晃着。

二

去云姐家的小路，经久未修，雨天催生的厚厚泥辙在暴晒下凝固成微观喀斯特地貌。两个村庄的交界，星点般散落着十多户砖屋，车声杳无，少人走动。一条沟渠隔离成一个个废弃的荷池、鱼塘，鸭子的水上乐园。云姐搬回了这个被新农村建设遗忘的角落，在家门前的田里干活，跟父亲养的几条偶尔浮出水面吐纳的鱼说话。

那次聚了几个乡下亲戚，谈起云姐离婚一事，几句空虚的咒骂之余就是保持沉默，只有我在一旁煽风点火。一个名义上的丈夫，一个曾经的赌徒，把一份工作和一个完整的家给输没了。这样不靠谱，有何留恋。我在亲戚的一次寿宴上与这位姐夫有过一面之缘。他坐在牌桌上，望着桌沿上的小面额纸币，懒洋洋地打着哈欠。对这种小赌资的亲友间娱乐，他完全是一种应付疲软之态，而听说一旦参与到大的赌局中，他两眼射光，情绪激昂。

很早之前，云姐夫在乡镇的农电站，端着一个农民羡慕不已的铁饭碗。云姐在站里的食堂帮厨，婚后不久添了孩子，日子其乐融融。手头先宽裕起来的云姐夫，被镇上的一些牌鬼朋友招呼聚过几次后，就乐不思家了。每月的工资再不见拿回家，输光口袋后，还从云姐手里连哄带骗地要走了她辛苦攒下的积蓄。随着赌瘾加重，赌资亏空，姐夫从单位会计那里寅吃卯粮，发展到最严重的一次，是他监守自盗，伙同镇上的几个混子，在他值夜班的空当，把站里购置的变电设备当作废铜烂铁给搬出去卖了还赌债。派出所的找上门，把鼾声如雷的他从床上逮下来，硬生生地架上了车。家人目瞪口呆地看着他斜靠在后排椅上，半睁着眼说，慢点开，再让我睡会儿。这一度成为乡邻的笑话，乡下亲戚听到后扭头就走，装作不认识这样一个“笑柄”。

有了孩子，云姐更忙了。农电站的职工有的是外地的，食堂一日三餐没的少。那时云姐住在公公婆婆家，不争气的儿子染上赌博的恶习，脾气粗暴的公公非但不指责儿子的过错，反倒数落媳妇：“没用，管不住自己的男人。”这些事当我后来从旁人的嘴里听到，就替云姐愤愤不平了。可她从不反驳，也不跟人诉苦，骨子里对命运不公的接纳，让她一味摆出忍让之姿。

看似平静的乡野终因改革的滚滚车轮驶至而沸腾起来。二十世纪九十年代末，乡镇机构改革、站所合并成为茶余饭后的唾沫焦点。农电站的职能压缩，首当其冲的改革第一脚就把云姐夫这类表现恶劣的人踢出队伍。据说他非但没拿到一分钱的失业补贴，还亏欠单位几千块钱。这些钱，后来都是云姐从娘家一百两百借来还掉的。

云姐的娘家家境也不好，没有副业，看天吃饭，六亩七分地的出产，要养活一大家。云姐是家中长女，二妹跟她是孪生，下面一对孪生弟弟出生不久夭折了，小妹比她晚出生十二年。她母亲读过几年私塾，那个时候主张再苦再难也要送女儿读书。这个沉默寡言、性格倔强的农村女人，所坚持的观念确实改变了另两个女儿的命运。但命运之神也不经意地跟云姐开了个玩笑。云姐参加中考那年，湖区涨大水，防汛抗灾一线旌旗招展，人潮涌动，村里的男性劳动力都上了堤。这一年的洪水差点吞掉了云姐家所处的洲垸。她父亲描述，水看着看着就涨上来了，贴着堤面上劳力们的脚尖晃荡，所有人的心都吊在嗓子眼上。日夜鏖战，终于等到洪峰慢慢低头、晒得一身黝黑疲倦的父亲回到家，二女儿拿着本县卫校的录取通知等着他拍板。学习成绩同样优异的云姐报考的邻县中专学校，却迟迟没有寄来通知。一直在为女儿学费发愁的父亲终日忐忑，自私的他提前就认可了上天的这种安排，一个女儿继续求学，一个女儿留家中务农。那段特殊时期，所有的工作重心都转移到了这场保全生命财产的防汛大战中，乡镇邮政所的邮包积压着厚厚的信函，粗心的邮递员把云姐的录取通知漏掉了，开学一个月后，这份录取通知姗姗迟来。

意外改变了云姐的一生。照她父亲的说法，主要是因为当时家里没钱，小女儿刚刚蹒跚学步，田里农活需要人手，同时供两个孩子读书压力太大，云姐这位长女自然被说不清的命运挑选出来多担承一些生活的重压。云姐的人生就在那位邮递员的一次工作差池里滑向另一条道路。据说那位憨头憨脑的邮递员还试图追求过云姐，就被“秒杀”出局了。后来，妹妹毕业分配到乡镇卫生院，吃起了国家粮，嫁给了一位老实敦厚的中学教师。而亲戚们偶尔叹息着追忆这种荒诞的人生遭际时，回到“田土之上”的云姐却从没流露出悔意，她似乎更早地认可了命运的安排。

三

离婚事宜办好后的第三天，云姐就去了深圳。深圳是去南方的打工者都喜欢挂在嘴边的一座城市，又是一个非常庞大复杂的所在。深圳关外的周边地区，有多少家工厂，多少个来去匆匆的打工者，恐怕不会有准确的答复。人们拼命挤上开往南方的火车和大巴，摇摇晃晃地穿过那些陌生的地方。

云姐又去了她干过的那家电子厂，流水线，一天十个小时，坐在一盏小日光灯下，给某品牌或杂牌的耳机内颅贴线。她不认识那些电子元器件，不认识那些英文标识的LOGO，她也许从来没想过要去认识从手里流到全世界的这些品牌。这种固守不改的心态曾经让我恨恨地批评过。早几年我托朋友帮她在一家全国连锁的大商场找了个轻松、有固定收入的工作，楼管，每天在负责的楼层巡视，与那些城市里的红男绿女、一线品牌厮混，过不了几年就会从形象到气质上发生改变。她却不是这么想的。那一年她回乡下过春节，讯息传递给她后，竟然被拒绝了，理由是从我提供的住处到商场每天要坐公交车跑，她晕车。我当时是无语了。她从深圳挤那种塞得满满的大巴车，颠簸十几个小时，一路走走停停，也没听过她叫苦喊累。既然云姐喜欢在陌生的地方，不愿回到自己的家乡，喜欢沉浸在机器人式的生活状态，也就没有人能够阻拦。没有坚持并说服云姐，这件事到今天都令我后悔。

在那家普通的电子厂，云姐有一个时髦的名字，童丽君。这是她入厂时从同乡那儿借来的身份证上的名字，那次招聘的年龄限制在30岁以下，可云姐已经远远超过。以他人身份证的信息登记进厂，在南方的工厂里随处可见，这种掩耳盗铃的做法，工厂也不在意，看上去年轻，看上去能干事就面试通过。云姐就是凭着一张还算年轻的脸，换上“童丽君”这个名字后开始流水线上的工作。那是她第一次出门打工，有同乡的帮助，她没有遭遇太多不顺。那时，她是负气离开的，丈夫有一年多没归过家，他说自己在县城搞点生意，似乎还混得不错。“什么赚钱就干什么。”事实上他不过是跟着一个流动的赌博团伙，设局引人上钩。他口袋里有一点钱，就想着要在那几张扑克牌里赚出更多的来，可没一次成功。

云姐那时早已失业在家，孩子上小学，她在田里干些农活，做公公婆婆、小姑小叔一大家人的饭菜。没有钱，分不了家，小叔子一家也住在一起，她是最累的，主要原因就是没能管住不争气的丈夫。有一次回自己父母的家，听进几个同乡的劝：“你吃尽了亏，还像是寄人篱下，不如干脆出去打工挣点钱，有钱才是硬道理。”

“伢子又不是你一个人的，有爷爷奶奶带，你操么哩心？”

“我看你伢子蛮会读书的样子，以后还有的是用钱的地方，一起去，我们有个照应。”

到南方打工已经在乡村变成一个挣钱的代名词。一向谨小慎微的云姐在同乡的鼓吹下迈出了从农村到城市的第一步，就再也没有回到土地上。云姐后来跳过好几次糟，别人是越跳越好，她却是常不如意。没有学历，随遇而安，思想封闭的云姐，注定她永远是流水线上离辛苦最近的人，而好运气也在她踏入城市的茫茫人海后被悄无声息地吸干净了。

那时我跟云姐联络极少，但从亲友的拼凑讲述里，云姐忍受着底层生活的重压，工厂再差的住宿生活条件，劳动强度再大再累的工种，她都咬着牙扛着。她的身体越来越瘦，和她的孪生妹妹相比，容貌上的差异令人诧异。前年春节，在外打工的平辈兄姊间聊到打工的问题，大家在谈收入，谈认识的哪个人开个小店比打工强多了，谈经济形势对企业的压力，云姐却说一句："人在外面就怕生病，生病的时候特别想家里。"这是我第一次听到她对生活的感慨。她在这些兄姊里年长，吃打工这碗"青春饭"的艰难让她忧虑重重。我想到美国诗人狄金森曾经给霍兰医生的信中说："身体好的时候，时光如飞。一有病，时间就走得慢，甚至完全止步不前。"我不知道云姐在外面孤单一人，是如何度过那些病痛来袭的时光的，即使是一场小小的感冒呢？

四

云姐把电子厂的工作辞了，她说都快把自己的名字给忘记了。丽君，童丽君，工友们都这么喊她，工资条、存折上，都是这个名字。有工友问，你会唱歌吗？她摇头。工友说，你的名字跟邓丽君的一字之差，不唱歌可惜了，一唱准红。集体宿舍里，有人打开手机，播放邓丽君的歌，云姐特别喜欢那首《小城故事》，她慢慢地跟着哼唱"小城故事多，充满喜和乐……"，后来她学会了唱"甜蜜蜜，你笑得甜蜜蜜……"，仿佛在唱出这些曾被称为"靡靡之音"的歌词后，她的生活也因此"像花儿开在春风里"般灿烂甜蜜起来。

换到这家新的玩具厂后，云姐就后悔了。新厂的宿舍很挤，最主要的问题是潮湿，床上经常爬动着臭虫。它们蹭着她的皮肤，在温暖的被窝里通夜狂欢。有一次云姐翻身，把三只臭虫压扁在床上，散发出一种青涩的气味，极其难闻。云姐连咒骂的气力都丧失了，用手把死去的臭虫从床单上拍落，又倒头入睡。高强度的工作让她累成了一个机器，身体和思维都是麻木的。她不知道到底是为什么而活着。在时间的刻度表上，她到点起床，到点吃饭，到点上班，到点上厕所，下班却是不能到点的。这些她都可以忍受，那么些工友能坚持，她也可以，云姐的人生观里，就一直把自己与那些遭遇病痛灾难而更加悲惨的人比较着，这样比较的时候，绷紧的情绪会稍加缓解，她那被黑沉沉的幕布遮挡的人生舞台，会有那些一些光透过来。这就是希望。也许幕布某一天会拉开，舞台上的光柱会一束束地聚拢，汇成更大的光源。

但云姐仍然感觉到了未有过的疲惫，就在刚跳槽进新厂的第二天，她到邮政银行 ATM 机取钱，不知是着了别人的迷药，还是被胁迫着，站在柜员机前，她糊里糊涂地把卡里两个月的工资全取出来给了那个瘦瘦的中年男人。等到她清醒过来，心急火燎地跑到了派出所门口，又踅转身，黯然神伤地走了。她想哭，眼泪就在眼眶里打转转，却掉不下来，就像家乡那年始终没有决非堤的洪水。她默默忍受着这突如其来的伤害，不让人看见衣服内的伤口。除了瘦，她对男子没任何印象，这种事她听一些工友茶余饭后议论过，但没想到有一天会在自己身上发生。那件事发生不久，我正好借出差深圳之机顺道探望她。她半是叹惋半是自嘲地讲述这件发生在自己身上的糗事，却没想过在情绪最低落的那一刻打电话跟家人倾诉一下。距离那么远，谁能帮上她。除了几个分散在不同工厂的同乡，她几乎没有朋友，大家从五湖四海的不同地方过来，有的地名云姐从未听说过。这些人，今天还在，可能明天就辞工或跳槽了。性格内向的她一开始就没打算交朋友。她低眉顺眼地与室友相处，听她们吹牛、唠叨、抱怨、数落、怒骂，从来就不附和。有人向她靠拢，她会后退，退到没有可退处，就拨开人群逃走。

那次见云姐，时间很短，我跟她约好一起吃中饭。我站在锈迹斑斑的厂区铁栅门外，等着她下班。大门里是几栋颇有些年头的旧厂房，油漆剥落的门是虚掩的，三个穿工装的女孩，很青春的脸庞，胸前工作牌露着个背影。她们互相递烟抽烟，嘻嘻哈哈地打闹着，一个女孩眯着眼，望着被树荫挡住的天空，一连吞吐出几个漂亮的烟圈。

终于到下班的时刻，人群像开闸的水，哗啦啦地流泻出来。瘦小的云姐是卷在“水流”的尾部出来的，一见面，她连忙抱歉地问我是不是等了很久。她的眼袋有些肿，眼角的尾纹比过去更深了，皮肤蜡黄。钱被骗的事刚发生不久，她夜里做噩梦，没睡过一个完整的夜晚。她还在为此事懊悔，人怎么就会突然间神情迷糊，那可是辛苦积攒的血汗钱呀，说没就没了。我也无计可施，只是安慰她退钱消灾，外面人员混杂，以后多加注意，尽量少外出，要如何如何管好钱物。她笑了，上了这次当下次不会了，现在办的是存折，只是取钱麻烦一些，到大堂里有保安，也不那么容易被骗了。我问她有没有想过回去，难道在外面打一辈子工，云姐一声不吭，很久以后才回答，一个人在外面习惯了，回去也没事可做。我象征性地劝解她，还是要多往后想想，年纪大了，打工也不现实，还是回去，找个合适的事，做点小生意，也比在外漂着强。那次的午饭本该在一个小时内结束，云姐打了电话请假延长了半个小时，她拖着我到路边上的照相馆，站在蓝天碧海的布景前照了张合影。后来我在她带回家的相簿里看到过这张照片，更多的是她的个人照，我不知道这些影像会帮云姐留下些怎样的记忆，那些定格在脸上的笑，却莫名地让人在心底感到有冰冷的忧伤流过。

照完相，我送云姐回厂的路上，一个搬玻璃镜的人与我们并肩行走。他的手接触到玻璃锋利的边缘处，是用报纸包住的。他的大半个身体被玻璃挡住，玻璃上的灰尘很厚，我们看不到他，却从玻璃镜里看到自己摇晃的身影和无法言述的表情。在散发着粗糙、冷漠气息的街头，这身影和表情都特别陌生。我记得这一幕，原因是随后发生的一个意外。一个骑摩托的少年轰隆隆撞上了这面巨大的玻璃，搬玻璃人的两只手，依然保持着一上一下的搬运姿势，但脸上被碎片划破，鲜血横流。这一切发生得很迅疾，几乎没人看清楚摩托是从哪里飞驰而来，只有沉闷的摩托倒地声和玻璃坠地的刺耳碎裂声。声响离我们已经走出一段距离，我扭转头呆立着想看看这场事故的进展，云姐的手却伸过来拉住我，“走吧，不关你的事”。肯定有人告诫过她在陌生的街头不要去观看热闹，她手心里汗涔涔的，我探测不到她心中的紧张和惧怕从何而来。

五

大前年，云姐父亲上房捡漏，下楼梯的时候摔折腿，膝盖打了颗长钉，在医院躺了两个多月。云姐应召回来陪护，这是她离家十年里的第二次回来，前一次是母亲生病卧床，在外的妹妹是上班一族动不了，只有她的工作是可有可无的。等到父亲的腿伤恢复好之后，她决定在县城找份工作，也方便照顾父亲和家里。母亲离世后，仿佛就变成了她和父亲相依为命。一个亲戚介绍她到一家小宾馆当服务员，这几年城镇化进程加速，人们的消费观念发生改变，打牌、聚会、娱乐，都喜欢到宾馆开个房间，大大小小的宾馆瞬间林立在县城的各个角落。宾馆里是两班倒，单身的云姐当仁不让地“被”选择了夜班，下午五点到第二天早上七点，晚上过零点后可以到储物间休息。碰到省心的客人，相安无事睡上一觉，工资虽然比外面差不少，但离家近了，云姐打算先干一段。勤快、麻利的云姐和同事混熟后，一个“好心”的女同事牵线搭桥，把那个矮个子男人带到了她面前。

这一年春天到来的时候，四十三岁的云姐开窍般地恋爱了。听到这个信息时，我真心替她高兴，拖了这么些年，也该找个合适的人成个家了。可从亲友间的议论里，我大概摸清了那个人的“底细”，无业，无房，有一个读大学的女儿，跟父母住在一起，最让人疑惑的是，他已经是两度离异了。等到矮个子男人有一次以云姐男友身份出现在家庭聚会中，亲友们看到站在面前的他，除了个头矮，看上去外表还算周正，不抽烟，不喝酒，也不打牌，言语不多。大家很礼貌地招呼他，他也很客气地寒暄，更多时候是坐在一边微笑着听大家说话。晚饭后，他骑上电动车，戴上小巧的红色头盔，呼哧呼哧地回县城去了。

云姐从来没跟人说起过她在深圳打工那些年的情感经历。年纪、学历、外貌、性格、地域差异，这些因素个个都不是省油的灯。跟那些活蹦乱跳的八〇后、九〇后打工仔打工妹一起，“阿姨级”的云姐也许很悲观。第一次被带到见面的这个男人，很顺眼，跟他在一起，有话说。这是他们分手后云姐仍恋恋不忘的心动感觉。他们好了一年，云姐为他堕过一次胎。她发现怀孕后，甚至连男友都不敢告诉。告诉他有什么用，他一没钱二没能力，没名没分，生下来就是累赘。她找到医院工作的妹妹，人工流产，回家躺了两天，第三天又上班了。男友一直都是花云姐的钱，她不敢在外面说。男友的这些作为，让她无法跟父亲和妹妹们启齿，请他们成全这桩婚姻。父亲、妹妹都不赞成她找一个无所事事好吃懒做的男人。妹妹说得更直接，这不是组成一个家，而是给自己造一个牢狱。她还提醒云姐“前车之鉴”不能忘记。云姐垂下头，恨不得找个幽暗的角落重新躲起来，她刚从一个没有责任感的男人的阴影里走出来，恐惧再走进另一个阴影。

云姐在宾馆干了一年后，与领班闹矛盾后愤然离开。领班发现云姐上班期间留宿男友，悄悄扣了她的工资。云姐默认了，不过后来领班经常安排她上完夜班后继续加班，不批她的轮休假。这一点让云姐愤怒了，她卷起简单的行李走了。没有人挽留她，几个幸灾乐祸的同事，还在对她的背影指指戳戳，临走前她无意得知那位好心的介绍人，其实跟她的男友有过暧昧不清的关系。她是那个股市崩塌前还充满信心和幻想的接盘者。

这场恋爱让云姐度过一段心情愉悦的日子，但任何恋爱拖久了，爱情就会变质，何况和非常不靠谱的一个对象，何况有那么多纷至沓来的现实难题。云姐离开宾馆，过完春节，又选择了南下。这次是跟一个表弟进了韩国人开的制衣厂，她笨手笨脚地干了不到一个月，实在挨不下去离开了。那天，她打来电话说了很久，大意是那个跟她一直保持关系的男友，突然说要跟另外一个女人结婚了，而且他把相爱的两人最后不能组合的责任推卸到了云姐的身上。云姐不死心，两人电话来来往往，有争吵、懊悔、埋怨、倾诉，这些如今都抵挡不了一个结局——男友真的结婚了。他是跟另一个离异女人，见面三天就把事定了。云姐问他，她长得漂亮吗？你爱她吗？你们真的只是三天就决定了吗？

天真的云姐当然听不到真心话，还是一贯的敷衍和欺骗。我看不到她在电话那头的模样，但我能想象出来，她试图装作自己很坚强。她想哭，又不敢大声哭出来，想笑，那就只是笑自己一个人坚守的爱情堡垒，首先从内部爆破了。我听着她絮絮叨叨地说这些话，她肯定心中有太多需要倾诉。我料定她是受伤了，这些年她小心翼翼地驾驶情感之船走着自己的航道，她内心深处翘首以待的另一个同船舵手，来了，又跳到别的船上去了。金属片包裹的心，在强酸的侵蚀下炸裂剥落。我第一次见她在电话里说这么多的话。她实在是找不到一个可以倾诉的对象了。那一瞬间，我似乎明白，她害怕再次等来的伤害，还是不依不饶地找上门了。

有天清晨，我的手机短信铃声响起，一看，是云姐发来的。她说问我一个事，梦见牙齿掉光是好是坏？接着又追问，掉到只剩一颗呢？我回信说，稍后我百度再复。后来上班一忙碌，几天下来，就把百度“掉牙”的事给忘记了。当然云姐也没催问。几天后的半夜，我突然入睡前想起这事，立刻起床打开电脑，各式各样的答案扑面而来，有“家有丧事”“人际关系出问题”“心理上的退行或成长”“坚固的信念开始动摇了”等说辞。多义的阐释，让我不知要如何回复来自云姐的提问。结果是云姐的短信适时而至，仿佛她在遥远的南方夜空看到我纠结的心思，她说，一个梦而已，知道你忙，不用寻找答案了。

我不知道云姐是不是通过别的渠道找到了那个梦的释义，是欢喜兴奋还是平添忧伤。那颗在空荡荡的牙床上孤零零的牙齿，是云姐对自己生活的一种恐惧或悲伤的所思所系，是她选择今年春节不回家的理由吗？

后来我在不同的场合看到一些务工女性的身影，一张张陌生的面庞和错愕的表情，躲藏着不同的心事和经历。我曾试图也进入到那样的梦境中，在湿漉软绵黑暗的封闭肉腔壁内，我在摇荡中寻找牙床上唯一的牙齿，赭黄色，齿边呈现锯齿状，悬在头顶，像一块随时砸下来的巨石，轰隆落地，溅起厚厚尘埃。那一瞬间，我总是感伤地想起异地的云姐，为我的无能为力感到羞惭。曾经我希望自己能帮她虚构一个另外的人生，至少要温暖、幸福一些，至少能让一颗孤独的牙齿找到另一颗牙齿，彼此凝望，彼此依偎。

春漫漶

房子汗涔涔的……天花板、墙壁、地板、虚掩的木门，最显眼的地方，最隐秘的角落，看得见的潮湿爬满每一件事物的肌肤。

南方的四月，阴雨绵绵。天晴的日子掐指可数。2010年日历上春天的角落，冷空气苟延残喘，卷土再袭，把“回潮”写进年度日志中。

身边的每个人都在议论这场回潮的时间长短，对上潮事物的新发现。人们神情夸张，无一不在倾吐怨恨，却不可奈何地默允天气的嚣张跋扈。

父亲正是在这个春天最难堪的时间段病倒住院。病因是脑梗塞，右边手脚麻痹，不听使唤，令人猝不及防。我听到消息，已在北京待了一个半月。四月初的京城迟迟未能入春。那些本该吐绿的植物无动于衷，连“送暖”信号也杳无踪影。沙尘暴天气往返几次，连开窗透气的机会也不给。一眨眼，窗台、书桌、书籍、被单上都能掸落微尘颗粒，也抖落一份嘈杂的心情。媒体说，这是近十年北京入春最迟的一年。而对南方长大的我，这个降临在北方的春天，在交叉奔跑中写下灰色、焦虑、忧郁等关键词。

从京城回湘，回乡，递入眼中的葳蕤的新绿，在婆娑的雨中萌发，却一点也不灵动。脑梗塞，我反复咀嚼着这个突如其来的词语，照民间的说法，它等同于中风、偏瘫，一个人的后半生要跟一张床或一把轮椅相伴。

59 岁的父亲迅速地把自己搬进了老家县城的中医院。他被疾病打倒的身体，也成了亲人朋友在这个春天议论的又一话题。在大伙的记忆中，他为人大大咧咧，行事干净利落；他年轻入伍，一贯自诩练就一副好身体；除了多年烟龄曾经造成支气管炎的病史，以及他近年偶尔提及却又藐视的胸闷失眠外，从未诞生其他不适；他敌视医院，他吹嘘从来去医院都是看望别人。

病袭如山倒。父亲清晨一觉醒来，发现右侧肢体麻木无力，手脚不听使唤。“敌视”的他只能举单手投降。送到医院检查，CT 扫描，左脑动脉粥样硬化，局部血栓形成，动脉狭窄，壅积不畅。医生不用细想就确诊是脑梗塞。

父亲说，之前两天他就有不祥感觉，右手乏力，举箸不稳，脑鸣厉害，走路时跑“单边”，“无缘无故”，他的总结激起家人的抨击。

“怎么会无缘无故呢？是积劳成疾。”“加上这段时间阴冷潮湿，寒从脚起，我早说过毛衣毛裤先不要脱。”……母亲在一旁数落。

仿佛父亲的这场病成了潮湿春天的罪过。

24 床，吊水。24 床，量血压。24 床，测体温。24 床……父亲开始有了一个数字名字。他还念叨着“4 · 14”，他的身体在这一天早晨就不听使唤了，而这个日子还同瞩目的西北玉树地震连结在一起。

他那么安静地躺在 24 这个数字上，睁开眼睛看着输液管中药水一滴滴地把时间带走，打开嘴巴吞下一把白色药片。简式床头柜上摆着熬好的中药，密封在一只玻璃瓶内，褐色的液体，让胃苦涩难受。还有尼莫地平片（恢复期对改善脑部血液循环有利）、阿司匹林（遏制血小板的聚集和血栓的形成）、消炎利胆片（一并查出捣乱的胆结石）。现在的父亲，感到了身体的孱弱，生命的虚无。曾经强大的敌视早已粉碎，医生的药嘱言听计从。喜欢历史战争片的他开始关注电视一档健康节目，他认真记下那些能降压、软化血管的蔬菜、水果，及什么时间段食用效果最佳。

父亲的情绪时有暴躁。他原本就是个性格急躁的人，进院后的安静来之不易。穿孕妇装的护士很会安慰人，高血压、冠心病、糖尿病、肥胖、喜食肥肉，45 到 70 岁的中老年人，都易患脑梗塞，已经是常见病了，不是大问题，就权当休息。主治医生说，对这种造成神经功能障碍的脑血管病，治疗主要原则是改善脑循环，阻止朝痴呆、偏瘫、失语等恶劣方向前进的脚步，过了七天复发期没恶化，就容易治疗了。

父亲躲在被子里掰着左手指头，一项项地排除。他倔强地要找到真正的诱因，因为医生说的那些因素他都不曾有过。他对我们说，去年他去广州帮姑妈打理酒吧，虽然常常熬夜却从不消夜，白天也补上了充足的睡眠。今年初在母亲所在学校的食堂帮忙，劳动强度也不算大。每天抽烟的支数一降再降……

我们都没在乎他的寻找，更是否定那些理由。结果摆在眼前，需要的是对结果的诊治，而并非要从可预防的过程开始。我说，有许多隐疾是不为人知的。

父亲点头，对我们的不冷不热流露出沮丧之情。我们劝慰他不要精神郁闷、过分紧张，一切波动的情绪都对治疗无益。而他总要对母亲照顾中的举止挑剔三四，声音震响到过道。父母亲结婚 30 多年，就没间断过磕磕碰碰，可他们仍然一直在一起，也许一辈子也改变不了。我习惯了他们的争吵，左耳进右耳出，不在心头过夜。

别争了。我有时轻声地劝阻一句，像和事佬一样。对我这个不能常回家陪在身边的儿子，他们会知趣地选择安静下来。

我心头掠过一丝骄傲，但很快在安静的病房，在潮湿的空气中，被愧疚和难受击垮。

中医院坐落在县城的老城区，我很早就离开了老家，对这所医院的信任度，我理所当然持有怀疑。但弟弟坚持他找了医院最好的医生，甚至搬动了他的院长哥们。

医院里的樟树也就在春天的几场风雨中换上新绿，这种绿，曾是我赞美过的。此时，我心事重重，径直从医院窄小的大厅穿过。挂号划价处，药房，内科，外科，神经科，骨科，B超室，急诊，住院部……陈列在两幢连体楼内。院落的布局和设施凸显陈旧，尤其在这潮湿季节，散发出格外冷漠和衰落的气息。

我赶到父亲身边时，他已经住院治疗了九天。为了迎接我的归来，他剃掉了拉碴的胡子，凌乱的头发梳得略有分寸。见面之后的问候轻声翼翼，我从父亲的神情中读到一些隐藏的快乐。母亲后来告诉我，他不让人告诉我他住院的事，却又不时念叨我在北京的学习生活，甚至对我归途中因事耽搁的一天耿耿于怀。我接过母亲手中的活，帮父亲按摩右手。过去这只，在我的身体和内心留下温暖的手，仿佛悄然变成身体舞台上的装饰道具。

没有恢复知觉的手，指头蜷曲，皮肤触摸到的是冷沁，粗糙，硬化。被时间和病痛侵蚀的改变令人大骇，动人心魄。而另一只手背，起皱的皮肤和暴起的血管上，星罗棋布地驻扎着紫色的针眼，无可避免地激起旁观者心中一阵疼痛。

父亲说，治疗有效果，右脚能够下地行走，右手开始有了细微的知觉。我电话咨询外地几位医生朋友，像上年纪的人的这种病，没有一劳永逸的治疗方案，发现后治疗是关键，恢复期疗养更重要。我劝慰父亲保持平稳情绪，在未来的日子学会保养身体。其实我是在缓解自己的紧张，我不敢想象一个终日躺在病床的父亲，会给家庭生活前进道路带来怎样的“转身”。

天气跟随父亲身体的起色有了好转的迹象。我回家第二天下午，太阳从云层勉强挤开一条裂缝，它的露脸虽然短暂却让潮湿为之震颤。陪父亲绕着医院的池塘散步。池塘的水面上漂着一大片墨绿的莲叶，角落抛弃着几只沉在水面下的苹果核、啤酒易拉罐。死水微澜，父亲和我不约而同地说出这个词语，来自我们共同阅读的记忆。他问了我学习工作上的一些动静，然后在天色暗淡的瞬间，说到了死亡。父亲说，他并不怕死，只是弟弟尚未成家，他的任务没完成。父亲又说到兄弟情谊，以及儿子对母亲该有的孝顺……我有些沉重地听着，更多是在内心排斥父子之间探讨生死的话题。我觉得骨子里传统的他想得太复杂了，我理想地期待死亡是将来的事情，在将来还未降临的时候，这种谈论就是虚妄之言，毫无意义。我的这种自我欺骗不断加剧。当我的耐心不能够承受时，就粗暴地打断了他。我说，你的这小病，很快就养好了。我的声音比心中的音量要低，甚至努力散射出阳光。我还清醒地意识到面对一个病人，不让他负担另外的心事也是一种辅助治疗。

医院是个不适合人久待的地方。况且对于一个拒绝医院的人。那些躺在病房插着针管的人，那些前来治病候在走廊说话的人，那些看病人的人，不知身份底细的人，都从你视野之外跑进来。他们进进出出，脚步声踢踢踏踏，说话声或轻或重，还有急救患者家属的疾呼长叫，给人心头蒙上一层阴翳，或是一拳重击。而从父亲卧床的角度望去，医生的脚步总是那么急促，病人的神色总是那么茫然和慌张，而探视者皱着眉头一言不发。

父亲加剧的忧郁既源自医院的嘈杂环境，也附带疾病衍生的胡思乱想，我是这样理解的。父亲的病房是三人间，除了一个上午来吊水的中年妇女，其余时间他拥有宽裕的安静。但他毫不在乎这种宽裕。他迫切地盼望回到过去的自如行走，离开这24小时充溢着消毒水气味的空间。

父亲一边打点滴，一边给我力数医院的破落，医生的糟糕医术。邻床的中年妇女腹部隐痛治疗几天却丝毫无效，只能转到省城。左边隔壁一个来自农村的80岁的五保户老女人，因为吞一只馄饨，卡住喉咙，浑身青紫，一命呜呼，她的几个非直系亲属却不急着料理死者后事，而闹着要村里答应掏出安葬钱，卡着热馄饨的冷尸体在病房孤寂地停放一天一夜后才抬走。右边隔壁的老头抢救好几次了，亲属来了一拨又一拨，坐在过道集体叹息老人的一生，俭朴、厚道、艰苦、付出，而他每次都能奇迹般地死里逃生。还有一个深夜急诊的喝农药的男人，叫唤了大半夜，反复说着一句“我就是要死给他（她）看”……父亲转述时，语气悲悯中压抑着无限哀愁。父亲最后说，一辈子也不愿再来医院了，这破地方。

我在医院守护父亲三天。我所做的事情就是叫护士换吊瓶，搀扶父亲上厕所、下午四五点钟陪他到院子里散散步、说说话。凌乱的医院，沉闷的病房，陈腐混乱的气息，一个健康的人，待在这地方，也会对身体充满怀疑，挖掘出那些平时不瞅一眼的悲观。更多的时候，父亲和我各自打发时间，他盯着墙壁上效果时好时坏的电视机，细嚼慢咽着发生在韩国的家事。我翻着一部名为《道德颂》的长篇小说。在体内跺脚的针刺之感，让我不得不纠缠于文字中，去探寻一个人对情感的剖析。我仿佛看见一个蒙面的医生拿着把锋利的手术刀，剔出文字中病变的器官，将既对立又溶解的男女情感肢解得鲜血淋漓、艳丽夺目。这时候，阅读让人产生意外的安静。

无所事事的进出之间，我也会忍不住去瞟一眼隔壁的老头。心脏监测仪屏幕上波浪不断翻滚着，发出“嘀——哒——”的声音。他鼻孔和嘴巴上的氧气罩却发出更大的呼吸声响，有时候还能清晰地看到他的胸口起伏的幅度很大，像是一种抽搐。刚步入抢救的头几天，走廊的蓝色座椅上，他一群群的亲朋相对而坐，面容悲戚，男的吐着烟雾，女的唉声叹气。一天傍晚时分，一个走路摇摇摆摆的胖老太，哭哭啼啼地跑来，拽只沾着血迹和泥土的编织袋。她说，带了要换的鞋来了，穿双暖脚的鞋，好上路。这老头垂危的生命，经历反复几天的抢救后还是走了，同等待他离开人世的热闹场面相比，却只有殡葬场的两个工作人员，熟练而悄无声响地，带走他即将消失的肉体。

母亲说着隔壁的事，父亲闭着眼睛，发呆，面对生命的离开，那种疼痛感会陡增。还有医院之外的死亡信息接踵而至。一个朋友在京城高校就读的儿子死于游泳课上，另一个朋友39岁的女儿为了弥补婚姻的缺口，选择去美容，死于麻醉药过敏医疗事故。因为熟悉，他们的非正常死亡，漫漶在生者心中，生出恐惧和悲愁，只能任由它们带着那一刻无以复制的情绪疾速坠落。

福柯曾说，“贫穷”其实是一种病，穷人就是病人。到中医院治病的多为农村的中老年人，他们之所以选择到这里就诊，因为一般的病他们是舍不得出门的。而到扛不住非得上医院的时候，他们会发现那些蹦出来的病痛不是靠吊一两瓶水就能治好的。在国家医疗体制反复改革的所谓失败与成功中，他们终能进入到保障体系之中。他们虽然手持绿色的农村合作医疗本，故作放松，但心里反复计算口袋的钱，面对治病所需，他们能省则省，把有限的钱花在几块、十几块一服的中药上。

疾病从来就是一种隐喻。我听一个乡下亲戚说他们把生病分“正病”“邪病”，前者是得看医生的，而后者就要去求神拜佛。还有那宁可信其有而不信其无的巫医也将独具“地方性”和“时间性”的治疗手段发挥得淋漓尽致，它的灵验建立在某种神秘基础上，它的荣耀彰显在对部分疾病的战胜上。老百姓心中各有一套“神谱”，佛、菩萨、大神、小神、正神、邪神，在乡村的田间地头坚强地生长，暗自芬芳。从小孩出生，到老人离世，有许多经验之外的头脑和双手疗治着千奇百怪的疾病，把脉人的生老病死。

我常常在医院的大厅、走廊、病室遇到这些被神“遣送”回来的，身患“正病”，黝黑而长满褶皱、木讷而说话紧张的脸。

而在医院这个折射世态人心的角落，还潜藏着一些纷杂有趣的事件。有几次，我路经院门前的宣传栏，那里贴着各式各样的宣传单。字迹模糊的感谢信，悬赏通缉告示，医院内部通知，租售房信息，快餐电话，私人诊所广告。覆盖、撕毁、残缺、受潮，纸的一次斑驳集会，无须加工的现代艺术品展示。

上午十点，这是医院就诊最热闹的时间段。我看到几个人围在一张新贴的小广告前，驻足不走，津津乐道。拙劣的印刷纸，的内容火力猛烈——“重金求孕”，有足够的噱头激起人们的话语欲望和想象力。

> 彭某，31岁，美丽迷人，夫从商，意外事故致残，丧失生育能力。为继承富殷家业，特寻异地品正健康男士，圆我母亲梦，同时享受女人快乐。通话满意，即付定金，飞你处见面，不影响家庭，有孕重酬40万人民币。本广告已公证，负法律责任。联系电话131××××××××

“天底下有这样好事？”“40万元啊，这么简单就挣到了？”“不会是骗局吧？”“有钱了不起，乱弹琴。”……

几个观者在嘀咕议论，男人沾沾自喜，女人愤愤不平。“受法律保护，你试一试，又不损失。”两个男子互相打趣。其中一个男子拿出一只外壳磨得发亮的旧手机，装腔作势地按下号码，片刻后，他笑嘻嘻地说，空号，空号……

下午，母亲从外面进病房，也讲述在另一处见到的同张内容的求孕广告。这类广告漫天遍野。我呵然一笑，天底下的骗局因受骗者而层出不穷。还有一则本质雷同的骗人广告——“诚心求偶”，张贴在我生活的城市小区的楼道和电线杆上。我戏谑，生活中处处皆布有陷阱，因为欲望，我们有了欺骗，我们一脚站在诚实的门内，一脚踏进谎言的禁区。

父亲咬着母亲的叙述话题，叹气，这世道，人心不古……

春天的回潮草草结束演出，漫漶的四月流水般离开。父亲有模有样下床行走，我取笑他，又回到了小孩子学走路的时光。父亲老了。我们在即使长大之后仍不承认“父亲老了”的幻想城堡轰然坍塌。一场疾病，让过去那个能够遮风挡雨、处事雷厉风行的父亲，开始如履薄冰地面对生活。等待恢复的过程，父亲流露出的笑容和一掠而过的忧伤，那一刻，我读到生命流逝、疾病作恶、身体与健康悲欢离合的更多内容。

后来，我一直在思考，年轻的我们对于父辈，始终是飞上高天的风筝，虽然有根线，但它飞行的方向，更多的取决于风向。线只是一个符号，一个象征。我们的远离奔波，我们的理想追求，我们的貌似成功，与越来越少的近距离的关心、回报，于父辈而言，孰重孰轻，哪些更有意义？……众多不明朗的心绪从四面八方涌过来，像水流汇聚，又从身体向外四溢。

那些“流水”，是可以触摸的记忆，是分手之际，我握着父亲那只依然张开的笨拙的右手，用力一握，感受到手指的弹性，粗糙的细腻，春天的温暖……

身体之霾

我的身体又开始悸痛了。就像那翅翼在遥远的密林里的一次扇动，裹在远涉重洋的气流里，跟随春天降落在身体的深处。

窗台上的淅沥雨声，把这个乍暖还寒的春天锁定在绵绵的雨季。没有接到采访任务，大半个上午就在半睡半醒之间，和晦涩的春光一起消逝。先是莫名其妙的担忧，隐隐发作的不安，然后是无头无尾的迷惘。仿佛是奔跑在一条绳索的两端，一边想象着前一个采访稿中出现的失误，一边猜测着下一个采访活动的内容，内心就在渴盼与抵拒之中矛盾地纠缠不休，又无处倾诉。朋友说，这是强迫症在时政记者身上的典型症状。若果真如此，我从未想过同“强迫症”交手，但朋友所经历的那些表征与我的体验又是如此相似。

“强迫症”的副作用像把精巧的刀切割着“我的生活”这块蛋糕。断断续续的一段日子，后半夜惊醒后就再难以入睡。有时是被一个无端的梦搅得迷失重返睡眠的方向，有时是忐忑不安地强迫自己冥想，对第二天工作的忧虑，过去对某人言语不当的自责，更多是对未来毫无来由的恐慌。这些，在体内集合成了一种真实的痛。

痛，像是一只“切斯特郡的猫”。在英国怪异小说《爱丽丝漫游奇境》中，那只猫随心所欲地出现或消失，但会给人留下令人担忧的微笑。身体上的痛竟然伴随着微笑？匪夷所思。

“你去看看医生吧。”身边的人重复这善意的提醒。我无动于衷，寻找理由搪塞，或无所事事地磨蹭掉休息的时间。这一切都因为我从小就讳疾忌医。强烈的侥幸心理和暂缓性的舒适，把过去了的隐痛和恐忧给淹没了。我祈盼那真的只是暂时性的“强迫症”引发的不适，我的那些肉体器官还是循规蹈矩地正常着。但另一个念头无可逃避地、像一头笨重的河马时不时地冒出水面，喘上几口粗重的鼻息。“也许是一种隐疾。无法解破的生命密码。”我小心翼翼地怀揣这一遭人嗤笑的念头，像捧着的潘多拉魔盒，虽然炙手，但无法逃脱。

安静和清醒的时刻，我会琢磨那“切斯特郡猫式痛”，是源于精神上的那厚重的阴霾，还是身体的隐疾？如果真有隐疾的话，那它就是从一次洗脚中被发现的。

那次，跟随一个省级采访团报道。冬末春初，雨下得清清冷冷，让人昏昏沉沉。采访对象是一个单位，并非个人。午饭后的空当，单位把我们请进据说是县城最大的一个洗脚城。众所周知“洗脚”是这个县城茶余饭后十分时兴的一项“娱乐活动”。洗脚城的大厅迅速被我们占据了。三十来张躺椅呈圆弧形排列，圆心是一个转动的玻璃水池，有个小喷泉，红蓝绿相间的小彩灯，闪闪烁烁。我们鱼贯而入，找位坐下，等待。洗脚城可能是首次一次性地容纳这么大的团队，安静的大厅顿时喧闹起来。年轻的洗脚妹，抱着个小木桶，羞羞答答地走进来，但不可能一下子撞上对等的人数。于是这些临时认识的同行互相谦让着：你先来。先给这位“领导”洗。人慢慢地多了，有人嘻嘻哈哈地和洗脚妹调侃，无非是从“你是本地人吗”开始。然后不咸不淡地问答。多数洗脚妹并不太热情地配合这种调侃，只是一声不吭地埋头完成着规定的程序，偶尔会在“下手”时问一句:“力度重吗?”

我坐在圆弧形的一个缺口位置，想睡，又睡不着。在午后休憩的时光，搭话显得有些多余和无趣。洗脚妹长相一般，手法和力道都感觉不错。她在做颈部放松按摩时主动提问，你们都是记者？我心里咯噔一下，你知道。你们进来时，领班就说了。她笑着应答，但我的后脑勺看不到微笑。她的眼里，这么多记者一起洗脚，恐怕在该洗脚城算得上是一大新闻了。

泡在木桶里的脚发红，身体也跟着慢慢发热。有次看电视节目中讲到保健时，说人的脚部很多穴位均对照着身体的一个区域。具体对应的地方，当时记得几个，后来全忘了。我把疑虑抛给洗脚妹，她很认真地按着脚板的几个穴位，问，这里，痛吗？于是，我的疼痛开始在眼睛，接着是肠胃，然后到了颈椎。我很紧张地说，都痛。

旁边那位省台记者猛地支起臃肿的身体，和我对视一眼。他说，人有许多疾病是生下来就跟你玩躲猫猫的。到了一定时候，常常会猝不及防地蹦了来，有时可能并不见得是什么不治之症，人却都是被吓死的。一旦消失的事物重新出现，人的心理就扛不住，身体进而每况愈下，有时未尝不是件好事，不是种提醒，让我们意识到生命的限度、身体的负荷、生活的节制。胖同行是一路采访中最多“思考”的一个，看着他笨重的体形，我寻思，那些与肥胖有关的糖尿病、高血压等疾病没有在他身上光临？

但胖同行一番入情入理的话让我难过得只有保持缄默。疼痛在洗脚妹的手指间继续传递。我忍不住同她交流我所感觉到的疼痛，从怀疑到确定。我要她帮我证明，一定是肠胃、颈椎或者其他出了问题。可她却用微笑的语言宽慰我，像你们这种职业，多少都会有一些，不过注意调节和休息，多锻炼锻炼就好了，只是小毛病，不要太紧张。

甚至她还半认真半玩笑似的说，以后多来这里洗洗脚就好了。

真的只是小毛病？又一个声音否定了她的轻描淡写。我毫不动摇地断定，那比一般的肠胃病、颈椎病严重得多的隐疾，像特务一样隐匿至深的疾患终于浮上来了。

结束采访后的次日，我找到了一位从医的旧同学。旧同学因为趋从于父亲的威严，弃文从医，可他似乎并不为身肩救死扶伤的职责而有所荣光，却在应酬中练出了酒量，也摸索到一条“人生结论”：多数人的生活都是庸碌的。他像接待每一位病人一样接待了我，在听我的描述时，他的蓝墨水笔在药方笺上写着：呕吐、恶心、腹胀……胃胃胃胃。

“那平日若隐若现的痛，就是从身体那个叫胃的地方向四周散播的？”瞅了眼他那慢条斯理的书写，我心想。

我说我讲完了，却又回忆起一段清晨漱口时最令人难受的一幕。强烈的呕吐感令人窒息，恨不能把肠胃掏出来晾晒阳光，胃水或是胆水，酸涩涩的，顺着洗脸池的下水管道口同流水一起冲走。

同学说，去做个胃镜何如？八成是胃病，你不太注意生活规律，熬夜写稿，暴饮暴食，工作压力大。人的神经过度紧张往往会造成胃部痉挛……除了反感做那个胃镜之外，我很同意他的每一句话。我仿佛已经感觉到一个探头似的东西从口腔、喉咙、食道伸进胃部，像探囊取物似的，我又要呕吐了。

“不做了，太忙了，我要走了。”最终我找借口拒绝了做胃镜的建议，主动把尚未确诊的胃病冠到了自己头上，甚至连药方也没开，就带着同学说的药名离开了医院。在那些大街小巷林立的医药超市，我很容易就买到了同学提议“先试一试”的药。多潘立酮片。其实它还有一个过去大家更习惯的名称：吗丁啉。其功能是促进胃肠道的蠕动和张力恢复，以及胃排空……

一次未做的胃镜检查，让我开始检点自己的生活。“规律饮食、定时定量、温度适宜、细嚼慢咽、饮水择时、注意防寒、避免刺激、补充维生素……”我的耳边开始响起这些约束行为的“叮嘱”。为此，我会慎重地考虑早餐，不吃油炸食物，因为不容易消化，会加重消化道负担，多吃会引起消化不良，还会使血脂增高。少吃腌制食物，少吃生冷食物、刺激性食物……

这一切都伴随着疼痛和不安穿梭在我的生活之中。我对自己的约束达到前所未有的程度。“一个人无法逃脱疾病的纠缠，往往在健康时又忽略了那些隐藏的疾病。任何疾病都是在不规矩的言行里埋伏着。”我自以为是地获得这一新的认识。

吗丁啉给胃提供的动力，似乎有效地制服了那捣蛋的疼痛。我是那种典型好了伤疤忘了痛的人。又开始一个时政记者没有终点的忙碌。

春天是跟着“温暖”一起到来的。那段日子，我跑得最多的采访就是紧随市领导，到乡下给特困群体“送温暖”。温暖每年都会光顾一回。有一天，天空一扫阴霾，我们到一个山区县马不停蹄地看望复员伤残军人、特困农民代表。他们或是身体残疾丧失劳动能力，或是一场大病的冲击让一个家庭焦头烂额。领导曾在这个贫困县当过几年的“一把手”，过去和现在的变化令他睹物思情，心潮起伏。

“规定动作”完成后，领导说要绕道去看一个人。走到大兴土木、焕然一新的县工业园附近，公路两边都是新建的两层小楼房，那户人家的房子找不见了。下车后，方位感顿失的领导找到当地一个老人，描述要找的这个人：一个老妇人，应该有八十大几，一儿一女，儿子智障，女儿瘫痪。老人若有所思，很快明白要找的对象是谁。他带我们穿过不远处楼群间的狭窄过道，找到了一间大概还是二十世纪六七十年代建的土砖屋。除了一丘丘划割得七零八落的田土，多数人家的房子都“换代升级”，再差也是红砖房，土砖屋看上去格外孤独，可见我们寻访的这户人家条件之差。屋门掩着，没有上锁，引路的老人喊了几声，无人回应。闻讯赶来的村主任推开门，低矮的屋内一团漆黑。阳光跟着我们一同跨进，一张看上去零乱湿溽的床，半墙高的柴火垛，占得狭小的耳房满满当当的。走进略显宽敞的灶房，凌乱堆放的树枝，烟熏火燎后黑黢黢的墙壁，灶膛里有微火，一个身材矮小的老妇人站起来，打量着一群突如其来的闯入者。

我们的视线慢慢适应屋内的暗淡，领导跟老妇人说了一些话，大意是“近来好不好？还记不记得他？”老妇人很木讷，不说话也不点头。村主任上前，说了一长串方言。老妇人开始挪动脚步，我们跟着后退，又拐进另一间光线更暗的耳房。也是一张床，多年未洗过的蚊帐罩着，被子里躺着另一个“更憔悴的女人”。不知道灯在哪儿，也没人主动提出让灯亮起来，有人打开手机屏借光。老妇人开始讲话，断言片语，是更加难懂的方言。村主任在一边翻译，她 84 岁了，65 岁的儿子出去捡柴火了，58 岁的女儿瘫在床上有三十几年了。拿着领导递过去的信封（慰问金），老妇人的嘴咧了咧，却没有任何表情。有人转身时肘部刮到墙壁，尘土在一阵“窸窸窣窣”的声响中扑落，一股陈旧潮湿的气息弥漫开来，我的呼吸困难，我的胃像被一块坚硬的冰猛烈地撞击一下。巨大的痛让我紧紧地捂住腹部，恨不能勒死这从黑暗中偷跑出来的“袭击者”。

我们拉开撤退的阵势，村主任和周围邻居七嘴八舌的补充，让摆在眼前的这一家人的苦和难冒出冰山一角。工业园征地，这一家的田没了，征地拆迁补偿的钱就存在村委会的账上，村里每月从里面提一小部分钱作生活费。老儿子虽然智障，但还算得上勤快，最擅长做的一件事就是捡柴火回家，把屋里的空处填得满满的。老妇人每天在家做饭给一双儿女，却从不出门买菜，好心的邻居给一点什么就吃点什么，村里每月定时派村干部来看一看少不少米和油盐，也从拆迁费里拿点钱买些菜蔬顺带过来。

短暂的停留和模糊的叙说，并没有让老人一家的过去变得脉络清晰。生活在边缘农村更边缘的这一家人，命运好像天生如此，却又有着令人慨叹的异乎寻常的生命力。人在最基本的生活保障尚未获得满足之时，对生活的要求就是没有要求，这种“没有”在衣食无忧却仍陷入无尽欲望追求中的他者眼中，无疑是一团深沉的挥之不去的阴霾。

清明节的抵临，终于结束了这个冗长的雨季。雨，也成为了记忆的“酵母”，在未来的许多春天里唤醒某些人回到逝去的时间段落。我还认识并采访了一位身染重疾的道德模范。一个农村女孩，从小丧父，寄居姨妈家，自由恋爱上了县城里的年轻退伍军人，磕磕磕碰碰地进了婆家的门，从没看过好脸色。婆婆快到退休的年纪，喊声倒下就倒下了，小脑萎缩，瘫痪在床。女人很纯朴，13 年来尽心尽意地照顾婆婆的生活起居。令人安慰的是，婆婆是带着对媳妇的歉疚离开的。前年，丈夫检查出遗传性小脑萎缩疾病，娘家的弟弟相继诊断为脑癌，她又得照顾两个最亲近的病人。每天凌晨三四点，她要到丈夫单位的下属机构——动物防疫站“编外上班”，往检疫合格的猪肉皮上戳盖蓝色的印章。猪肉上市了，她下班回家做完给丈夫和弟弟的早餐，又匆匆赶去附近的超市兼一份月薪 400 元的售货引导员工作。

她每天都虔诚地祈祷上帝佑护亲人的平安，但弟弟一年前还是跟着脑癌走了。她剩下的唯一心愿就是丈夫活着，即使什么也干不了，他的活着是给家一个存在的符号。就是这样一个风雨飘摇的家，被疾病的镣铐桎梏着，让不堪重负的生活给挤压着。更为痛苦的是，四个月前，人到中年的女人晕倒在家中，迅疾确诊是脑血管出血和脑肿瘤，省某医院开口手术费先期少不了 20 万元。道德模范标兵这份荣誉和报纸电视的宣传，聚集到的爱心捐款远远抵达不了那个天文数字。人们唏嘘着，不幸的家庭有着各自的不幸，太多的不幸集合到了这一个家庭。

女人躺在床上，以泪洗面，见到去看望她的社会爱心人士，说不出太多丰富的语词，只有“谢谢”这个最简单的日常用语。医生不允许她激动，但身体的颤抖让人明显地感觉到，这个在生死边缘游走的女人，每一个毛孔都在激动着。这份与痛和苦难有关的激动，覆盖了窗外所有的声响，让在场的我心生一阵剧烈的搐痛，好像身体内燃烧着一棵灰色的恐忧之树……

又是夜归。没有人知道，这种流水似的忙碌在很多安静的夜晚沉寂之后，带给我的是比痛更厉害的酸楚。饱满的情绪和永不复返的时间被撞挤压榨，剩下一些虚无的口号，还拖泥带水地把割裂的美好呈现在你的生活之中，故意让你欣赏一个乏味的“尾巴”。“这些程式化的文字都是过眼烟云，你得写属于自己的作品……”朋友一针见血，在我的“伤口”上狠戳，而我更是对自己无可奈何地咬牙切齿。当游离的目光在那天深夜停留在微风翻开的案头书页上，我从中感受到从春天内部生长的茂盛力量。这是一位女性写作者十分精细的叙述：写作者，就是一些经常疼痛的人。因为写作者有敏锐的触觉，于是他很容易感到疼痛；因为写作者有痛感，于是他闹出很大的动静让人知道他在疼痛……当他感知了疼痛，他才能倾诉疼痛。其实那些疼痛，也是所有人的疼痛。

生活看似永没有停歇的一刻。这个春天，雨季之后接踵而至的日子，我一如既往地在外采访着，经历着。对那些光亮的鲜艳我总是健忘，而一些悲伤的面孔常常搅得我的现实生活充满不安或流连。是的，面对那些与我相识、交往以及并不相识的人们，他们承受的疼痛，那些满世界奔跑，喧嚣或安静、庞大或渺小的疼痛，那些生活中的灰霾，看似只是个体的，也是所有人的疼痛……

很显然，这个漫长而柔软的春天，在疼痛里抵临，但不会带着它们离开。

夜色起

那些日子，二妈总在忐忑不安的情绪里等待每一个夜晚的到来和离去。

她病了，着了邪，这个邪不轻。小姨气驽驽地冲着姐夫发脾气，你看，这个家弄得还像家吗？小姨那张胖圆的脸改变成有棱有角的方形，有些滑稽，但没人敢笑出来。因为，二妈这次得的病显然是乡下人磨得粗皮厚茧的手也不敢接的“烫山芋”。

从县城的医院回来，二妈上床合着眼假寐，实则尖着耳朵听堂屋里的说话。但二叔、小姨几个只是叹气，喝水，咳痰，嘴巴里喉咙里嗤嗤啦啦作响。然后是沉默。束手无策。医生说的话很委婉：回家先吃药观察喽，多安慰病人，控制住不往坏处发展。

小姨火了，碰了鬼啦，我明天去请钟大仙治治，哪会无缘无故搞这个毛病。又来了几个二妈家的亲戚，打探病情的，他们都住在村子的周边，不远，溜达几脚路就到了。他们看着天书般的病历本，瞠目结舌。“抑郁症”，他们没听说过这种病，但从小姨的怒火中，很快心知肚明。他们的生活词典里蹦出“精神病”这个词，取而代之那个让人意外的结论。二叔打电话小女儿通报医生定论，反复说着病象。窗外的夜色于悄然间张开巨翅飞临，亲戚们趁此机会鸟兽散。

人好人歹都是要活下去的，这是二叔的人生哲学。他走进冷火秋烟的厨屋，塞进灶膛一把把晒干的棉秆，噼噼啪啦炸响，屋里的灯没有亮起，炊烟带来生气。二叔惆怅若失，锅里翻炒着自家地里长出的莴苣，那一声长长的尖啸像是从地底下坚硬的石头中突然炸裂。他的耳道里响起一阵惊马奔逃的声音。脚步纷乱。二叔慌张地拉开纱门跨进里屋，患病的妻子，眼睛圆睁，散乱着头发，缩抵墙角，紧紧抱着自己的身体，床上的红印花被甩在地上。二妈的嘴唇扭动嗫嚅着，发出奇怪而低沉的声音。二叔捞起地上的棉被，又呵斥起自己的女人。多少次无效的劝慰，让他难以压制心中的无名怒火，恨不得烧死那个躲在妻子脑子里的幽灵。事后情绪平静下来，这个一辈子都在与土地打交道的农民又会懊悔不已，医生叮嘱的话浮雕般地站起来，要多给病人营造安静温暖的现实环境，多引导病人去回忆感受美好亲切的往事。他使力拍打自己凌乱的头发，心里的痛淌过满脸皱纹的沟壑，犁落两行热泪。

泪流过后，二叔更加坚定地认为，二妈的病都是她自己的心理作用。一个人为什么要想那么多复杂的事呢，外面吹点风下点雨，狗呀猫呀弄出些响动，这有什么好害怕的呢，你那么紧张干吗？……二叔咄咄逼人，他有太多的疑问，连珠炮般发射出来。一个已经患病的乡下女人独自面对正常人的疑问时，只剩下瑟瑟颤抖，四处躲避那些粗暴声音的追击。

二妈患抑郁症的事传到我耳朵里后，我找了个周末回去看望。她的两个女儿都在外地，没有子孙绕膝，家里空荡荡的，打开家门就是成片的棉田，左邻右舍的屋都隔着上百米距离。乡野的清冷，对二妈的病是非常不利的。见面时，二叔到地里摘棉桃去了，二妈就坐在堂屋堆积几箩筐的棉桃中间，把棉花絮从黑色的壳里扯出来。她很紧张，任何一个人的到来。我亲热地喊她几声，她认出我，又更加紧张起来。她想去喊田里的二叔回家，又想去烧杯茶招待家里的客人，但当这两件事无人指挥的时候，就心慌意乱了。

谁也无法否认这场病改变了二妈。二叔更是不愿在乡邻面前启齿，什么抑郁，他们只晓得疯子、神经病，谁的家里摊上这种人，仿佛是前世作恶的结局，仿佛谁四处谈论，博取同情都是可耻的。要知道，二妈年轻时干过大队会计、代课老师，回家务农后，各类农活都干得漂漂亮亮。田间垄上，庭前院后，收拾得井井有条，她是村里公认的聪明人。但她又老实得只知道埋头干事，老实人的本性让她不去争取那些稍加付出就能得到的东西。她跟人交往，有礼有节，言语不多，人的好坏她心知肚明，进退有度。就是这样一个贤惠能干又善良明快的农村妇女，却鬼使神差地落入身体的陷阱。“陷阱”的悲哀所在，就是你慢慢地挖好它，连自己都未察觉。

在二叔心里，我在城市工作，见多识广，也许能帮上什么。饭桌上他坚持要喝一点酒，我没有拒绝，他心里的苦需要找个渠道宣泄一下。“为什么要互相折磨，一个人好端端地，为何如此折磨自己折磨家人。”“你不知道我多窝火，你二妈的姊妹都责怪我，我是情愿这样吗？”……家族间的矛盾摩擦在乡下是普遍现象，天下太平时都相安无事，一旦有风吹草动灾祸不幸，矛盾就全迸发出来。我端着酒杯，看着那张老皱的脸那双迷离的眼神，唯有安慰：面对现实，积极治疗，这道坎大家一起跨过去，何况二妈的病还是初发期，兴许通过药物治疗会慢慢消除。多半时候我语塞沉默，不知要如何条分缕析这个降临在二妈头顶的病灾。来之前我逛百度，有关抑郁症的网页铺天盖地地砸进视野——“人群中有百分之十六的人在一生的某个时期会受到抑郁症的影响，又至少有百分之十的人会出现躁狂发作。专家预计，到二〇二〇年，抑郁症有望成为仅次于冠心病的第二大疾病。”我不知道二叔会不会明白我跟他说的这些，这个世界上有那么多同病相怜的人，或许能略微减轻他内心苦涩的重负。

二妈患病初期，小姨隔几天来一次，她执意要去请钟大仙。钟大仙是城郊一个道行很深的神婆，很多人有病有灾、辟邪、求子求福求财都要登门。小姨的提议被二叔一口否决，“哪有什么神神鬼鬼，有钟大仙还要医院要科学干吗，钟大仙能免除她自己老公不出车祸身亡？”“那一个好好的人，突然变成这样，医院说治不好你不想别的办法，你是什么居心？”小姨反唇相讥。

小姨邀来的几个“帮手”，大舅、堂兄、表姐，在一旁你一言我一语，浇熄即将爆炸的炸药包。二妈的病一直是个疑问，病因从何而起。不知谁扯到前年二妈摔跤后的骨伤，二叔便偃旗息鼓了，不管他承认与否，这个世上没人能吃到后悔药。前年冬初，二叔执意挖塘泥抬高晒禾坪，塘泥未干透，二妈在摇水井旁提水滑倒，伤了尾椎骨。伤的前几天还忍着以为没事，后来疼得受不了就去看医生，照的片子是骨折，幸好不是特别严重。农村人都是“大病化小，小病化无”的对待方式，一生勤俭节约的二妈哪舍得花冤枉钱躺在医院里，只恳求医生开具几种不疼不痒的疗伤补钙药物。医嘱：卧床两月。这番遭遇，大家都清楚，但又不敢说真正清楚了。一个养骨伤的病人，为什么会转化为抑郁症患者。但摆在面前的事实，二妈躺在一张“门板床”上，疗养骨伤的两个月过后，她开始对这个世界对任何事情敏感起来，一种没有来由却无比巨大的恐惧从她的内心深处像癌细胞般地迅速扩散。二叔的软肋被击中，最后丢下一句，你们爱怎么弄就怎么弄吧？

二妈的恐惧也许并非骤然出现。伴之产生的性格突变、敏感多疑、行为诡异，都在如沙尘般聚积。二叔看到，妻子的情感变得冷漠，脾气变得暴躁，对家里家外的事情不感兴趣，经常会为一些小事而乱发脾气。外地的女儿回家发现，热情好客的母亲突然对人冷淡孤僻，与人疏远，不愿与人交流了。邻居则看着独来独往的她，对近在眼前的招呼置若罔闻，行为举止叫人诧异。

我在二妈家留宿的当晚，酒酣入眠的二叔发出间断的呼噜声，二妈却辗转反侧。同一间房内躺在客床上的我小心翼翼地安慰她："想什么？""嗯。""没事的。""嗯。""有什么事就说出来，说了就好了。""嗯。"……我给她展望一个家的美好未来，描述医学发达抑郁症的治愈不足为奇。不管我说什么，二妈的鼻孔里只嗯嗯地回应着，充满歉意。后来，她长久不翻身，似乎已入睡，我也沉闷了，实则她是担心声响扰我睡觉，想让我以为她睡了。我睁眼看着屋里的一团漆黑，辨认不出任何事物，却仿佛能看到二妈绷紧身体，攥紧双手，抗拒什么的到来。这是我度过的最漫长的一个夜晚，我绞尽脑汁，想如何跟二妈说，哪些可以说，哪些是禁忌，我好累。难道她不累，她日益消瘦，神色仓皇，压力山大，只有在药物的作用下，她才能够睡着，否则就是在一分一秒的流逝中数着夜晚的光阴。

迷迷糊糊的后半夜，二妈的一声尖叫把我们惊醒。二叔睡意蒙眬，扯亮电灯，蜷缩在床角的二妈又迅速躲到被子里，蒙住头，嘴里喊着："别抓我，我不去。"二叔把她哄得安静下来，她告诉我们她做噩梦了，梦里有和尚跟道士手持绳索铁链要把她捆走。二妈手心汗津津的，我握紧她的手，说："这是梦，不会发生这种事的，没有谁来抓你。"

夜晚成了横亘在二妈面前一道难以翻越的崇山峻岭。农村空旷的夜晚，黑暗粗暴地夺走了人类感官中最宝贵的视觉，听觉趁机作乱，那些素日习焉不察的声响，夜里张开想象的翅膀，在二妈的脑子里飞来飞去。也许飞走了就好了，可它们俯冲下来扎下根不走了。这些浑蛋充满邪恶，嘈杂地争吵着，赶走一个农村女人心中驻扎多年的安宁，日常生活里任何微不足道的事在她眼里都是极其危险、布满陷阱。而夜色刚升起的时分，她总爱张望家门前的通道，仿佛等待着什么；她害怕疾风卷动树叶的呼啸声，猫儿行走屋顶踩动瓦片的声响；她眼前经常恍惚，把许多虚无的东西附加到自己身上，别人在议论她，有人想加害于她，幻视幻听的症状在夜间演进得格外显著。特别是夏季骤然增多的雷电之夜，白色闪电撕裂天幕，青色大雨瓢泼而至，风雨的二重奏在一个精神隙缝已经绽裂的老人心里，该是制造着一场怎样的心灵地震。

二妈的噩梦闹腾一场，终于乏力入睡，而窗外的天色已微微发白。酒精散尽的二叔毫无睡意，和我漫无目的地聊起两个表姐的生活。二妈生育四个，中间的孪生兄弟夭折了，一头一尾是女儿。农村“养儿防老”的意识多少年来像庄稼一样在田间茂盛地生长。这个痛点一直埋在她的心里，也从未向人提起。大女儿中考毕业那年长江洪水暴涨，等到邮递员送来卫校通知书已是秋后开学，她与那个年代有工作分配的中专学校失之交臂，一生的命运被改变，早早结婚生子，尔后家庭不和、婚姻不幸，她远上广东打工，省吃俭用，把自己“刻薄”成一个矮瘦的身体。爱赌博的大女婿输掉了乡镇农电站的工作，离家出走十多年，下落不明。名存实亡的婚姻在乡邻茶余饭后的齿缝间滚来滚去。二妈养骨伤，大女儿请假回来照顾，假还没休完，就匆匆赶回了南方，原因是她的公婆几次登门，催促媳妇回去。回去又能干什么，一堆窝囊事，眼不见心不烦，更加懒得与那些爱嚼舌的人说话。一个空虚的家，儿子跟着爷爷奶奶生活，被老人教唆与妈妈关系疏远，读完县里的职业学校也去了南方打工，拿到第一个月工资就染了一头黄灰色头发。四十多岁的大女儿悄悄把辛苦打工攒下的钱塞进二妈的枕头下，大清早又出发去了那没有感情只有机械生活的城市。小女儿结婚迟，又有着另外的难言之隐，婚后七年，从之初的不急着要到怀不上，孩子问题似乎成为一个永远都不敢擅自踏入的雷区。二妈卧床的日子，从前殷勤的小女婿很少问候，借口是工作忙出差多，但老人敏感地察觉到涌动的暗潮随时可能摧毁她最钟爱的小女儿的家庭。

两个女儿所遇到的生活难题，尽管在这个年代有着众多的“类似”，但在二妈这里变成了一道不可逾越的沟堑。来探望的亲朋好友说东道西，嗟叹惋惜，农村根深蒂固的迷信意识屡被唤醒。有些不怀善意的叙说，有些不期而遇的偶合，都变成一块块石头堆砌在她的心里。躺在“门板床”上，骨伤慢慢愈合，可苦涩冰冷的黑胆汁，古希腊语中“忧郁”的代名词，越积越多，让二妈患上深深的孤独症。那些纷繁的心事，像春天地里播下的种子，碰上好年成，长得越发茂盛，杂乱，再也不能割刈干净。二妈纠结于那些蛛网般的心事中不能自拔，让我想起肥皂剧《辛普森一家》中的一句台词：“假如念念不忘，那么任何事情都会变得糟糕。”

回城后我特意去咨询一位神经内科医生，他说，像二妈这样的病例他见得太多，病因五花八门但多与刺激有关，有些刺激因素就潜伏在风平浪静的日常生活中，可全世界都找不到好办法，唯有依靠药物来稳控疗效。藏匿二妈体内的抑郁因子，这些要重点盯控的上访群体，究竟长得怎样的奇形怪状，你稍不留意，就不知它要制造多大的麻烦与灾祸。有一次夜聚，我的医生朋友竟然在微醺后埋怨，每天来挂号看病的人群中，抑郁症患者越来越多，不明白这世界到底怎么了，我们的情绪何时变得如此脆弱。

他的一声职业感叹，把酒桌上散乱的话题归拢。我们开始谈论情绪，追寻一切可以让情绪失控的往事和记忆。抑郁真的只是情绪的一个端口。快乐、悲伤、气愤、尴尬、恐惧、厌恶、惊奇、罪恶、羞耻、嫉妒、轻蔑、同情、崇敬、挫败、怀旧、困惑……还有更多细微的情绪感受，那瞬间即逝或短暂过往的情绪反应，像隐藏的导火线，引爆我们无以承载的精神世界。

趁着暑假，小表姐听我的建议，带二妈到省城的脑科医院看病。医生把情况一问，做了几个简单的测试，二话不说，就开了个住院的单子。要治疗，住院吧。能好吗？好不好先不说，住院观察一段吧，抑郁症，这是严重的心理障碍，患者的认识、情感、意志等心理活动均可出现持久的明显的异常；不能正常的学习、工作、生活；动作行为难以被一般人理解；在病态心理的恶性发展下，有自杀或攻击、伤害他人的动作行为……医生的一番诊断和郑重其事的描述，把二妈这个在农村待了大半生的女人丢进了冰冷的病房。吃药、化验、检查，小表姐尽心尽意地陪护。老人夜间睡得好些了，药物控制了噩梦，可神情越来越木讷。她面目冰冷地看着远处的高楼、有霾的天空，眼前的四菜一汤、药片，眼睛里透漏出的是一团浑浊，全失去了过往的生动气息。

病区里都是这一类的病人，只不过年纪、遭遇、病情各有差异。一个刚上高中的女孩子，总是以为有老师同学在背后搬弄她的是非；一个公务员男子认定上司给他小鞋穿而暴力相向；一个丧偶的女人，每天到丈夫的单位等他一起回家；一个空巢老人听不得大的响动，不敢迈出家门半步……这个美其名曰“脑科医院”的地方，实则是精神病患者的“集中营”。精神分裂、抑郁、焦虑、狂躁等等，这些标签被贴到一具具鲜活的身体上。

我出差，顺道去探望二妈，小表姐说服药对她精神之疾的疗效时好时坏。记得那天在气味凝滞的病房内，我与二妈的眼神狭路相逢，一碰着她就扭头垂落。二妈的眼神中表露出的是对这世界的不信任，她仿佛永远生活在一种紧张的状态中，任何喜悦的传递在她的脸上看不到笑容呈现，偶然的神情放松也只是昙花一现。在病区穿过，奇怪的感觉湿黏黏地包围过来，每一位陪护的家属脸上都很苦涩，一个个比赛似的忧思重重。小表姐说，这里是病情不太严重的病区，她指了指一幢铁门紧锁的院子，从天色熹微的凌晨开始，那里就发出一阵紧似一阵的吼叫声，夹杂着此起彼伏的哭泣，这个特殊病区的喧闹会持续到很晚，甚至有时在好不容易寂静的深夜，突然又暴发出惨烈的呼叫。在这里的压抑感太大，小表姐苦笑着说，不说病人，好人住久了不抑郁才怪。

太多的不可言述在我们身边发生。偶尔我也会认为自己患有轻度的抑郁。比如我刚改行做记者的那段时间，天天跑会议新闻，藏匿正襟危坐、人头攒动的会场，人人各怀心思，大家的耳朵似乎张开，一排领导按职务从小到大的顺序，念着一摞材料报告。那些内容重复单调、耗费时光的报告，让人看不到会议的尽头。面对这种不确定感，我时常生出古怪念头，拂袖而去，把桌上的茶水泼进那些茫然空洞的嘴里。那些被恶劣情绪辐射的夜晚，我的目光始终无法聚焦在斑驳的文字材料之中，去梳理这些道貌岸然、装腔作势的文字。我一直以来没法将对它们的厌恶表达，唯有顺从的方式安抚这群躁动者。有时我想，某一天，我将会被这群躁动者逼疯。即使挤进一屋子平日最钟爱的书丛里，那些精心挑选带回家的书籍面色狰狞，我会产生一种窒息感。多么荒谬可笑，那些由不同的人创造的书里有数万种世界，集结在一起，它们摇身变成了万数种谎言。

恐惧这个词，从这里起源是再正确不过的了。暗示前方有某种不明之物不祥之兆在等待，不可解释的事情时刻能在此发生，一瞬间，对虚无的巨大恐惧可以淹没任何一个人，而每一个人都成为恶劣情绪和孤独的俘虏。寻找生活的意义，在二妈置身的医院里是一件奢侈和可笑的事情。

药物始终是抑郁症患者治疗的唯一途径。帕罗西汀、舍曲林、氟西汀、西酞普兰、氟伏沙明，这几种常见的药物专为像二妈这样的抑郁症病人量身打造，它们有个令人迷惑的名字：五朵金花。我在二妈的药方上看到这些空洞的字眼，特别是帕罗西汀，这是人们常用的选择性5—羟色胺再摄取抑制剂。药物和疾病是天生的一对敌人，从来都是此消彼长地相互制约、抗衡。二妈患病后，我咨询过好几位从医者。为什么没有特效药，那些从高级科研实验室内出来的药品，难道多少年来都是典型的试错法。因为网络上不断有人交流自己服用抗抑郁药或治疗其他精神疾病药物的感受时，那些诸如手脚麻木、动作呆滞、脾气时好时坏、性欲消退的副作用层出不穷。似乎所有药物都有一个共性的缺陷——并不能对每一个人有效。

断断续续的治疗中，伴随的是乡村民间的巫术、偏方。二叔从起初的抵触到不吱声接受，态度转变很快，这是他无可奈何的唯一办法。二妈仍旧在夜里大汗淋漓地叫喊，有人趁黑来捉了她去。二叔也渐生幻觉，仿佛暗处真躲有偷袭者。小姨登门求了钟大仙，以及后来几拨被请来施法的能人，都讳莫如深地摇着头：妖孽太盛，没法降伏。有一个神乎其神的江湖游士收了大红包后斗胆尝试，结果第二天在自己家里被酒精烧伤。这被“追究”为法力尚浅的他执意妄为，得罪了藏在二妈身体里的魔障。“你看，你看看！”乡邻们咂嗒着舌头，把不可思议丢在一阵风中。而不信其无、宁信其有的小姨更加上纲上线，翻找二叔家的陈年烂账，控诉抨击这个不能保护自家女人的男人的懦弱无能。

我曾无数次想象二妈是如何度过患病后的许多个夜晚的。也许从她躺在门板床上，看着窗外的光亮渐渐熄灭，等待着夜色缓缓升起的那一天开始，就注定走上一条不可能回头的路。那些夜晚如雨后笋尖争相冒出的寂静里，充满了庞大笨重的忍耐与孤独。那些翻滚的孤独，无法丈量出距离，但它与死亡的距离是最近的。太难挨了，二妈终没能坚持下来，为了逃脱被捉去的噩梦，做出了一个极端的选择。国庆节过去不久的一天午后，她支开二叔去镇上买一些家用品。二叔出门前还再三叮嘱，说很快就会回来。也许，他在那一段隐隐萌生过一些不祥预感，又疏忽了这些从心尖上跑过的感觉。送走丈夫，二妈像魅影般地走进过去堆放棉花的贮藏间，把自己的生命结束在一根二十多年前和丈夫亲手架起的木梁上。

这个被我视为母亲一样的女人，也许很早前就像济慈在《夜莺》中写的："似乎已迷恋上那个安逸的死亡。"据说她离开的时候，脸上没有往日的愁情怅绪。亲友的叙说，让我悲伤四溢，渴望知道更多关于有关她自杀的细节和最后情状，又不敢追问，只能在记忆的水波里眼巴巴看着那张生动的脸荡漾消失。生活原本有更好的选择，至少有许多种活着方式的选择，不应该让任何人面临绝望又毁于绝望。二妈没有留下一句话，没有遏制住内心经常冒出的自我毁灭的冲动。她赴死的心可以有千百种阐释，唯独没有标准的一种。

世事多悲怆，生活中个体的悲伤仿若湿岩上的苔藓，发出鲜绿却沉重的光芒。人死不能复活，纷至沓来的遗憾总会有一段时间纠缠生者的内心。二妈的家人包括我在内的亲友，总埋怨在她人活着的时候给予的关怀过于浅薄，对有过的愠怒流露恨意心生懊悔。但无情的时光不会谅解任何有过失的人，和任何一种心灵的问责。

活着是荒谬的，生活处处充满谎言。这是抑郁症患者内心时常冒出的怪异念头，如同被称为哲学起点的"不可解释之物"，一波波冲击着岌岌溃危的心堤。医生朋友说，弗洛伊德的心理动力学理论归结，所有的心理问题都源于人们对情绪的压抑。情绪是无法通过压抑而消失的，反而是潜在地聚集起来，最终因无法宣泄而导致整个心理系统的紊乱，结果必然是各种精神疾病的出现。各种情绪的交集导致的这种典型心理问题纠结着世界上百分之十六的人群。面对常常为人叹息和不可理喻的精神疾障，一旦真实地发生在我们身边时，兵荒马乱般的失措感就会涨潮，一浪高过一浪向人群拍打过来。也许，某一天剩余的我们都会轮渡到这支被正常人看成荒谬的队伍之中。

从脑科医院接二妈回家的那天我赶去了。清晰记得从一条长长的斜坡走下去，经过一扇侧门，是通往热闹街市的一条近道。这条离开的“捷径”上，看不见一个人影，喧闹之声突然在这里消遁。我跟在步履缓慢的二妈身后，鞋底贴着地面，时间在这种缓慢的行走中仿佛停止。她不时扭头回望，却看不见一个人影。来到这里的人们，相同的命运，而哪一个又不是有着不同的故事人生呢？我的目光一次次触礁般地碰到二妈依然冷漠的脸（医生无奈的表情写着，只能是这样，已经是最好的结果了），迅即被冰冷地弹回，我被摇荡的无力感击中。二妈此时像极了茫茫大海中的一座孤岛，孤岛时刻会被海水掀起的巨浪淹没。十七世纪英国玄学派诗人约翰·邓恩的诗句从冷记忆里点燃：没有人是一座孤岛，/在大海里独踞，/每个人都像一块小小的泥土，/连接成整个陆地。

芁野里

“这真是场荒谬的雨！”

人群中跌撞出一声喟叹。声音有些熟悉，当我扭头去找 Q 君时，他的背影在病区的走廊消失了。而他们，那些拥有相同表情的脸上，嘴并没张开。

雨声喧烈，我耳畔就一直盘旋着更尖细的嗡嗡嘤嘤，他们的嘴仍一直紧闭。如果不是这些病人的窃窃私语，那就是我的耳朵或眼睛出了故障。眼皮底下的声语，竟然找不到来源，或者我就是“荒谬”的。一走进双重防盗门隔离的病区，我就不由自主地感觉到模糊的“荒谬”气势汹汹地奔袭而来。

大雨也气势汹汹，就这样把我们阻隔在这座远郊的精神病医院里。说是远郊，却是大张旗鼓建起来的工业园，有城市气象，入眼的是一片片水泥森林一条条水泥大道。这又是与城市森林差异度大，空旷，萧索，清寂，门可罗雀。医院租赁安置在这里，真是对园区里随处可见“实干兴园”“赶超发展”等正能量标语的极大讽刺。这几年，县级工业园的发展都是大干快上。像这样的内地县城唯一的资源禀赋就是土地，招不到实力雄厚的企业，着急拉升 GDP 的地方政府退而求其次，于是一些口若悬河、外表光鲜、别有企图的行游骗子、寓外乡友或本地老板以投资的名义乘虚而入。他们在早期通过各种社会关系进驻，玩起了“圈地运动”，盖上几栋空荡荡的厂房，砌起一溜高高的围墙，然后关门大吉，待价而沽。一排排围墙圈砌起来的院落，或大或小，有高有矮。墙内风景各异，有的荒草萋萋死寂沉沉；有的钢构厂房耸立，刷着安全生产四个蓝漆大字，半空中摇摆不定的几根细烟囱吐出滚滚浓烟；更多的是几栋空置建筑，又瘦又窄，倔强地矗立着，像几棵被驱逐出林子的树。

那些空阔的厂房，也像是患了病的人，荒废，冷清，忧郁，无语。

几只飞鸟悄立积着厚厚尘灰的窗棂上，你我瞻对，踩下几枚孤独的脚印。

医院“委身”于其中的一座院子。院子原来的设计已在一张纸上凋萎，也无人提及胎死腹中的蓝图，院长老张和几个合伙人买下它，稍施改造，厂房就隔成了病房。在医疗系统干了几十年的老张，拿出 A4 纸唰唰几分钟，空旷的区域就划分成——挂了台电视机的活动室兼餐厅、治疗室、强制隔离室、急救室、若干三人间病房。它摇身变成了工业园里的异类。外观上并看不出差别，如果不是事先打听清楚，很难有人会想到这是精神疾病专科医院。图纸上轰鸣的机声，在这里变成晨间爆发的号叫、连绵不绝的哀哭、流离四所的泣诉。听说挂牌那天，很多当地和外地的病人像探亲一样地走进了这里。

穿过水泥森林往外走，阡陌式的水泥公路，伸向那些叫“远方”的地方。住在医院里的人，也都是从“远方”来的。老张摸准了病人家属“掩耳盗铃”的心理，他们既希望病人得到有效治疗，又不愿太过声张，最好就像是一趟出门远行。

我找过来的时候，还是大太阳天，走走停停，道路愈加发白刺眼，不见尽头，让人有置身沙漠口渴难耐而升起的晕眩之感。工业园西边近山的那一侧，山势连绵，山影嵯峨，背阴处散乱幽明，但总归算得上是一丘丘禾田。禾田里的水稻长势从来都是颓废的，也许荒芜多年没结出过一颗稻谷。人们不太关注这些禾田的四季和收成，但都会顺着差强人意的山林，让目光爬上山顶。

山那边，我瞻望过好多次，却尚未去过。

Q 君逮着我的目光，像是抓到我的心思，别了一下头，语气湿黏黏地说："山那边，还是山。"我望了一眼老张，从我来到这里，他一直是脸挂很浅的微笑，与他们有着区别的微笑。我也尴尬地抽搐一下，朝他眼睛的"篮筐"里投球般投去笑容。

从卫生局长到精神病院院长，年过花甲的老张选择创业事出有因，在这个五十多万人口的县，精神病患者有三四千人之多。到省卫生厅的一次工作汇报中，老张得知允许办民营性质的精神病院，且当地政府有财政资金配套支持。他一吆喝，几个股东信心满满地加入，有了启动资金，一支专业医护队伍也很快组建起来。老张从股东们的口袋里掏出了七十多万元，可政府该配套的钱尚未到账，还只是在政府常务会议桌上滚过一次。"要钱不容易呀，不在领导的眼皮底下滚几个来回，你莫痴想。"深谙政府那一套运作模式的老张知道急也没办法。三十多名医务人员的工资开销，场地的日常费用，对单纯的民营医院来说，都不是一笔小数字，能否把医院坚持办下去，我感觉这还是个问号。言谈中，我能触摸到老张心中的那些焦虑。一点一点凝固积聚的焦虑，也曾经在他的每一位病人的身体里出现过。

"178 位病人，男性 97 人，女性 81 人，年纪最小的十二岁，最大的八十多岁，一旦发病，终生服药，复发率高。"我同老张闲聊病人的基本情况，他对数字格外敏感，病人的收治数经常发生变化，医院规模决定了收治病人不能超过两百，他们一般都劝那些有条件、病情轻的在家里服药治疗。关于病因，老张早就作了调查归纳，多数病人患病前比较聪明，追查患病之因，爱情婚姻失败占百分之四十，读书压力过大占百分之三十，其他社会因素占百分之三十。常见的患者都有幻听幻觉、抑郁、精神分裂等症状，最严重的视物变性，这可以导致杀人。谈到精神病患者杀人，老张一再强调他不是危言耸听，前两年县里就出现过这种情况，一个有精神病的青年男子误杀了邻家女孩，现在还羁押在市康复医院，法律上治不了罪。

酒精中毒性、精神合并癫痫、感染性、精神发育迟滞、脑器质性、颅脑外伤所致、老年期痴呆伴有急性精神混乱状态……趁老张接电话，我扫视一遍他办公桌玻璃台板下压着的一张小便笺，上面密密麻麻抄写着这些复杂多变的病理名称，在当前医学诊断上，精神病种类细分达二十六种之多。我细声念诵这些字眼，仿佛面对一张张表情怪异荒诞的脸。

我从医院门口的小卖店里带进来了两大袋烟、槟榔、饼干、花生等零食，老张说病人都很欢迎这样的"福利"。打开两道防盗门，一条直走廊，两旁就是病人的集体宿舍，每间房根据面积大小，安排了四至六名病人居住，一间教室大小的房子是活动室兼饭堂，一间特护室里不锈钢管隔离出四个小单间。下午多数病人闲得无事，在走廊或房间里走来走去。老张走在前面，病人对他毕恭毕敬、木讷庄重，像部队里士兵见到首长。面对陌生的我，有的病人不屑一顾，有的流露出紧张和防范的神情。老张不停地安慰，这是关心你们的好人，来看你们的。吃了院长的"定心丸"，见有吃食散发，病人热闹地围拢来，但到了跟前又很有秩序地各取所需。这一点让我有些吃惊。他们每人取一样，没有谁多拿多占，有的还很礼貌地道一声谢谢！一个小伙子拿到食物，盯着我问道，你是火星来的吗？然后诡秘一笑转身离开，我被他的话逗乐了。

打开走廊的另一道门，是女病区。男女病区结构设置大体相同，但明显感觉到，女病区里弥漫着一种说不明白的气味，滞重，壅塞，沉闷。与现实生活恰恰相反，女病人不爱干净，加上女性的生理周期，卫生状况明显不如男病区好。女病人对我们的到来，没有表示出太多欢迎的热度，对吃食兴趣也不浓。一个个头发蓬乱的女人，眼睛很警惕地望着微笑的我们。一团团迷惑的泡沫顺流漂来，我的乡下二妈，曾经因抑郁而自杀的女人，她的脸庞浮现面前，仿佛她也藏身于这群受难的女子之中。心底的绞痛，像墙角渗出的水无声却疾速爬上来，而老张关于“生存是场悲剧，必须学会忘记，与那些痛苦沮丧的时刻保持距离”的警告此刻被抛诸脑后。

一个皮肤黝黑的男子，穿着蓝条纹服，一直尾随老张这位“最高长官”，表达他那笨拙的阿谀之意。他嘿嘿地向我们走近，送来生硬的笑脸。他用力搓着粗糙的双手，盯着发剩下的半包烟。老张故意装聋作哑，迟迟不把烟递给他。烟终于递过去了，他姿势标准地鞠了个躬，拿到烟就悄无声息地从我们眼前走开了。

我们走进公共活动室，挂在墙上的电视是唯一的娱乐设施。一些人目光痴痴地望着电视，有的则散漫地转悠着，坐下来，又站起来。来到这里的人，平等相待、和睦相处，没有外面世界里经常遭遇的歧视不公、辱骂殴打，这是否能让他们获得心灵上温暖的慰藉，不再害怕被这个世界抛弃。Q 君站在窗户下，外面天光暗淡，雨声收小，他的脸侧面向上，眉头微皱，我在瞅见的那一刻看到了溢出来的忧郁和迷离。

我小心地与他打招呼，看什么？

他淡淡地说，世间的裂痕。

我一下没回过神来，又追问道，什么？

他这次回答的却是嘿嘿地笑，很生硬。他抬起夹在指缝间的烟猛抽一口，良久，从鼻孔里潇洒地吐出一个、两个、三个烟圈。烟圈扭动腰肢跑远，他的神色一变，笑的样子很开心，一点都不像是个有病的人。做这一切的时候，他还是望着天空中飘舞的无边无际的雨丝。收回爬到窗外的目光，他朝前方努了努嘴。我转身看到那个蓝竖条纹男子正敞开衣服，露出鼓鼓的肚皮，跟着电视机里央视3频道的流行音乐，走起了T台模特秀。他滑稽的表情，蹩脚的猫步，配以幅度很夸张的挺胸、收腹、甩头、摆手、扭臀，我们都报以热烈的掌声。男子盯着“舞台下”的观众，余光则瞟着我手中的相机，不时甩臂指过来，摆出一些定型pose。细微的“咔嚓”飘进他的耳朵里，那是此刻能让他心情非常愉悦的声音。

这是群有精神疾病的人？

谁知你我，又来自哪里？

是或不是，这两种回答也许在这里都是行不通的。我穿行其间，愈加惶惑。他们拖着身体的“躯壳”，精神却早已游弋在外。多少个世纪以来，宗教、哲学和医学都在寻求解释人类精神疾病不断这一问题，却毫无定论。人的绝大多数情绪都是负面的，负面的情绪又都是极其个人化的。有一次与人讨论，说写作不就是一件极其个人化的事情吗？照福柯的理论，在一个规训制度中，儿童比成年人更个人化，病人比健康人更个人化，疯子和罪犯比正常人和守法者更个人化。这让我想到电影《鹅毛笔》中的萨德侯爵，写作淫秽小说在市井坊间流传甚广，因此被愤怒的统治阶级投入疯人院。他在疯人院里以最个人化的方式享受着写作带给他也带给读者的快乐。在外人看来，他的疯狂像一支锋利的长矛，是对拿破仑统治时期的法国，对复辟的封建君王制度，对束缚每一个人的封建礼教的刺破。最终，他的“长矛”被收缴，他从绞刑架下离开这个悲催的世界。而极具嘲讽意味的是，那位统治阶级的“代言人”医生，表面上处处维护礼教和秩序，背地里却自私、淫荡和虚伪不堪，当看到萨德的书成为流行读物后，他的大脑“绽裂”，开始组织病人印刷出版牟取暴利……

Q 君转身走了，他大方地走到 19 号病床旁，向后转，抬腿，侧身，硬邦邦地躺下来。我真是担心他闪了腰，他却大大咧咧，执意要我上前看望他的表演。过去他身材偏瘦，热天裸着上身喝酒时，肋骨根根清晰可触，而今他明显发福，并不是人到中年的败局，老张低声说，常年吃药的结果，药里面有激素。我问，有没有激素的药没有？老张翕动翕动鼻子，在“有”或“没有”的答案里跳来跳去，颇费了些时间后摇了摇头。

掀开病服，Q 君鼓胀起的肚皮上居然画了一双红眼黑眉，颜色淡了些，但轮廓惹人发笑。他运气丹田，把肚皮这张脸拉成一面圆鼓，又憋足气，把脸拉长，随着他肢体打出的节拍，“眉”和“眼”一蹦一跳，肚脐眼打扮成的“嘴”一开一阖。不知他何时学会了这一招，他的表演像模像样。Q 君就有了两张脸，平时给人看见的那张脸是表情冷漠的，另一张藏在衣服之下的“肚皮脸”却喜怒哀乐，情绪茂盛。或者是，他让肚子成了一面哈哈镜，把他们这群观者的脸，照成他们想要的夸张模样。

听说 Q 君在表演，他的病友们呼啦之间一拥而至，把病房围了个水泄不通。我扫视一圈，像看到花果林里簇在一根根枝上的数个花苞。哈哈大笑者，木讷者，故作惊奇者，苦大仇深者……众生相琳琅，唯有 Q 君不动声色。每一具身体上浓重的汗味也悄然绽放，我缩了缩鼻子，赶紧往外吐纳。人群中没有人在意我的抽身离开，就像大家也没在意这场荒谬的雨是何时到来的。

雨声大作，也没有人伸头去窗外探望天气的遽变。一大群人从活动室挤进了 Q 君的病房，活动室和走廊显得空荡，几个袖手无事的病人走来走去，眼睛直盯着虚无的前方。但老张说，幻视的病人，盯一个地方时间长了，能看到常人想象不到的景象。我突然有些嫉妒，整天能到看不同的景象，想看什么顺着一个念头就看到了，这不是一种奇妙的生活吗？老张像洞察我的心事，立即补充，你不知道他们的痛苦，是那种每时每刻都要搏斗的痛苦。是“看见”闯的祸和罪过？

观看的秩序是井然的。他们鸦雀无声，唯有眼神交流各自心声。我诧异于这种秩序，是老张这位精悍的院长训练出来的，还是那些有激素的药物使然。例外的是，一个瘦骨伶仃的青年跳将出来，一本正经地绕着观者的内圈，俨然他是这秩序的维护者。他腰板笔直，面颊两侧暴出几颗红得发紫的青春痘，竹竿般的细长腿踱出的方步歪歪斜斜，一只手在他的同伴面前挥舞，但没有人搭理他。他像空气，他在他们面前就是空气。老张站立人群中央，嘴角的笑，显得僵硬，像一位严苛的父亲看着自己的孩子。我早已暗中注意到，他们也都真像孩子似的，在老张这位“父亲”面前讨好表现。他们希冀得到某种奖励，也许这奖励只是老张的一个微笑一个温柔的眼神。

青年走动的时候身体是歪斜的，左膝像是身体拄着一根不属于自己的棍子。我原先以为“歪斜”作怪是他的幽默，后来才察觉出他的异样。老张熟悉每一个“孩子”的来历——青年高中未毕业入伍边境武警部队，某一天突然从三楼飞身而下，他要摔死给他的战友看。性情上的孤僻不合总让他质疑战友的严肃与玩笑，从口角、殴斗，最终激化为自杀。部队后来把多处骨折尤其是左膝粉碎性骨折的他送回农村，给了一笔丰厚的退伍金，声称他的精神状态已不适合留在部队。素来寡言的青年更加沉默，他的母亲耻于承认，逢人便说，是部队的战友欺负他，把他逼出了精神问题。人生一旦破了窟窿，就再也回不到原貌了。老张这么说，并做出个手势，似乎要把空气戳个窟窿。青年和我的朋友Q君都成了老张医院的常客，在不同数字的床位之间玩着身份交换游戏，但几乎没有说过一句话。

“连死的勇气都有，一个人还需要跟这世界说什么呢？”

这是Q君跟我们喝酒时说过的一句话。那时我们年轻，他是能饮者，一喝多，就成了哲学家。我们喝了酒总有奇谈谬论，或唏嘘人间悲剧。有一回Q君说起镇上刚死去的一个中年女人，不知从哪一年始患上一种奇怪的病，从她腹部的右侧长出一大块肉团，肉团颜色紫殷殷的，薄薄的一片皮肉很坚韧地兜着它，像腊月里家户挂在外面晾风的灌腊肠，看上去很漂亮。她年轻时也算是个标致的女人，但家道不好，父母早逝，又辛苦抚养带大三个弟妹，找了个在搬运社工作的四川籍丈夫，经年累月把腰累成痨伤，稍加负重就咳出一口浓痰，痰里夹杂着缠绕的血丝。我记得那几年女人越来越憔悴凹陷，却无故长出个肉团。Q君说，像发酵的面团，越来越肿大。你难以想象一个骨瘦如柴的人身上悬挂着一团瘤状的肉，在衣服下凸起而步履缓慢的姿势。听说有一段她日子还搭车去县城乞讨，把那骇人的肉团露在外面，向路人走过的半空中伸出蜘蛛般枯瘦的手脚。她后来终于是狠下心自杀了，趁着丈夫回老家，喝下一瓶剧毒杀虫药。Q君起了头，我们就开始谈论女人身上长的那块脂肪瘤。脂肪瘤这个名词是从一个医科大学毕业的同学嘴里言词确凿地说出来的。他说，脂肪细胞原本扮演着身体储藏室的角色，它效忠身体时，丰富的脂肪细胞游弋在骨头与肌肉之间，人的皮肤就会光滑细嫩，胖人要比瘦人更能耐寒忍饿。一旦叛变，脂肪细胞所包含的黄色油球，只顾把脂肪储存起来却与身体内的领导者对抗，不再去为身体的需要效忠，而变成一颗癌细胞，那身体的噩运就随之拉开帷幕。

“人的表皮之下集结着十亿脂肪细胞，谁能保证它一生忠心吗？”

“脂肪是必不可少的，但它也会成为虚无的存在，就像脂肪瘤越长越大，人却被它折磨死去。”

“像富人，缺少慷慨、大度的品性，对穷人都是无益的。”

当Q君与医科生交锋着思想，争议着身体的复杂组织，打着富人穷人的比方去总结人的宿命时，他只是个乡镇中学的地理老师，每天都要经过女人家门口并看见那团肉瘤的存在。他肯定为女人的死伤心过、哀悼过，但游离在外的我们不会有那种强烈的痛楚。痛楚之后，依然要站在讲台上的Q君，每天继续在地球仪上周游世界，探测地球的深度、某块陆地或海洋的经纬，暖湿气流在空中如何相遇，地貌在时光里不为人察的变异。我更钦佩他历史知识的渊博，对每一次历史事件前因后果的洞察，历史拐点带给世界的复杂变化，从野史中走出的历史人物身上的荒诞性。我们是从少年进入青年时代相识并缔结的深厚情谊，他虚长两岁，却给过我们很多书本世界之外的惊喜。我们有过很长一段时间的书信，他陬居乡野，生活寡淡，某一天迸发的怪诞想法，以书写的方式游弋到我身边。他喜欢上学生中一个特别聪慧漂亮的女孩，暗中支持她坚信知识改变命运；他信心百倍学习英语准备考研，以期离开穷乡僻壤；他读完我寄给他的《万历十五年》，然后在按捺不住的失眠中召唤灵感……这些努力后来都找不见踪迹或中途夭折。就像那些纸页发黄、字迹闪烁的信函，被我捆成一札废弃物送给了楼下的废品收集者，还是连同某个夜晚一起持烛烬之，都已下落不明。

我和那些与Q君相好的三五朋友都走到了城市的角落安身立命，起初我们还在岁末节假会聚镇上相谈甚欢，还不依不饶地钩织理想，而不屑现实于一顾。Q君总是斗志昂扬的那一个，这是我所发现我们之间的差异。在面对现实的种种困扰时，我永远都缺少他那种正面强攻的勇气，而选择迂回闪避的方式绕道。绕道者有绕道的侥幸，强攻者会遇到攻不下的挫败。此去经年的信息渐渐发达，交流却陷进风蚀地带，我听到的关于他的现状，都戴着一副灰色的面具。大概是考研路上的三番折戟，来自学校领导、同事和乡邻的冷嘲热讽，爱情的挫折，婚姻的无望，青春和世俗繁衍的重重矛盾，把他推向一个个酗酒之夜。即使是我们岁末年初凑拢来的难得相聚，喧闹之中，他却成了最孤单最容易醉倒的一个。

他们在说，Q君考研影响教学，也不会处理关系，年终没有评优，就跟学校领导闹翻了；他认为是领导有意为难，而且评上优秀的老师，所教的班级成绩不如他的学生；他抵触学校领导和几位同事的虚伪做派，声称永远不跟形式主义妥协。他们在说，Q君相亲见光死的原因是他嫌弃女方读书少，可又没有本事到县城、市里找一个；他鼓励帮助过的女生远远地躲着他，她的父母向学校投诉他心怀鬼胎。他们又在说，风水先生哪一年就断言，Q君家的祖坟埋在水凹洼，地势低，一下暴雨就淹了，后代要往上爬高一点都是白费力气。躲在背后议论的他们，是那些他曾经的学生、同事，熟悉的乡邻、亲人，也有他最愿意相聚而终远离的三五好友。医科生伙伴预见性地说，Q君有陷入人生荒谬之预兆！

我们没有人去设身处地地想过，有一天，Q君的荒谬真的撞向现实这堵墙。对他而言，既清晰又难以驯服的荒谬，是何时潜入他的生活，又是怎样生根开花。

Q君终于在谶言里出事了，他先在办公室里朝左腕上割了一刀，送作业的科代表发现后吓得啊哇呜呀地大叫。几个月后，他又拿同一把削铅笔的刀片在教室里朝左腕割了第二刀、第三刀，当时学生正在埋头复习迎考，Q君端坐讲台，面前的课本被风吹出细簌细簌的微响，坐前排的一个学生，突然看到地上一条红色的蚯蚓蜿蜒而至，爬到了自己的鞋底下，也许这个调皮的学生还萌生了捡起蚯蚓吓吓女生的念头，但他发现他的脚没法翻转蚯蚓的身体，而他的目光稍稍抬起，他看到了一条世界上最长的蚯蚓，是从老师的身体里爬出来的。Q君再一次从死亡中幸免，他曾经的理性在面对心灵的呐喊时变得一筹莫展。他怕疼，手软发抖，不敢用旧了的钝刀片使大力，在刀口嗞嗞割开皮肤的裂疼中，他呜呜地落泪。学校领导抓住他的精神异常让学生遭受刺激做文章，认为他已经不合适在教学岗位工作，把他调去校工办公室，好心的同事怜惜他，让他干最轻松的活，按点敲上课铃下课钟。他错会好意，对同事恶语相向，还一次次随性地把铃声之间的时间拉长缩短。有顽劣的学生，干脆课间把他堵在茶水室，藏起他的敲钟锤，搬来地球仪请教山高水长，搬来历史书争论江山社稷。一些班级的师生常常为了上课的时间吵得面红耳赤。他的罪名又添加一条：扰乱教学秩序。结果就是，他没有教室可进，没有钟可敲，这种游手好闲更加深了他的耻辱感。耻辱笼罩着的他开始给乡镇教育组、县教育局市教委写告状信，揭露学校的不公、校长的小集团小金库小裙带，这些控诉最终被上面小而化之。校长还是校长，他却不再是他。他成了某种建立起来的秩序的破坏者。人人都在背后议论“荒谬”的他。这荒谬在他的呼唤与世界的不合理的沉默的对抗中产生，一堵墙垒得越来越高。在学校大刀阔斧的改革之鞭要抽到他身上的关键时刻，那位在砖瓦厂劳碌一辈子的脾气暴躁的父亲，呵斥着哭哭啼啼的文盲妻子，领回儿子，奔波在去医院的路上。

三道蚯蚓似的疤痕叠印在手腕上，被他藏进长衣袖里，只在熟睡的时刻被他母亲偷偷抚摸过，他有时也会揭开袖口逗吓妇人怀抱里的婴儿和咿呀咿呀的幼童，然后遭来一片恶毒的骂声和哄笑。大庭广众之下，他那种故作镇定的相遇和貌似安然的无恙，还是会莫名其妙地露馅。他进出医院的次数逐年频繁，码放在窗台的药瓶多了起来，他的信口胡言也稍不留神就跑出来。母亲因此信了佛，常常丢下家务去求神拜佛，在人家面前说道哀伤，耿直一生的父亲不信这套，呵斥母亲的声音越来越大，家里的锅碗瓢盆无故就摔地残缺。他还偏要添乱，还偏要忤逆母亲的愿，去投靠抵临乡野不久的上帝。他早早起床，沿着通往镇外的唯一公路，步行半个小时，钻进新建的基督教堂。他茫然的目光，看着高高耸立的穹顶，贴彩画的窗户，冰冷的石像。他混迹于一群上年纪的老头老太之中，比母亲在神佛前更显虔诚地低头默诵，那些原本积压他脑子里的历史地理知识，一片片落叶般地向细瘦的身体外坠落。信仰这种个人对终极意义的追求，在他那里不知被什么取代？他的母亲很无奈，在犹疑中许下誓言，若上帝能拯救自己的儿子，她就去信基督。有一天，他遇到教堂里的每一个人，都要质问一个与上帝有关的问题："为什么他容许这个可怕的世界继续存在下去；他有什么资格为他的独生子作那伟大的宣告；他有什么资格说，若不借着我，没有人能到父那里去；他有什么资格说，他就是道路、真理、生命这类的话？"没有谁知道这句话的来处，只有他记得读过的那本书的页码。没有谁能回覆这句话的要义，只有他知道他接下去的言行。

他跨着大步，振臂一呼，当着众人的面，把一本崭新的《圣经》焚毁，火焰在石像下跳动，摇摆着妖娆的身体。燃烧一本圣经远比一次祷告的时间简短，更让人瞠目的是，他张嘴朝石像吐了一口唾沫，然后头也不回地转身离去。在场的十多个教友，表情里流露出揪心般的疼，但没有一个人上前把圣经夺回。这里面有的人，曾经谤议他这样一个过了结婚生子的正当年纪却还单身的人不能进教堂，一个抽烟喝酒觊觎女学生的人不能进教堂。上帝不是爱他的每一个子民吗？他两片嘴唇一吧嗒，就让对方哑口无言。我们已经无从探究他起初是真正怀着成为一名虔诚基督徒的心愿，还是后来走偏踏上属灵的离经叛道之迢途。终归是那一天，火焰照亮他手腕上的伤痕，红得那么耀眼，仿佛有血液正从“蚯蚓”的身体里往外淌涌。

他此举非但没有让上帝的声誉受损，反而是他病情的反复、言行的漏洞，成为那些教友取笑和佐证“上帝愠怒”的生动教材。好些年过去，我偶然读到小说家张万新写的一首诗的开头几句：“那个人在教堂门前鞭打自己的影子，/ 为了关一扇关好的门。他是我的兄弟，/ 他没有疯，也没有罪。”我立马就悲从心生地想起了 Q 君。

从教堂出来，他去过本地和周边省份的几家医院，也有过短暂的治疗，但看不见持久的疗效。有亲友暗中向他父亲兜售，找家私人诊所切掉他的脑白叶质，他会彻底安静下来。他父亲果断地拒绝了他人的怂恿，继续积攒一点钱，再带他去一次医院，直到老迈得再也不能远途跋涉。这两年 Q 君自己选择了老张的医院“远行度假”，短则一月，长则半年。那些白色的小药片，盐酸苯海素片、海必利片、甲氧氯普胺片，在母亲一以贯之的神佛和被他偶尔惦记起的上帝之外光顾他的日常生活。这些药长期服用所带来的副作用，对肠胃和记忆力的伤害，让他时常变得呆若木鸡。这是对他面貌最恰适不过的形容。他喜欢晚上出门闲荡，可有时连回家的路，都要一条分岔的路口纠结很长时间。他像一辆深夜在野外抛锚的车，风寒霜冻，救援却迟迟不在白昼将近的时刻到来。他不知从哪里弄来一个可以折叠起来的小骨架，那种我们后来经常会看到的万圣节的装饰品，逝去幽灵的遗物，在他手掌上折叠翻滚。他有时学着，像骨架那样把身体缩起，像小龙虾，仿佛要在外表上发展出一个坚硬的壳。回想起他进教堂的时日，他不是要找一个上帝的国度吗？那壳看上去是可靠的，是可以筑起一个国度的城堡的，但他内心却极度脆弱，那么容易被攻击，他体内的骨架也许干脆是松软的，那些钙质在骨头里逡巡，却缺少有机物质调和，如同没有黏胶的一盘沙砾，永远不能竖立为沙雕。

Q君有自杀倾向并付诸实施的那年冬天，我闻之惊骇不已，立即决定，动身去镇上学校的旧宿舍找到他。然后我们乘坐一条小木船，去河洲上的一片荒凉的杉树林散步。杉树林是他那一段日子最热爱的地方。冬天的水杉，光秃秃地抵挡着河面吹来的风，那些掉落的叶子，浅栗色，厚厚地铺在地上，踩在上面软软的，有如身陷泥淖。在这片艽野般的地方，四面空荡，八方来风，冰凉地擦着裸露在外的肌肤。我企图靠近并去打开他内心被隐痛裹着的结。我小心翼翼，又不敢加剧一个在生活中滑落者的痛苦和他悲观厌世的情绪。我挑一些看上去不错的往事，也谈我们在外漂游者的困惑，他回以无动于衷的表情。我们走了很远，他终于开口了。

“你一定是想比别人更多地知道我为什么会这样？”

“你很费解我的这些不可思议是从何而来？”

“我几次胆怯赴死，却又还羞耻地活着。”

“那些活下去的理由，也是死去的理由。”

他就用“活着与死去，都是同一个理由”的哲学回答，拂扫我心头的疑惑，却又让我视野模糊。后来这句话多次影响到我对生活意义的思考。地球、月亮、太阳，哪一个围绕着哪一个，怎么转，转多久，从根本上都是无关紧要的。陷入潦倒之境的伽利略，不也曾轻易地放弃他那些坚持的重要的科学真理？

杉树林有一段很狭长的路，他走在前面，我在后面，我们在纵横之间走了很多个回合，也仿佛是走了无数个昼夜。水杉仿佛生来就此般高挺笔直，我记得他举首望着一只大鸟窝，问我对他打算像柯希莫那样去树上生活的想法有何高见。他竟然想学习十七世纪意大利翁布罗萨的那个十二岁的贵族少年，我知道他定是刚读完卡尔维诺的小说。他说，他是正读着《树上的男爵》。他问我，谁想看清尘世就应同它保持必要的距离，你不认为这句话很有道理吗？我迟疑了一下，他就走远了。他的背影看上去像一个无所依托的流放者，他随手捡起一根细枝，抽打着刻在皲裂树干上的记忆。树皮碎屑窸窸飘滑落地，我感觉像是自己身上有什么东西在掉落。我不喜欢看他把现实戳得千疮百孔，把孤独的自己推向更孤独的境地。那一刻，我相信，一个人与自己的生活之间，肯定存在着某种压倒一切苦难甚至死亡的东西。那一刻，我对他又多了些与别的朋友之间不同的亲近感，不只是同情与悲悯，而是某种隐约的敬意。我宁可相信，他是在展示着我们希望思考却尚未开始思考或最终不会思考的东西。我很想帮他，但我又无奈地想，这世上终究是谁也帮不上谁。

从杉树林渡河回来，我上Q君家想顺路看望一下他的父母，却被两位老人热情挽留。当烧瓦工的父亲能喝酒会劝酒，我方明白他的酒量是典型的遗传。酒像上了热气的熨斗，把老人常年烧窑炉烤成紫铜色的额头上的皱纹深沟熨拉得平浅了些，而我很快就晕晕乎乎。饭桌上的他思维清晰，言语正常，还劝父亲不要灌我酒，我身体里暖流四淌，像是回到从前的酒聚上，常常是他护着我帮我挡酒。天黑得早，白天走了很远的路，疲乏得很，加上酒精的催化，我早早被他扶上了他家的客床，还叮嘱我床头搁着杯茶水。半夜里我果然口渴醒来，意外听到门闩拉开的声音和脚步的拖沓声，又看到人影的晃动，我当是便溺者的响动。但好长时间也不见门关上，我把床头的水喝尽再闭上眼竟睡不着了。好奇的我披上衣服走出去，唤了两声Q君的名字，没有回应。到屋外看见廊下的灯昏昏地亮着，Q君喘着短气从黑暗里钻出来，朝光的另一侧暗影里急傻傻地奔去。我压低声音问怎么啦怎么呢？等他前额脖颈湿漉漉地回来，却是略带责备的语气说，你安生睡你的，让那人跑了，今晚是不会再来了。我问他那人是谁他闭嘴不说。他的父亲这时也起了床，低声制止了儿子半夜追人的荒唐之举，语气里没有了早年的暴躁，只有哀求和绝望。他又冲儿子的背影叹息一声，梦和现实总是混淆，未来的日子不知如何到头。我们各自回房，熄灯睡觉。我耳畔回响着一个老人对儿子“日子如何到头”的嗟叹，挨了多久，依旧迷迷糊糊，依旧听到他在另一间房里翻转身体的微微声响，像翻一张已经焦黄的煎饼。

我后来逐渐把这个夜晚忘记，偶尔想起时会有恍惚之感，以为那只是一个梦。我是真心想把它当成一个梦。

蓝条纹男子从身边走过时，老张一把牵过他的手，跟我耳语，他父亲也是个精神病人。我认出他与Q君勾肩搭背、相谈甚欢。我想和他谈谈，老张就轻轻拍了拍他的肩，“荣伢崽，出来一下。”他满了四十，但看上去要比年纪显小许多。在我面前坐下，他略微有些局促不安。他的烟瘾很大，抽完一支烟后，才开始向我讲述他的“病史”。初中没毕业，父亲一句话“读书卵用”就退了学，其实更多是经济局囿，家里姐弟五个，没钱供了。排行老满的他到广东一家服装厂打过工，打工期间参与一次老乡与外地人之间的斗殴被工厂劝退。十九岁那年，他打工返家后借来初中、高中的课本，想复读，这一行径遭到因为考学已经发病的父亲的训斥。他不管不顾，栽着头，逼上梁山般地从早到晚啃书。越急就越读不好，越读不好就越发焦虑烦躁。某天夜里，再次遭到脾气火暴的父亲的斥骂时，他一拳打掉了父亲的一颗门牙。那一晚，他烧掉了所有借来的书，揪扯着自己的头发，一根接一根地抽烟。

荣伢崽清晰的思路让我感到惊讶。过去的事情他讲述得很准确，时间、地点、事由，没法叫人相信这是个患有狂躁症的人。但自从有了第一次发病，他就间歇性地发作，屡屡拳脚相向。他把不公命运（没读书的命运）所导致的后果都归结到那个跟老支书纠缠不休，在家里情绪暴躁的老男人身上。后来，他才发现，这个人已经鬓发斑白，满脸皱纹，年老力衰，被儿子打过几次后就开始躲避，即使是儿子强悍的目光射来，他也会不由自主地哆嗦。我谨慎地避开关于他父亲患病的话题。

我们都是吃了性格的亏，太犟，太呆板，太爱顶牛，撞了南墙也不回头。孰料这位儿子谈论精神病父亲时的那份淡然，仿佛是置身生死之外的超脱。

荣伢崽的父亲的伤心往事是老张后来讲述给我听的。“文革”期间，老荣有着美好的向往。学习优异的他因为家庭成分的问题，先是被村支书剥夺了读大学的机会，后来连学校代课的机会也“剥夺”了。恢复高考，老荣立誓要考个大学，反反复复，头几年总是在录取线的边缘游荡，后面是一年不如一年。再后来，老荣年岁渐增，考学是彻底没了希望。由此，他记恨了村支书这位戕害自己命运的“罪魁祸首”。支书在位时，不务农事的他就从早到晚跟着，记录下支书的一言一行，然后每月给县、乡领导写信，检举村支书的“反动与腐败”。写信没有回复，没见到调查组，老荣就去上访。领导拗不过他的坚持，游说即将到龄的支书提前退了休。没料想他不愿撤离，继续像影子一样地跟在后面。心怀愧疚的支书也是个霸道的人，并没有意识到老荣的行为举止和心理状态濒临失常的边缘，只差扣发“扳机”。某天，支书俨然以一种毫无罪过的姿态讥讽老荣的高考悲剧时，后者气涨着一张发红的脸，早谢的头顶变得更加油光泛滥。在众人取乐的欢笑中，老荣感到一股力量拽着多年来忍受的屈辱东冲西撞。命运的不公，生活的不如意，时代的卑微屈辱，让他对眼前某人的愤怒极速膨胀。他随手操起农民屋堂里的竹篾耙头，扑向了呵哧呵哧笑得正欢的支书。

支书的一只眼睛被弄瞎，而老荣发疯了。发疯了的老荣还是追踪着支书，支书惶恐不安，双方几次发生摩擦和打斗，搅得村里鸡犬不宁。无奈之下，乡里每年象征性地出点钱，把老荣送进了精神病院。

他绞尽脑汁地逃跑，终于一次成功逃脱后，却在回家的半路上给车撞死了。听到这个结局我很吃惊，一个家庭，父子患上相同的精神疾病，父亲成为一面镜子，难以言喻地照着儿子的人生前程。

老荣死后，荣伢崽的病才浮上水面。不发病的时候，他就外出打工挣钱。结了婚，两个孩子，大的读一所职业中专，小的念小学，家庭开销大，医生开的药要长期吃，有时嫌贵就偷工减料甚至停了。那种叫帕罗西汀的药，小小的白色药片，许多精神疾病患者常用药物，经常被荣伢崽这样的患者忽视。而忽视的后果只能是病情复发，然后他每年都要到医院来住一段。最近的一次外出是年前，经老乡介绍去到一家电子厂，三班倒，流水线上的时间枯燥乏味，没吃药总记不住上班准点时间。有天外出到一高档楼盘售楼部被保安睨视驱赶时，一气之下捡石头把大堂落地玻璃砸了一个窟窿。“赔了钱，出口气，这样又回来了。医生说还住半个月就可以出院了。”他说得很轻巧的样子，“我还是要出去打工，细伢子读书要钱，还得靠我。”一个父亲对女儿的心思，在当下和将来，是否能获得女儿内心深处的认同和体谅。

谈话结束，荣伢崽从裤兜摸出一根烟，借火点燃，挥手告别。身后的不锈钢门“咔嗒”关上。这声音仿佛把这个现实的世界隔断成两半，Q 君、荣伢崽们跨进这张门，回到他们的世界，与无数活在我们中间的人不同，他们向回不去的世界闩上门，紧闭不出。我不知道，夜色升起的时刻，那些时光哑默的晚上，每张床是否都会与他们说话，每面墙是否都可以打开一扇门。

雨声依旧大作，把整栋楼的屋檐遮棚拍打得惊心动魄。离医院不远的地方，是广阔的洞庭湖。湖面上氤氲的阴沉，团团抱抱，推搡追逐，与死亡有关的衰败气息在暗处发酵。病区里的气味追赶着被雨淋湿的风。湿滑，黏稠，很浓的锈味，轻微呕吐物的味，从不清新的衣物里飘散的味。我感到形容它的语词是匮乏而不准确的。表演结束，人群四散，好几个挤到我的身旁，还是那个年轻人突然拍了拍我的肩膀，问我哪一天进来的，是不是从火星上来的？我苦笑，在这里，他们的任何言语，都可以是一首耐人寻味的诗。Q 君不知何时走到我身后，说：“这真是场荒谬的雨！”

我望着窗外的雨，雨幕遮挡了远处的世界，只剩一片灰蒙蒙，转头就只看见走远的 Q 君的背影，就像我们过去的某次相聚后的告别，他走了，我留下来。这背影一晃眼又变成茱伢崽的，我也像是这些病人中的一个了，我是从那个被问到的“火星”的来处来的。我想起那个地方，还有一个“都市”的称谓，人群聚集那里，许多人，彼此并不相识，密集地共处在同一个空间，不打招呼，不攀谈，每个人各怀心事左顾右盼。空间上的如此近，在沉默无声里又是如此疏远。就像波德莱尔所说，每个人都将自己藏身于人群中，这样的人群又成了坏心、恶行的温床。我们被这温床“滋养”，一不留神就或快或慢地腐烂变质。又或是，我们在水面上瞻望，却看不见水。

雨在用餐铃响起时骤然停下了。像听到号令，他们面无表情地排队领受食物。天色在雨幕里尤显凝重，一天即将告别。我也和医院告别，和这一片水泥森林告别。车行至公路的拐弯处，我看见医院藏身的那幢建筑，在臃肿庞大的工业园区，它像极了一棵就被驱逐的孤独的树。差不多十年前，Q 君去树上生活的向往，一语成谶。只是他爬上的树是这般一个地方。他和那些被认为是荒谬的人，从我们中间走出来或故意掉队的人，都在这棵树上看着生命之光一明一暗，闪烁，绽放，萎灭，重新燃放，重新萎灭。

其实我们都是世间再普通不过的游走者，无足轻重的小人物，他的悲剧，我们的悲剧，悲剧人物的忧伤种种，都是荒谬这位主角的重复演出吗？回城的车上，车窗紧闭，一片沉寂，我却感到有一股仿佛从恐惧内部奔泻出来的风，锐利地滑过来，荡过去。我开始有些后悔在精神病院度过的一下午时光。一张张时而模糊时而清晰的脸，陌生而又熟悉，他们变身为球状黑暗之物，一锤锤砸过来，心脏硬邦邦地疼。时针指向深夜某个角落，偶有过往车辆尖细的喘息锐利地划破沉沉夜幕，广袤无边的夜色紧扼那些彩灯闪烁的长长街道，仿佛一条看不见尽头的食道，随时就把这世上冒失者吐出的声响，生吞活剥，消弭干净，连骨头也不吐出。

那些待在角落里的人，是不是被侮辱和欺凌的冒失者，是不是最无力的遗弃者？我反复给自己提出这个模糊又具体的问题，却从没获得任何声音的回答。

那天的暮色里还有一个场景被我提取。走廊拐角有一处人造天井，雨屑濡湿定定站着的Q君的额头，我看向他，他却把目光瞥向茫茫雨中。那目光里的虚无绷紧力量，仿佛箭在弦上将要射出。可是，等了许久，他闭上眼睛，那箭在铿亮的弦响中最终是射向了自己。他的眼角，冒出两颗圆鼓鼓的泪珠，也许是那荒谬的雨。

巴什拜上山喽

一

一群羊密密匝匝地走在乡间公路上。

旅游车减速停下，耐心等待羊群让道。

羊的个头长得很接近，脑门白色，尾部肥大，毛色红棕，耳朵上方长出深深浅浅的两只羊角。也有些白羊混在队伍中，特别打眼，有的屁股上涂上了蓝色颜料，有的剪出一个大平头。那是牧民为了便于区分是谁家的羊。

骑在马上的一位“半克子”牧民挥动长鞭，像劈开一条河流，把羊群分成两半。羊一点也不慌张，迈着小碎步，呈人字形打开队伍的闸门。车重新发动，缓慢地从羊群中驶过，羊并不为身边经过的庞然大物所惊扰，互相摩挲着身体继续赶路。羊没有表情，抿着嘴，昂着头，看着前方。

我也从车窗外看到了，前方是连绵起伏的巴尔鲁克山。

第一次到新疆塔城，文学家茅盾说她是中国西北的最后一个城市，从地图上丈量，她是离海最远的地方，而蒙古语的意思是旱獭出没之地。我在塔城最先听人说起的不是山或那种消失不见的旱獭，而是这群羊——叫巴什拜的羊。半小时前，原籍甘肃后在山东长大却嫁到塔城来的年轻女导游正编排着它们：“头戴小白帽，身穿大红袍，尾巴分两半，好吃最难忘。”她描述的“难忘”前一天已经在餐桌上被我们咀嚼，我们用牙齿和舌头尝过它的鲜美味道。

“真不一样！”“好吃！”除了这两句抽象、空洞但也真切的感慨，初来乍到的我们似乎找不到更精准生动的新词来传递舌尖的感觉。巴什拜在新疆的闻名遐迩，也就在于它是北方牧场羊肉中的佳品，味美肉嫩，营养丰富，无可替代。有时候，人就是靠味觉的记忆对一个地方保存着长久的念想。

二

成群结队的巴什拜跟着主人，一个多月前转到了巴尔鲁克山北的这片夏牧场。

公路牧道旁的吐尔加辽牧场，像神的双手抖开一张巨大的绿色地毯。各种颜色的花藏身其间，像人海中美妙女子的回眸一笑。转场的路途遥远，劳顿跋涉，它们忘了眼前的风景。也许看了太多的风景，就没有风景能再让它们怦然心动。也许它们是用胃来记忆一个地方的，牧场风景美不美，是那里的草料好不好。

巴尔鲁克山在塔城之南，与人们熟悉的北边“界山”——塔尔巴合台山遥遥相对。从大比例地图上看，它像“雄鸡”顶端弯曲向下的那片漂亮羽翎。全长 110 公里的巴尔鲁克山脉，西南宽，东北窄，宽窄比例达五倍之多，像一把大扫帚，把帚尾扫向西北偏北的中哈边境。

看到山，也就看到了边境线。塔城美术馆的中俄哈三国国际油画展的展厅里，一位新疆青年画家用笔下的“皑皑白雪”覆盖了起伏的山体和棕色丛林，那是我与巴尔鲁克山距离最近的一次遥远相遇。在另一位画家的作品里，巴尔鲁克山海拔 3200 多米的最高峰坤塔普汗峰，成了一位老牧民和几只巴什拜羊在阳光下眺望的清晰背景。无论你站在哪个角度，羊的眼睛都注视着你和你置身的世界。

也是巴什拜的世界。

三

“巴什拜！”羊群被甩在了车后，来自四面八方的漫游者，隔着玻璃欢快地唤着羊的名字。它们没有表情，也是用看不出情绪的表情和你告别。也许再次相见的时候，是在一张吵闹的餐桌上。食客不会记住一只具体的羊。

外面的阳光过于炫耀，它们心思涣散，或许听得不够真切——车的轰鸣像偶遇的蜂群嗡嗡嘤嘤，我们的呼唤掺杂其间，它们错以为是喊着一个人的名字。

没错，巴什拜也是那位在巴尔鲁克山区裕民县吉他克乡出生的受人尊敬的哈萨克族男子的名字。成年后拿着父亲分给他的一百多头羊和一群马，倚仗一次偶然发现的成功交配，他成了巴尔鲁克山区的人生赢家。

有人说，是山上那种一百多公斤重的野生盘羊误撞入了他家的羊圈，与哈萨克土羊交配后，生下的红棕色仙脸大尾羊。那些盘羊野性十足，抗御寒冻的能力特别强悍，即使零下 40℃，照旧在雪地上自由行走觅食，杂交的后代也是骨骼强健、抵抗力强。也有人说，是勤快好学的巴什拜在草原上摸爬滚打，向老牧民谦虚求教，把从前苏联引进的叶德尔拜羊关进了羊圈。成功引进优良畜种的杂交科学实验，一次被写进草原史志的繁衍传说，是机缘还是必然，已无从考证。

巴什拜欣喜地发现，仙脸大尾羊生长发育快、成活率高、适应性超强。大尾们的到来，让家圈的羊越来越多。他不得不雇佣牧民来放牧，也不得不一次次把羊圈的栅栏拔起，再建一个更大的羊圈。羊群是草原上财富的象征。巴什拜成了远近闻名的大牧主，富甲一方。他的羊群在牧场上出现，人们都要侧目注视。羊腆着圆滚滚的肚子走过的草地，来年又长出一片丰茂浓密的绿色。

如果只是拥有无以计数的羊，也许不足以让人记住这位草原上富有的大牧主。我听到人们津津乐道地叙说着，没有受过正规教育的巴什拜，在民国二十五年（1936 年）筹建了裕民县的第一座初级中学，又紧接着投资了塔城电灯股份有限公司，建起了塔城第一座电厂；民国三十一年（1942 年）请人修建了额敏河大桥，解决了裕民县通往塔城的人畜过河的困难，时任行政长官后来将这座桥改名巴什拜大桥；抗日战争期间，他给政府送了数百匹出征的马；解放军进疆，他送去成吨的小麦和成群的牛羊慰问；抗美援朝的炮火在远方战场打响，他又捐献了一架飞机。当地史志上记载着，这架飞机折合四千头羊、一百匹马、一百头牛和百两黄金。这些并不是巴什拜一己之力，帮他的是一群群不断繁衍的大尾羊。

那些穷苦的牧工，没有谁不认识巴什拜的羊。清早或傍晚出门，他们会羡慕地给认识的羊群让路："这是巴什拜的羊！"对羊的尊敬也是对巴什拜本人的尊敬，巴什拜所做的每一件事值得他们敬重。他们自己或身边人多少得到过巴什拜的热情帮助。送钱物牲畜，买地盖房，愿意来当牧工的，人尽其能都可分派到一份养家糊口的工作。有一年秋天转场的时候，羊群闯进了一个汉族农民的马铃薯地，主人急吼吼地驱赶着，牧工说，你看清楚了，这可是巴什拜的羊。农民立即噤声停止驱赶，脸红成一片天边的火烧云。回家后，牧工炫耀起途中遭遇，巴什拜听了却很生气，严肃地批评了牧工，然后亲自登门道歉，还派人帮农民收割庄稼，赔偿了被羊踩踏后的损失。尽管如此，他的牧工依旧只惦念着他的好处和给他们的关心。巴什拜知道，放牧季节，牧工常常是孤身一人与大自然和羊群为伴。

“巴什拜刚离开这里。”人们心中的他慷慨大方、正直热诚，他的羊群转场走到哪里，就把他的声名带到哪里。备受拥戴的巴什拜，成了巴尔鲁克山区的知名人士，后来还担任了塔城地区的最高行政长官。他成了一个符号，象征着财富、公正、热心、给予。不幸的是，六十四岁那年，身为塔城专署专员的巴什拜去杭州考察时病逝，后被专机运回家乡安葬。羊群经过墓园的时候，都会朝着墓碑的方向瞻望。不知道从哪一天起，人们为了纪念他，把草原上出入每家每户的仙脸大尾羊命名为巴什拜羊。

这片看不到边际的原野上，巴什拜羊突然走到你眼前，又眨眼间走远；拐过一道弯，蹚过一条河，翻过一座山；羊在行走，也是草原在流浪。

车驶过巴什拜大桥的时候，说是桥，跨过的却只是一条窄窄的河。河床裸露，杂草不生，河水来源于山间积雪，有大半年的时间积雪不化，河就一直瘦弱着。桥头名字闪过眼帘，让我又想起了落在身后很远的大尾羊。

巴什拜也曾经从这里走过去，草原上到处嗅得到羊群离开的气息。我们与羊在某个时空维度上有过多次的相遇，每一次相见，也许都是永别。

四

车停在吐尔加辽牧场旁的公路上。

从没见过这么蓝的天，朵朵白云悬挂在公路前方，仿佛你的速度再快一些就能追上她。

沿着窄石板路爬上高高的斜坡，穿过打开的一道铁丝网门，视野瞬间被推到一片无尽之中。羊群让人生发的草原想象，与实际所见相距太远。辽阔的定义被刷新。每一位外来者都无不为之震惊。远处的山，与向远处蔓延的草甸子、远处垂落的云层在看不见的地界相接。那个不知要走多久才能到达的草甸子尽头，就是积雪正极其缓慢融化的雪山。草甸子变成了一个看似很快走到却又永远抵达不了终点的球面。无法形容的美，多少双眼睛都根本装不下。这就是那一刻的心情。

迎着山谷吹来的风，花在摇曳，草原也在摇曳。“这是什么花？”耳畔的声音都是提出同一个问题，草原上盛开的是不同的答案。

紫色鼠尾草长着针状卵形的叶子，没过膝盖，遍地开放；杀虫治癣的翠雀花开得非常密集；根茎粗壮的红景天黄灿灿一片；有棱糟的飞廉披着蛛丝状的毛，沿着茎下延展成翅；向阳坡面开着的是金盏菊；伞状的寒地报春，有半年的花期，几乎匐着地面；花托凸起的小甘菊锥状球形的模样远看像小菌菇；蔷薇科属的天山樱桃花叶同开，粉白相间；鳞茎圆锥形的贝母，倒悬生长的白花瓣上长着紫色斑点；瘦长的长蕊琉璃草，紫色的花冠微微弯曲像翘起的蝎尾……

“如果五月来，才是更好的花开季节……”女导游往前奔跑，突然匐倒在地，被草浪淹没，又爬起来继续跑，风把她那爽悦的笑声“捎话”我的耳边。她说，她是爱上在塔城相遇的他，也是爱上这片草原和看过一眼就忘不了的花。

我唯有闭上眼，想象那个更好的花开时节，漫山遍野，放肆盛开，也想象一个异乡女孩多年前爱上这里的心潮澎湃与细密欢喜。

五

羊在这片大地上经历过什么？

吐尔加辽是有名的夏牧场，它的汉语意思是贵族牧场。一个名字就划出楚河汉界，泾渭分明。不是谁家的羊都可以进入，过去如此，现在也是，护网围栏，非请莫入。从这里经过的巴什拜羊也许从来没吃过一片草叶。这些年月，巴尔鲁克山区的家家户户都在成功地养殖着巴什拜。草原上牧民的日常四季，夏天牧场丰茂放羊上山，秋天去集市卖掉多余的羊或把羊圈补满，冬天要照顾它们度过凛冬，春天等待羊羔出生。上山，下山，转场，牧养，人和羊群，与这片山地草原唇齿相依。

巴什拜羊像云朵般从牧道走过，嗅着空气中吐尔加辽的花草散发的诱惑芬芳，看了一眼围筑起来的铁丝隔栏网，就头也不回地，决绝地走远了。它们丢下的是牧场，也是风景，是这一片最好的风景。

女导游跑得越来越远了。拍照的人们四处搜罗着风景和瞬间。我故意躺在草丛中，头脸朝上，四肢平展，蓝天白云，一尘不染，阳光透亮。闭上眼睛，有斑斓的五彩之光在眼里跃动，像一群金色的蜂蝶。没有云的地方，蓝得虚幻，像舞台打上的一块巨大布景，又像是天空浸在一个蓝色的世界中。侧身，目光从如密林般的花茎中穿越，披着光的花茎，每一根细微的毛蕊清晰。光让草原上的一切袒露，品格中的贵金属与世态中的低俗小说，碰撞出铮铮声响。

有两匹成年的马在草地上游荡，踢着蹄子，打着响鼻，与人合影，也在等待撒蹄奔跑。20元十分钟，问完价钱，成交者踩着马蹬跨上马背，把牧场跑出震耳欲聋般的漂移感。人群早已四散，同行的一位大姐与我擦身而过，然后一个劲往前走，似乎是有多远就要走多远。我以为她是要离雪山更近，看得更仔细些。她的缀花纱衣随风飘动，她的背影变细变长，像是一株独立行走的花。转眼间她不见了，我有片刻的慌张，以为她突然掉进了深山峡谷或裂隙沟堑。我叫唤她的名字，她拱起纱衣后背，一只手挥动致意，身体却还是匐在草丛中。“我听见了鸟鸣！”她站起来，向我喜悦地叙说鸟声从哪而来，又如何清丽鸣啭。但我耳朵里灌满唯一的风声，从山那边吹来的风，清爽，柔软，拂过面庞，穿越身体，精神和骨骼也为之发出簌簌响动。

天空洁净，悄无声息。看不到鸟的影踪，也许鸟藏身云层的枝杈。有朵云，张开翅膀悬空，像是变成了一只巨鸟，青背，羽斑，宽翅，投下万道斑影，时间的碎片被碾轧成生活的粉齑，阳光照亮清澈的天体，也照亮巴什拜羊眼中的清澈。

清澈是这片土地上的标识。

山脉横卧绵延的地方是边境线，是羊热爱的夏牧场。积雪尚未完全融化，峰峦山谷间的白色点缀着褐色山体，背光处的雪终年不化。冬天裹风踏步而来的时候，又有新雪将过往覆盖。

无法覆盖的是人的足迹，牧民的，探访游客的，野外考察工作的，闲逛者的。我在塔城认识的一位摄影家朋友把我带到他的家中，墙上挂着他行走的“足迹”。这位痴迷于游牧文化的田野调查者，拍下了几乎所有塔城山林草原坡地上的千余种植物。三面环山的塔城，这里的中温带干旱和半干旱气候区，被颜色深深浅浅的植物占领。

山麓西南的坤塔普汗峰南面陡，向北倾斜的落差有近两千米，生出一个大斜坡，种类繁多的草木花卉在气温的攀升里，从低谷向高山蔓延绽放。这一带有明确记载的野生植物就有百余种。这让我加深了对“巴尔鲁克”汉语释义的理解：丰饶、富足、无所不有。

过去这里也有山地放牧的习惯，虽然路途崎岖，但牧民还是会把羊群赶往牧草茂盛的山地。朋友拎出一根手指，蘸着泼洒出来的酒，在桌上画出北高南低的塔城地貌，高山—浅山—丘陵—平原—湿地—高山，他的手指顺势往下，在讲述某个地貌时要停顿画出一个虚无的圆圈，他最终画出了一条被我记住的弧线，像极了一个倾斜的双手打开的U字。稍有地理或植物常识的人都知道，这样的阶梯状地形，必然的结果是多样性植物在这里富集。

“聚居成群的花，在望不到尽头的草原上都是孤独的存在。”摄影家朋友说起，他也拍过巴什拜，它的眼神有种清澈的孤独，另一种孤独，收纳了巴尔鲁克的丝丝毫毫的变化和馈赠。

六

我们从牧场上欢愉地下来，那群巴什拜羊拖着狭长的影子，从公路的拐弯处消失。“巴什拜刚离开这里。”我惊喜地指着它们离去的方向。它们是我见过的最缺少表情的羊。其实我也描述不清羊应该有的表情。

刚有那么片刻的恍惚，仿佛辽阔的草场只剩下孤零零的一个人，一只小个子鸟啁啾一声刺入天际，看不到一只羊，只有那条蜿蜒的乡村公路和远处的村庄。没人知道这片土地上放牧的历史有多久远。

巴尔鲁克山南背风向阳，降雪量小一些，人畜越冬的很多冬牧场建在那里。冰雪从四月开始消融，黄色的大萼报春最先钻出冰雪覆盖的地面。融化的雪水从大地上的每一道缝隙汇聚河谷。

我是在塔斯特河谷终于看到的雪山水。到河谷的下坡山路有很多斜仄的弯道，我们换乘几辆越野车才顺利到达。水混浊，湍急流淌，山谷回声响亮。从巴尔鲁克山发源，有 16 条大小河流穿过裕民县，奔赴名声更响的河流。山脚下的塔斯特河和布尔干河，分别从两个方向西流走出国界。另一条相邻的额敏河，自西向东经由库鲁斯台草原，最后流入咫尺之远却是国界之外的阿拉湖。发出蓝色幽光的阿拉湖，在瞭望中被打磨成一面镜子。山脊起伏，河谷狭远，在巴尔鲁克这个森林王国，看得到百万亩的原始次生林，十万亩的野生巴旦杏林，万亩野白杨林和千余种野生珍贵植物。季节四时，色彩缤纷，是生命的繁衍与共生镀烙着这片山水荒野的界线。

一群羊沿着塔斯提河往山上走，它们低头的模样，像是聆听着与河水一起流淌的属于光阴的故事。草原像一个展示的透明胃，吞吐着时间里的冰霜雨雪。

羊群爬上山头，在这里看得到牧场、院墙、堤坝、道路、河流、畜棚，以及由它们组合的风景。看风景的羊，也成了被看的风景。这片草原是他们的家，是生命开始和结束的地方，牧民对这里的爱，无人弃之远去，也无人驻留在外不再归来，那些远方，依然是远方。牧民赶着羊群回圈，像低矮的坡地上飘过一群云的影子。

草原上遇见的人都有一种朴素的诚实。也许诚实是这里日积月累的人生守则。我听他们说起一件往事，一个牧民在秋季买了一群羊，价格都是双方事先议定的，后来他去集市的交易会上发现他是以很低的价格买到了这些羊。他因此感到愧疚，而不是占了便宜后的窃喜，就主动找上卖主家送去补差价的钱。卖羊的牧民却坚持成交的生意不能再多要钱。草原上的牧民经常如此，把诚实守信的声誉和德行看作一个人生命中最珍贵的东西。听说那个叫依洪达的买羊牧民第二年继续找上门，出了比市场高得多的价格。有人说，后来依洪达也总喜欢帮人排忧解难，一诺千金。也有人说，如果你有依洪达一半的品质，就是值得称赞的善人。

叫依洪达的维吾尔族老人，剩下最后几颗乌黄的牙齿，却依然可以啃光羊排上的肉。在女儿哈力旦的记忆中，一辈子牧羊的善人父亲，是草原上沉默的大多数人中极不显眼的一个。这般的人群，一辈子就活在勤劳谦卑者的草原上，生老病死，喜怒哀乐，几乎不曾留下生活的记录。草原上的历史就是小人物的历史。

七

天光灿烂，亮晃晃的。天黑要推迟三个小时后到来。天黑前，羊群归圈，身后的大山寂寥旷远，人们即将喝酒吃肉，大声歌唱。

从巴尔鲁克山返程，我们去了哈尔墩四道巷哈力旦家的小院。推开院门，长棚下的餐桌摆满了水果点心，几位当地手风琴演奏家、歌唱家欢愉地奏唱着草原歌曲和《我和我的祖国》。前一天我在手风琴博物馆看到了来自十几个不同国度的三百多台不同年代的手风琴，收藏它们的主人能讲述每一台手风琴背后的故事，也能将每一台手风琴奏出美妙旋律。我没有想到渐渐淡出人们视野的手风琴乐器在这里如此风靡，每年的千人手风琴合奏还上了吉尼斯纪录。在这个“手风琴之城”，哈力旦记得小时候，父亲在牧场上拉响手风琴，成群的巴什拜羊都会安静地抬头聆听。她少女时代拥有的第一架红色 32 贝斯的百乐小手风琴，就是家里卖掉一只巴什拜羊后买的。父亲无数次说起，闭上眼，还记得那只羊的模样。

为了这顿晚餐，哈力旦和家人准备一个礼拜了。高大魁梧的丈夫大清早起来，第一件事就是赶去附近的牧民家中，杀了三只巴什拜羊。烤肉的火炉架设在红围墙下，看不见炭火的燃烧，但羊肉蘸撒孜然的香味很快飘绕在农家小院和呼吸之间。食量厉害的人，可以吃掉一整只羊。哈力旦的弟弟皮肤黝黑，咋咋呼呼地炫耀那些饕餮者。

院子里支开了几张餐桌，上面摆放着六个民族的特色美食。这些美食来源于哈力旦的奇妙家庭组成。她的丈夫艾则孜哈比布拉是乌孜别克族，大姐嫁给了塔塔尔族，妹妹和哈萨克族组建了家庭，弟弟娶了一个蒙古族。从海边城市来的客人喝了两杯酒，就跑去题写“玫瑰庄园”书法匾额送给哈力旦。他把四个字写得遒劲有力，又生动活泼。喝彩者声响震动，哈力旦满脸笑容，她从厨房端着菜碟走在院子里，十几米的路上，每一步迈出的都是舞蹈。天生就是一个舞者。

她说在塔城歌舞团做过十多年的舞蹈演员，三十五岁那年离开舞台去了北京，带着女儿租住在中央音乐学院附近的一间地下室，开始了陪读生活。喜欢小提琴的两个女儿先后考上了中央音乐学院。依洪达喜欢带着两个孩子在草原上拉琴，琴声跑得像风一样快，从浪流般的草尖上滚向远方。他凝视着孩子，涌上面庞的笑容，仿佛能把时光的褶皱抻平，又像是一潭安静的湖水，把所有经历的苦难溶解。

几年前，这位被称为巴尔鲁克山区最诚实勤劳的牧羊人，留下几百头羊走了，离世之际，他牵挂着哈力旦的“汉族弟弟”。站在餐桌旁，哈力旦回忆起三十多年前的往事，仿佛老人就坐在院子的另一角落里，怀里捧着手风琴，拉响草原上的歌。

贫穷小伙阿杜随乡友从山东济宁来到了塔城，找不到工作，无处落脚，囊中空空，依洪达知道后把他请来当了牧工，教会他牧羊。日久情深，依洪达非常喜欢阿杜，认他做了干儿子。哈力旦从此有了这么一位汉族弟弟。

依洪达对阿杜有一种奇怪的深厚感情。有一次阿杜骑马放牧，到傍晚巴什拜羊自个回了圈，人却不见了。他发动全家外出寻找，遇见后二话不说，就拉进医院急诊检查，说是担心他在外受了伤。其实阿杜是途中贪玩忘记了羊。他一路上胆怯地打听，路人故意逗这位年轻人:“巴什拜上山喽！”

那是在塔城牧羊生活的四年里阿杜唯一一次丢掉了羊。他把塔城当成了自己的家，把依洪达一家当成亲人。家乡接二连三的电报催促阿杜回家的时候，谁也不知道依洪达有多纠结，他承诺过要给这个“儿子”盖房娶妻。他舍不得他走。阿杜那些天早起把羊赶到草儿最肥的牧场，寸步不离地看着它们吃得肚子圆滚滚的。临别前，依洪达让妻子把家中全部存款一万七千块钱缝在了棉衣里层，叮嘱阿杜儿子回去后再拆开，拿着钱去盖房买地，娶妻生子。三十年前的阿杜不知道衣服里藏着一笔巨款。像一团暖融融的光，在他的心里再也没有熄灭过。2016 年冬天他兴高采烈地再次回到塔城时，从没断过的牵挂思楚，却因老人离世成为一段孤独的回忆。

哈力旦去年带着家人去了趟济宁，阿杜的女儿结婚，婚礼上摆满了她带去的葡萄、拉条子、巴什拜羊肉串等新疆特产，两个女儿现场用小提琴拉起了明快悦耳的新疆音乐，宾客开心地欢歌载舞，像是办了一场新疆婚礼。

年过五旬的阿杜依稀记得当年放牧的那一群巴什拜羊，他给它们取过古怪的名字，虽然它们早就不在了，但还经常会走在他梦到的草原上。

八

都不知道夜是怎样黑下来的。

天空像在摇动一把小折扇，在晚风中收走最后一缕曦光。走出小院，我朝巴尔鲁克山望了望，朝塔尔巴合台山望了望。我朝绵长白昼望了望，也朝短暂黑夜望了望。仿佛还在草原上，看着属于塔城的风景，风吹过来，动人的歌唱和欢笑带你去往更远的远方。

“去喝奶茶吧！”有人突然在耳旁吆喝了一声。

又一个声音浮上来：“羊儿都上山喽！”

长路与短句

山寨的冬天，到了晚上，风会变得旋转且呼啸起来。幸好有山体挡护，刮到村子里，泥巴竹篱虽遮挡着，但还是会从窗缝里钻进来。火塘里的火是不熄的，偶尔会爆出两声炸裂后的噼啪声。屋里的空气冰冷，只有火塘四周有些暖意。他醒来，被风声的尖锐震住，感觉房子变成了一条船，在无边的风暴中跌跌撞撞，直到睡意再次袭来，绷紧的身体松软了许多，他又悠悠滑滑，坠入父亲做过的那个荒唐梦中。

父亲要把寨子对面的高山推平。那段日子，他有事没事就要转悠到山上，像是寻找什么丢失的东西。他穿过松枝、蕨叶、芭茅草、竹子遮挡的小路，取出插在后腰带上的镰刀，把那些绊路枝蔓砍个干净。旧镰刀浑身黑乎乎的，刃口却闪闪发光，父亲是左撇子，每天清早第一件事就是磨刀，那把独一无二的左镰在长条麻石留下了密密的刃印，像一口奇怪的龅牙。他带上的长麻绳卷挂在腰带上，绳子打结的地方是长度标记，五米是系一条细红绳，十米是系一条粗红绸。他用最笨的方法丈量着山地的长度。山上岩石多，可以找人炸了，运回村寨铺路，或是垒护坡的堡坎。他为此去找过县里矿山的爆破工，对方刚从井道上来，就着一盆黑水，擦洗着脸上的污浊，听说炸山，头鸡啄米一样，水珠四处溅飞，一脸轻而易举的不屑。他的小本上记着测量后的数字，心里算，纸上算，反复计算后，他自己都震惊了。如果真把山推平，能多出数千亩的田地。这些多出来的地，规整的种一季水稻，不规整的种花生、玉米、大豆，每年多出来的粮食产量说出来会吓人一跳。穷家穷业的人，缸里有粮才心中不慌，周边的村民，不都眼酸酸地嫉妒着他们。他不只算着多出来的粮食，也粗估了要投工投劳的量，咬紧牙努把力，两三年工夫，山寨要大变样。后来他都不敢细想了，好像再多想一分一秒，这个梦就要马上成真了。

一晃眼，快二十年过去，那个村人谈论的荒唐梦，成了父亲的人生传奇。

他到底有没有跟过父亲去移山？这个问题他曾在深夜问过自己，时间长了，记忆似乎也变得不可靠了。那时他那么小，不够锄头高，他扛着家里那把磨得亮光的锄头上山，被父亲踩过的山路没有尽头，只要不停下脚步，只要还在向上走，这条路也在无尽地延伸。但他很快就像败阵的士兵，灰溜溜地下山了，山上布满岩石，那些岩石远比想象中要坚硬百倍千倍，他们父子一辈子，就是几辈子也没法铲平。石头长在地里，谁能指望地里长出粮食？父亲举起的锄头落下，石头碎屑如火花般四溅。他突然看到身后站着几个看热闹的村民，有的捂着嘴，扭过头去，想笑又不好意思笑。有人为了打破尴尬，走到他身边，一把夺过锄头，往掌心啐了一口唾沫，抡了半圈高高举起，在石头上砸出一声脆响，然后摇头叹息，这是一座结结实实的石头山啊。

天作怪的叫声打破了山野的沉寂。叫声时远时近，时而嘹亮刚烈，时而低啭顿挫。他赖在床上，辨认着声音，这种又瘦又长的竹鸡，叫起来是夫唱妇随，公的叫声像撕裂一块绸布，由哑到亮，母的叫声起伏有节奏，清脆悦耳。它们藏身山林，把窝搭在复杂的石头林缝里，精怪得很。这么些年过去了，它们还是没变，躲在山林的某个旮旯里叫唤着新的一天到来。

突然，叫声停歇了。天地又一次陷入沉寂。但没过多久，他听到一种从空中飘过的声音，哧哧哗哗的，像一艘破冰船铧开坚硬的冰层。天作怪是能飞的鸡，他亲眼看到过它们从山谷丛林中飞起，飞到黄马岩的山头。它飞的时候不会发出声音，仿佛一点声响，就会把飞的秘密给泄露了。

鼠灰色的雾绕着山，随着日光渐渐稀朗起来，山上的树镀上了岩石般的灰白光。到了夜里，这些光也发亮，像裹着一层黑亮的壳。山上的树虽多，但能成材作梁的少，有的就跟野草一样贱，不被山寨人待见。有的长在岩缝里，野生在崖壁上，人们任其自生自灭，枯死，腐烂，除了捡回来做柴烧，别无它用。

父亲起床后，仍像往常，清扫着门前石坪上风刮来的落叶。春夏秋冬，枞树、青冈栎、柏树、香樟、栗树、冬青，有的落叶并不是村里的树，而是从山谷飘来的，如同远方亲戚跋山涉水突然出现在家门口，父亲惊讶地说："风吹你来啦。"他说话从来节省，吐字三言两语不成句，更多时候像只沉默的山羊。

父亲是个热爱土地的人。山脚下归他家的两块地，地背阴，见光少，费了大力挖条小渠引水，收成不如意，但他从不肯放弃，于是改成不要太费心的花生，春天翻遍地，播下种子，到时花生成熟了又翻遍地收回家。前年起进村的野猪多了，跟人抢食，是父亲在他新开垦的玉米地发现的。那是一块离梨子树不远的荒地，过去堆放着垃圾，村里搞环境整治，要求垃圾都堆到拐坡下的垃圾箱，但村民晚上都偷偷把垃圾丢在了这里。直到有一天，父亲扒拉着地里的石头，一颗颗丢到一旁，石头成堆，挡在丢垃圾过道的入口，形同一块告示牌——领土不得侵犯。

荒地变成了精垦地，父亲种下玉米的时候，村人看到茎秆上的枝叶，才想到这不再是垃圾地了，而是成为了父亲的领土。有人恍然大悟，后悔莫及，住在周边几户人家的女主人都在埋怨男人，脑瓜子都是木头疙瘩，为什么不想到抢先占领这片领土并开发为己用。当玉米挂穗，欢歌载舞的时候，村人嫉妒的表情里多了些恼怒，私底下对这块有了生命的荒地说长道短。村支书在这件事上，是站在父亲一边的，面对少数人的非议，对那块公共土地私有化的责难，他的公开解释是，地是暂时由父亲管理，村里随时可以收回。他心里却是暗暗感谢父亲的垦荒之举，改变了村人丢垃圾的习惯，让他不再被镇里的干部劈头盖脸地批评了。又有更多的村民站出来，数落那几位心胸狭隘的，当年为了村里修路，父亲让出了家里最好的地。

父亲从头到尾就当自己是聋子，没听到过那些议论，每天照常扛着锄头，照常和遇见的人打着招呼，不紧不慢地去管护领土上的三十棵玉米。

挂穗的季节刚过，县里的干部进村宣讲，凡是野物都不要打，也不能打了。村民嗤笑干部不懂乡村现状，青壮年劳力跑东跑西，老人哪有力气打野物，野猪送上门，都没人去赶，更别说围猎了。大白天，野猪大摇大摆地闯进了父亲的玉米地，把那些刚挂穗的玉米拱伏倒地。

“糟践人！”父亲说的时候，嘴角却是笑的，如同面对一个淘气野孩子的无奈，心疼的是那一茬刚熟的玉米。

父亲没事常常坐在离家不远的梨子树下发呆。

那是村里活得最老的一棵树，枝杈长到半空中，倔枝曲节，磕碰之间，隐约发出铜哨之声。以前到了五六月间，梨树新发绿叶，长出几个酸涩涩的小梨，孩子咬两口就丢给了鸟去啄食。前两年没结果，但仍在吐绿。绿意星辰般拱伏在黑枝上时，人们抬头看一眼，知道梨子树又活醒过来了。

山风一起一歇，四季轮转，山林像咳嗽一样吐出鸟窝、碎蛋壳和天作怪的粪粒儿。禁伐之后，石头山上深深浅浅多长出些新的绿色，也没人再敢动活下来的树的主意了。有一年来了一拨人，说是市里的园林专家，忙活着给村里的树挂牌保护，黄檀、柳杉、青榨槭、古樟、栗树、刺槐，都有了它们的姓氏年龄介绍。古樟是二百一十岁，梨树是二百六十岁，村寨的老人也不知道这个岁数是如何确定的，没有人说得清树是谁家祖先栽下的。

“看到树，就是寨子了。”父亲跟外地人这般说。梨子树站的地方就是村里最高处，朝四面望去，山连山，高低错落，云雾从山谷游龙般升起，山寨就藏在万马归朝的群山之中。

梨树虽然栽在离他家几步远的石坪，夏夜串门的乡邻就坐在树下纳凉，说着山里的奇闻逸事。他儿时趁着父亲不在家，会邀着几个小伙伴爬到树上，眺望隔着一道道山谷、没去过的地方，看上去很近的地方常常要绕很远的道才能走到。父亲否认树是祖上栽的，说也许是鸟衔来的一粒树种长成的。他就是那时迷上这一棵棵树一片片山林，一粒种子长成参天大树，得经历多么漫长的时间、多么磅礴的风雨。读大学念的农林专业，偶尔他会萌生一些奇怪的念头，在石头山上栽种哪些经济树种又服水土又富百姓。这些问题困扰着他，像黑暗中闪过眼前的碎玻璃，留下一块块铁灰色的光。

他闲下来，就会去想父亲在树下发呆的神情，想父亲眼中的高山和低谷。

村与寨之间，山路相连。绿荫掩映，弯曲环绕，总有路抵达。山寨虽偏，通往外面也只有一条路，旧貌陈颜浑然不觉间起着变化。父亲带着村民修这条路，已是多少年前的事了。他掰着指头算，像是算着手心小径分岔的掌纹线。

那是一条遇到雨水就会溃烂的路。坑坑洼洼，湿滑难行，进入雨雪季节，就像踏进地雷阵，随时小心掉进陷阱坑，出来一身脏泥衣。这条路是一个孩子的今世仇人，是他儿时的噩梦。他每天上学必经此路去往学校，想躲也躲不了，想逃也逃不掉。他摇晃着还没清醒的身体，走出家门，看到脚下这条在前面拐了个弯，看不见尽头的长路，心里就发怵。下雨后的路面，有很多积水，浊黄的水不是摔倒在泥水里，就是陷入深坑的泥浆里拔不出脚，那种使尽力气也走不动的感觉，像是梦魇住了。父亲教他看路走路，要选有些石子的地方垫脚，用脚尖轻轻一踩，上身不要用力往下沉，相反是要提气，让身体快速地走过去。每一脚都要看准，都要及时提气，他做不到，他懊恼自己没有长翅膀，也没练就轻功。当他一身泥一身水地走进教室，穿着半湿半干的衣服，瑟瑟发抖听着老师讲课的时候，情绪糟糕透了。他无数次被这个情景困扰着，有时梦到走在半路上，山上的树和石头坍塌下来，连同他把路给半截埋了。一度他不想去学校了，父亲顺手折断一根细树枝，狠狠地打了他一顿。父亲专打他的小腿，边打边说：“脚就是你的路。”

他被抽打得疼，叽哩哇叽地哭，哭完父亲送他到学校。在校门前的三岔路口，他那时就发誓，将来要逃离闭塞的村子，要去山外的地方，都是因为这条路。甚至有很多次，他在回家的路上，想到从此别过，开始远游流浪。当他走出山寨后，发现走在任何一条道路上，都会有压抑不住的欢欣。他想，毕竟世上最烂的一条路他走过了，从此，他走的每一条路，都会比过去走过的好。

寨子里的祖训是，穷也要有穷担当，不求人，凡事靠自己。那时候，很多条件好的村子早就把路修成了水泥路，但山寨家底子薄，修不起一条路。一条路是一个村子的脸面，也是人的脸面，但现实残酷，没有钱，修路就是件没办法的事。刚换的村支书是父亲，村民难以忍受着这条破路的时候，就望着他们的新支书，心里却都明白，这个人没有关系可找，也不会去缠着乡里的领导，只怪自己投错了胎。山寨就像被遗忘的角落，有时候，给再多时间，没办法就是没办法。他后来想通了一个理，不是没办法，而是贫穷限制了想象力，他们知道山外有山，但不明白山外的那座山是不一样的。

父亲也不是没找过乡长。乡里的书记履新，暂时由乡长代理书记。乡长姓田，龙山人，老家是出土匪而且出悍匪的地方，二十世纪九十年代有一个编剧到那里采访了很多解放前后匪乱的真实故事，写了个电视剧一下把那里炒火了。田乡长祖上没出过匪，但脾气大，看不顺心就喜欢骂人，眼睛瞪得牛卵子大，有人悄悄背后骂他“田土匪”。他人在的话，乡政府院子里像赶场，吵吵嚷嚷，偶尔有一天安静，肯定是乡长出门了。此前有到隔壁村偷伐林木的，告状告上天了，田乡长拍坏了桌上的压板玻璃，指挥人设卡拦路，不让偷木材的出村，父亲不是没按他的指示去做，但盗伐之风正在一股劲头上，压不住火，刹不住车，白天拦人家半夜里运，而且是团团伙伙，几个村干部压根拦不住。派出所的管过一阵子，抓了几个领头的才算压制下来。但这个过程把田乡长惹恼了，他丢了句硬话，以后山寨的事，就是和他田某人隔着楚河汉界，不要再想着找上门办一件事。

硬话也是气话，父亲该有事还得找乡长。那天他守在外面，瞅田乡长办公室没人的一个空当，进了门，又要讲烂路的状况，但刚起了头，田乡长就把眼睛瞪得更圆了，且有一股火焰像要往外喷。他说，修路的事自己想办法，乡里是绝不可能拿钱的。他在说那个绝字的时候，特别加重了语气，真有点绝情无义的感觉。父亲说：“乡里没钱，乡长面子大。”他的意思是希望乡长帮着往上面跑一跑。田乡长脸色更难看了，斥责父亲说，过去蛮懂事的，现在怎么也生锈绊筋了，有本事的人自己去跑，叫花子烤火都往自己胯里扒。

父亲本是脸薄之人，被一顿训斥，心里涩涩的不是滋味。后来有同情的乡干部说县长要来，他当时心一硬，心中顿生敢把皇帝拉下马的勇气。他想好了，万一县长发脾气，这也都是田乡长逼的，村支书不当了也没什么了不起，这条路必须要对村民有个交代。

修路前的那年冬天还发生了一件事。

从省城来了一支艺术家采风队伍，八个人在山寨住了半个月，到了原定返城的时间却回不去了。那段日子，村里很热闹，他不知道这群采风的人到底是干什么的。他们早出晚归，爬山、种地、四处里转，没事的时候，就和村里的老人聊天，聊天的时候，有人合着双膝，膝上敞开本子记写着什么，也有人在一旁用铅笔在白纸板上勾画着村里老人、女人的模样，脸上的皱纹变成一根根飞跃的线条，有笑得咧嘴的，也有锁着眉头发愁的。大清早或刚入夜，有人站在石坪上啊啦呀索地唱歌，粗犷嘹亮，又悠扬绵长，他记得最清楚的两句歌词，一句是“我的太阳，那就是你”，另一句是“浏阳河，弯过了几道弯”，他们永远唱着这两首歌，还不停地变换着调子、速度和声腔，永远不知厌倦。他们的嗓子像魔法师的宝盒，你不知道他们打开嘴，声音会发生怎样奇妙的变化。他喜欢听他们唱，也愿意站在一旁看他们画，仿佛握在手上的那是一支神笔。这些画家、音乐家给村人带来了欢乐，他们分散住在各家各户，谦恭而率性，各家各户拿出最好的东西招待客人，但也很有限。他们从不嫌弃，吃得津津有味，整天谈笑风生，在他们眼中，这里的风景风情带来的创作灵感才是最为宝贵的。

这群人原定要离开了，告别的长桌宴都吃过了。有几位嗜酒的艺术家喝苗家自酿的米酒，当场醉倒在地。他们不知道米酒的后劲如此之大，酒量不错的他们一次次甘心被骗还不服气。有的没醉，但也东倒西歪，围在火塘边手舞足蹈，他们唱出的歌比过去更奇怪，有时像孩子嘤嘤地哭，有时如山林寂静中的泉音，最后又都变成震天动地雷声般的合唱。火苗跟着这些声音燃烧得更旺了，每一根木梁也都蠢蠢欲动，屋顶在某个瞬间会被掀起来似的。

歌歇声息，那天后半夜，山里狂风大作，旋即飘起了漫天大雪。雪比往年提前了几天来到，而且又密又厚。这些艺术家揉着惺忪的双眼醒来，发现外面山岭沟谷全白了，整个村子被雪吞没了，看不到路的痕迹，白色的世界，无路可寻，更无路可走，像是生活在天上的世界。艺术家们交头接耳的兴奋劲还没过，突然意识到，这是件糟糕的事，这么大的雪，怎么下山呢？大雪茫茫，寒风戗面，他们像被抛弃在孤岛上的一群人，望天兴叹。他们跌跌撞撞地集中到他家，等着父亲拿主意。

父亲建议他们暂缓下山，山路的安全没有保证。人不留客天留客，这是多么美好的一件事情，村人纷纷挽留他们安心住下来，可以继续画画、唱歌，冰天雪地，也许会带来更多的灵感。艺术家们一片哑默，脸上都是一片阴云。领队的苏老师最为焦虑，他说照时间推算，妻子此时已经等着他，然后去医院生他们的第一个孩子，临出门前他说好了回家的时间，若是他不能及时赶回去，又会引起妻子的焦虑。

在场的人七嘴八舌，拿不定主意，但苏老师执意地要冒这个险，哪怕是一个人走，他也非走不可。苏老师要离开，其他艺术家也变得归心似箭，纷纷表示愿意陪着一起冒险。父亲后来解了这个难题，翻找出家里垫床板底下的稻草，又找了几个手巧的妇女，很快就编织出十几双草鞋。

午后刚过，天色渐暗，风歇雪停。早已有村民主动扫出经过家门口的小路，出村的路是没法扫的，过去要没紧急的事，是得等风把路刮开了，才有人去走下山的路。大家在原来穿的鞋上套好草鞋绑紧，像是要奔赴战场，兴奋不已。苏老师迫不及待地冲进雪地，大声高呼“回家啦”，山谷没有回音，一眼望过去，远远地飘起一片雪絮。父亲把人分成四个小组，每一组又安排一个村民引着，再三交代安全第一，跟在后面走直线，靠着山体走。他拄着一根比人高的竹棍，走在前面探路，后面的人跟着他的脚印前行，像几条绳子上拴着几只肥硕的蚂蚱。天又阴又冷，行进速度缓慢，苏老师紧跟父亲身后，好几次想越过去，但父亲阻拦住了他。杨全友说那趟下山，一行人小心翼翼，但跌跤滑倒不下十余次，千难万难，虽然花了比平时一倍多的时间，但所幸的是平安无事。苏老师和艺术家们像是一群绝境中获救的人，向父亲和村民千恩万谢。苏老师握着父亲的手说，山寨的贫穷像山里的雪，春天来了，就会慢慢融化。

村民都没想到，父亲误打误撞地把县长请到了进村的这条烂山路上。那天，乡干部都集中在小礼堂开会。小礼堂虽是清末一个土司王修建的临时住所，但青砖黑瓦，雕梁画栋，经历那么些年风风雨雨，仍见当年气势。小戏台不大，但梁柱和檐木紧密地铆在一起，无可撼动地完好保存下来了。龙县长坐在戏台上讲话，字正腔圆，听得到声音在墙壁上碰撞。

父亲站在外面，龙县长的讲话碎片似的飘进耳中：要摸着石头过河，坚决地试，大胆地闯……他知道，领导挂在嘴边的话里面，都是从上面来的精神，过去五十年代喜欢说“总路线，大跃进，人民公社三面红旗”；六十年代说“艰苦奋斗，勤俭建国；阶级斗争，一抓就灵”；七十年代是要“抓革命，促生产，工业学在大庆，农业学大寨”，现在又变成了“解放思想，改革开放”。口号是时代的声音，人人都不厌其烦，证明你在紧跟时代脚步。礼堂原来的那扇双开枞木大门又厚又重，上面有四季雕花，雕工师傅手艺一流，但早就大卸八块烧了木炭，进了炼钢炉，至于有没有炼成钢，没有人还记得，之后一直空着大门，像老人牙床上的牙齿全脱了。前年才做了两扇新木门，还是枞木，但又薄又瘦，失了过去的庄严厚重。

“农村广阔天地，不能死脑筋搞农业，我们准备在有条件的地方发展乡镇企业，有条件要上，没有也要创造条件上。”龙县长豪情满怀，底下的掌声慢慢汇成一片宏大的声响，礼堂的话筒也狂欢着尾随发出尖啸。

一个小时的讲话，县长的嗓子冒了烟，话讲完，喝了一大杯水，干嗓子又活过来了。县长一行人走出礼堂，看到父亲站在空阔的院子里，独独的一个人。他此前一直在战栗的双腿，迈不开步子，心里设想过的一百种一千种开口的场景，哑口无言。但他站得笔直，一动不动，风吹动着他那条军绿色裤子下摆，上面沾了很多湿漉漉的泥巴印子。

“县长，我要修路。”父亲说完这句话，就一声不吭了。车从乡政府大院出发了。车厢内空气滞动，县长的表情凝重，父亲像做梦一般，不敢大口呼吸。

那条路，雨后泥泞，泥浆四翻，像是一群不懂耕作的人踩过的水田。后面下来的几位脸色沉闷的领导，路走了半截，有几处的山体岩石表层松动，路面烂泥翻涌，着实走得很困难。几个干部无从下脚，落在后面，龙县长刚迈了几步，鞋和裤子都沾满了淤泥，问走在前面的父亲：“你们平时一直走这条路？”

父亲说，祖祖辈辈。

有个干部嘟囔了一声，这条路走不进去吧？

龙县长扭头说：“车开不到的地方，脚可以走，村民能走出来，我们就能走进去。”随行的几个干部噤声了，加快步子跟上去，山路上很安静，听得到鞋底踩在泥浆里的嗞嗞声。

龙县长说：“是该修条好点的路了，人不能让一根眉毛把眼睛遮了。”他对跟来的那群人说，不用走了，我们再走，路也不会好，再走下去，县长的脸都丢尽了。我们走一次是一次，但山寨的老百姓，是要年年走、月月走、天天走。

父亲回到村里，召开村民大会，第一句话就是：“到修路的时候了。”村民问，县长说什么了？他挠了挠头，把县长的话重复道：“眉毛遮不住眼睛。”村民问，还有吗？他环视一圈，说：“一个也不能少。”村民掂量着父亲的话，热情高涨，交头接耳，说龙县长讲得真好，又说父亲有胆识，没米下锅的人才敢破釜沉舟。村里年长的老人掐着手指算月历，说山寨人走好路，过好日子的时候快要到啦。

修路是三个月后启动的，财政困难，资金缺口大，父亲发动村民投工投劳，分成凿石组、运输组、铺路组，就地取材，用钢钎砸碎山石，手锤打得叮叮响，火花四溅。大家吃在工地上，饭菜从家里带，坚持了三个月，拉出了一条三米多宽的新路。父亲又想了个主意，把那些钎开的薄石块，条形块状的，带回村里垒了水渠的护坡。

中间又经历了一些曲绕，路在原来路基上拓宽，要占用一个村民家的一块地，他的大嘴老婆不答应，说他们家本来人多地少，她带着有腿疾的儿子，躺在自家地里，不让县里的施工队动工。施工队也拿伶牙俐齿的大嘴婆没办法，思想工作做不通，父亲想出一招，换地。村里能换的几块地，大嘴婆看不上，不满意，父亲一咬牙，拿出自家那块山上的水田换。村人都知道，那块水田朝向好，日照充沛，水量充足，产量是同面积的两倍。大嘴婆忸怩着，但父亲修路心切，当即签好换地的协议。村民嘴上骂着大嘴婆的做法，说父亲犯傻，但又从内心里敬佩他。

修路接近尾声，父亲想晴天灰雨天泥的历史是翻篇了，第一件事是给省城的苏老师打个电话，邀请他在新路通车时抽空来一趟山寨，唱一曲他谱的新歌。

几年前，他大学毕业，突然改变了想法，回来当上了大学生村官，又参与到山路新扩的建设中。路走过了，才知道世间一切艰难，都是可以蹚过去的。父亲换地修路的故事，被村里的老人搬出来讲给年轻人听。那条儿时长长的山路，很快变了模样，变成了一条更平更宽的柏油新路。

俯瞰之下，黑得发亮、飘带似的山路，来往的车辆是和时光一起延展。山寨的变迁，如同一本厚厚的书，风吹开一页沉重的过去，又画出一页开阔的未来。而今山路两旁是农家乐、民宿和古朴的民居，是清越的山风和厚厚的绿荫，是幽美的峡谷和明亮的旷野。我是走在这条山间的路上，听他讲起父亲和路的故事。父亲每一天都在与这条山路做最漫长的告别。年过七旬的父亲，每天的习惯还是坐在梨子树下，看着从路上进出的人们。患有阿尔茨海默病的老人，早已辨识不清那些熟悉的面孔，也早忘记了自己与长路的往事。他回复那些打招呼的人，每一句话都比以前的更短。那些短句，像一粒粒小石子，从长路上叮叮呤呤滚落，被一道道山的褶痕收留，被沧海桑田的时光收藏。那么多从路上走过的人，帮父亲和这座古老的山寨铭记着一条山间长路的故事。

下编：化作水相逢

铁方佛与船

一

干涸得太厉害了。

湖床上的坼缝，没有规则的龟裂。手可以伸进地下。已经多少天没下雨了。中间预报过有雨，却只是细雨掠过，比丝线还细，比泪水还少，都不能打湿人的嘴唇。他在干坼的大地上呼喊，又吼唱起来，呜咽哽噎，撕心裂肺。我说，小点声音。我又说，唱歌的人不许掉眼泪。

有眼泪就好了，眼泪多了就好了。

我在走向这些坼裂的时候，脑海里突然冒出两句古文："惟楚之南有水曰洞庭，环带五郡，淼不知其几百里"，"洞庭之远兮，亘全楚而连巨吴，路悠悠似穷塞，波淼淼而平湖"。我不是要比较记忆力的好坏，每个人都能从诗文中感受到字里行间躲着一个简单的词语："浩大"。

那个属于洞庭湖的"浩大"，在古怪极端的气候之下变了个魔术，在时空里消失了。2022 年 8 月末，旱情张牙舞爪，往年此时正是汛期，在洞庭一湖，水波潋滟才是正常，横无际涯才是正常，防洪防险才是正常，但多地江河断流，河床裸露，船舶无法运行。水运业的噩梦。

洞庭湖也不能独善其身。那座我往返过无数次的洞庭湖大桥，干涸之上的桥梁，钢筋水泥的几何图形，“浮”在刺眼的烈日下，大煞风景，庞大臃肿得甚是多余。临近河堤的桥墩完全露出水面，湖中央的桥墩露出了基座，水退到了离岸一百多米的地方。岸滩上生长些寂寞的青草，在风中和干裂的大地之上更加孤独。

人可以往湖中走得更远，河床上有晒干的死鱼，你一脚他一脚，终将化为齑粉。过去无法涉足的地方，大人孩子开始了奔跑。有几个上岸的老渔民，忧郁地走在河床上，说多少年没看到也从小没听说过这样的旱情。朋友转发来一张卫星图和数据，2022 年 8 月 18 日，水体面积约为 548 平方公里，与 7 月初相比，仅一个半月时间，面积减少了约 66%。真是一场风驰电掣的“减肥”运动。

我心中的大湖瘦成了“一道闪电”，瘦成了一个叫“枯槁”的词语。

又过去一个月，9 月 24 日，中央气象台继续发布干旱黄色预警，湖南、江西多地仍持续特旱。25 日 8 时，洞庭湖标志性水文站对外宣布：长江城陵矶水位降至 19.47 米。汛期反枯，这个水位值较多年同期均值偏低了 7.88 米，大河不满小河干，中国的母亲河尚且如此，湘、资、沅、澧四水的归宿地尚且如此，湖南全境内的河湖也早已低枯得超出想象。降水少，持续高温，蒸发量增大，还有别的原因呢，人们语焉不详。

他不唱歌了，要带我去看新发现的铁方佛，河床上的“X”。

铁方佛躺在沙石里，如果不是这场干旱，它依然会被覆没水下。我一时不知要如何描述这笨重而硕大的东西。铁方佛的两头像燕尾，中间有大孔，与旁侧的燕尾两孔呼应，造型独特，从形状上确实像古代犯人脖颈上的枷具。此前，我曾在岳阳楼西东吴鲁肃的点将台前看到过 1980 年发掘出来的第一枚铁方佛，长 2.4 米，宽 1.88 米，厚 0.34 米，中间大窍直径 0.26 米，外侧燕尾上的两个小窍直径 0.12 米，三窍都是圆孔，重约 7.5 吨。我看到的是刚发现的第四枚，还有最后一枚应该是藏匿在泥沙之下。

它们为何出现在这里，又为何长成这个模样？

几位省内和本地的研究专家早在故纸堆里查证，北宋范致明《岳阳风土记》记载："江岸沙碛中有冶铁数枚，俗谓铁枷，重千斤。"明万历癸未（1583 年）张元忭撰《巴陵游览记》有言："城外有铁铸方佛五枚，陷沙碛中。"铁方佛的得名因此而来。清光绪《巴陵县志》又记载："铁械在城西门外水次，制度甚工。凡五，其一较小。"数量在历史记录中似乎有了共同的确定。很快，它的别名都冒了出来：铁纽、铁械、铁方佛，但人们还是习惯喊它岳阳楼铁枷。

看似普通的事物，有着不寻常的来历和用途。范致明猜测："古人铸铁如燕尾相向，中有大窍径尺许，不知何用也。或云以此压胜，辟蛟蜃之患；或以为碇石，疑其太重，非舟人所能举也；或以为置木其内，编以为栅以御风涛，皆不可知。"

后来大家也纷纭众说：一是稳定岳阳楼的楼基；二是古代官府竖旗杆的铁座；三是船只泊岸的铁锚、碇石；四是司马炎为消灭东吴用铁链封锁湖面拦截来往船只而用来系铁链的铁锁；五是宋朝钟相、杨么在洞庭湖组织农民起义时铸的阻船墩；六是岳飞征讨杨么时系锁横江之物；七是镇水的厌胜之物。

我倾向最后一种，朋友帮我校准读音——厌胜（yàn shèng）。释义是厌而胜之，即用法术诅咒或祈祷以达到压制人、物或魔怪的目的。可以想见，铁方佛是民间辟邪祈吉的心愿与象征。

铁方佛埋藏之处，距岳阳楼老城门不远，常年隐没水下，只有 11 月间湖水退去才会显身。五枚铁方佛最早的一枚是 1980 年发现的，42 年后第四枚发现，藏身处大概在一片相距不远的区域。水的冲刷和泥沙的移动，笨重的铁方佛也在发生位移。

世间万物各有其形，“X”形的铁枷，当它与“辟邪祈吉”关联起来，就有了合理的解释。古代凡水患处，皆谓之蛟龙作恶，道教神话中有一说法，“蛟龙喜燕畏铁”，一喜一畏，古人就先塑铁枷燕尾形状，吸引蛟龙，再用通体生铁将其镇压。

黑铁，生铁，像冰冷的谶语。湖上风物有太多的禁忌。战国时期出现的铸铁工艺，至汉代已非常成熟，但几千公斤的重物且是水中之物的并不多见。铁方佛是沉水之物，通晓水的语言，与湖中的鱼虾蚌螺水草为伍，斑驳锈蚀也未改其庄重敦实，在静默中用世间不能通行的语言讲述地老天荒的往事。

他看着我，又看着铁方佛，咧嘴笑了笑，又准备要唱起来。他的目光落在很远的地方。那个地方，是湖中心，是千里之外，水仍在流淌，水不会消失。

二

水的故事，洞庭湖的故事，很多是在船上发生的。船是渔民水上的家，吃饭、睡觉、流浪的家伙，也是几代人生活过的产房、校园、故乡和远方。

有一回，我去山间民宿住过一日，院子里一个石砌的水池，不知从哪里搬来了一条不再闯荡江湖的木船。船上火舱做饭，中舱休息，网具放在二舱，捕捞的鱼放在通舱。船舵全身上下不再油光发亮，横向的滚头、横牙，纵向的底板、托泥等，每一寸肌肤爬满被水咬过的伤疤。

民宿的中年老板是在外转了一圈回老家安居的，年轻时跟着木匠师傅学过艺，艺多不压身，没成为好木匠的他却当上了五星级酒店的大厨。这条从水上“搬”到山里的船，原来是他师傅的手艺。他就跟着师傅去过洞庭湖边上的村子造船。他说到“造”字时，刻意停顿，让它变得威武、严肃起来。在造船人的心里，造的是人的另一双手脚。

造船要择吉日进山采木，此前要备好“神福”祭祀。何为神福？鱼、肉、茶、酒和新鲜水果。造船以椿木为上选，也有樟、槠、杉、枣等其他材质，但都要配上一方椿木以示祈福。寺庙、道观周围的“神树”，是吃香火长成的，无论材质多好，都不会砍伐造船，以防“船翻人亡”，这是忌讳，也是敬畏。

师傅去世有些年了，他却还记得那间刨木花堆满的敞亮大房子，木头的芬芳令人迷醉。木头砍回后，需要另择吉日正式开工。掌墨师才是造船的大师傅，各种用料的长宽厚度皆熟稔于心。开工仪式上，掌墨师手捧一册发黄的《鲁班书》置于鲁班神像案桌上，燃烛焚香插入香炉，伏地三叩首，然后啪地拍响画线用的“界尺”，大声唱道：“开山子一向天门开，请得先师鲁班下凡来。”木匠的器具我也认得不少，他说的“开山子”就是斧头。方言来自它最早的象征和功用。

仪式结束后，船东家的宴席就通知可以开始了，所有造船工匠被请上桌喝酒吃肉。但第一杯酒先敬上座的掌墨师，他喝完众工匠才可举杯畅饮。热闹的宴席过后，屋子里就安静下来。那些日子，只有清脆的刨木声、叮叮当当地敲打声灌入耳中，东家进来递茶送水也都是小心翼翼。直到船体合成，要搭台唱戏以庆贺的时候，屋子里外又喧闹起来。戏班子如约而至，舞台就在屋门前的一棵大树底下，周边屋场的人跑来看新奇。新船通体雪白，木头“活”成了另一种生命形式，且有了优美柔韧的弧线，健壮而有弹性的肌肤。船壳在锁上最后一块榫木后，掌墨师要行“关头”仪式。他给船头披红戴彩，一边唱“赞词”，一边给船两侧各钉四口钉子：“钉头口，添人添口；钉二口，荣华富贵；钉三口，清吉平安；钉四口，四季发财。”话音一落，下手师傅已拎刀割开雄鸡的喉咙，血像一条红线，射在船头，鸡被投掷到舱内，掌墨师又唱道：“雄鸡进舱，快卸快装。”

新船下水，又有新的仪式。下水前一日，船舱两侧要贴上一副对联，“九曲三弯随舵转，五湖四海任船行”“船到江心牢把舵，箭安弦上慢开弓”，也有简单如“山不碍路，水不碍船”“看风使舵，顺水推舟”。船头船尾船舱内灯烛燃照，称之“亮墩”，这时还有个小祭祀，对象是有“摇钱树”之称的桅杆以及舵和橹。船东家格外看重这些船上的事物。

他没等到师傅成为掌墨师就离开了。年轻的他看到过一条船的诞生，多少年过去，他还记得那些激动的细节、场景。偶然之机他买下了师傅亲手造的一条已废弃的木船。许多事情早已烟消云散，记忆却如此神奇地跟着他。

三

十多年前，我跟一位专注地方文化的写作者拜访过民间造船师傅老熊。水运所退休的老熊住在北门渡口的旧家属区，出门跨过马路，就是洞庭湖，朝晖夕阴，风晴雨雪，他是最熟悉这湖水的一员。几年后，他和另一位朋友合作造了一条风网船，花了两万块钱退休工资，最后捐给了市博物馆。

熊师傅造过多少条船，他记不清了。造船的那些仪式过程却钉在脑子里，拔不出来也消失不了。他的父辈祖辈都是渔民，干的是脑袋拴在裤腰带上的险事。他从小就在船上摸爬滚打，一根红绳子系在腰上，红绳子限制了他的自由，也保护了他的安全。有人在背后喊过他“船拐子”，他听出不敬，却也没什么不悦，如同他照样喊着岸上卖苦力的人“箩脚子”。

湖上有多少种船？他滔滔不绝能说出二十余种，岳州铲子因其船头形似方铲而得名，大吨位有 57 吨，小的也有 18 吨，是洞庭湖里的巨无霸。尾巴通杆，艄艉有些尖翘，一般不去浪大漩急的长江。采杆长船，配上一副桨叶，只为在浅水行船。小驳船头方尾翘，一叶风帆两支摇橹。倒扒子头尾圆尖，前船身平长，艉部的舵舱像个扒子而得名。乌缸子是外来的，船体前后窄中间宽，桅长帆大，船板薄，浮力大，因其船体乌黑发亮得名。还有道林船、驳船、麻阳船、摇戟古、厢壳子，还有“大跃进”时，有人拍脑袋造了一艘八张帆的船，终究没在湖上“八面威风”起来。

老熊的祖父拥有的第一条风网船，帆是白棉布，用鷇皮染色，防腐经用，一张开风就鼓满了帆。船是选在正月初三开船的，鞭炮齐鸣，敬奉水神，起锚上移，寓意生活向上。一家人跟随一条船去往下一个地方。是漂泊、流浪，也是生活、邂逅上天的美意。很多的船家要等到过了正月十一日“船爷爷”生日出行，船头系上一朵大红绸，不动渔具，全船休息一日，祈福一年平安顺遂。

祭祀洞庭王爷才是这一天的重头戏。船上香烛点燃，船东家宰杀一只大红冠雄鸡，一边从船头走到船尾，鸡血滴于船板以示辟邪，一边念道：“神灵保佑，开船清吉太平。”这时候，人员上船要搭跳板从船腰上船，不能直接上船头。特别忌讳妇女从船头走过，也不能坐在船头，如果走了、坐了，要请师公子来“退煞”，那又是一套烦琐的仪式。

过去的日常生活，在今天看来特别的繁文缛节。再宽大的水面，到了小小的船上，就有了很多禁忌。老熊从小耳濡目染，听老人讲过许多俗称“口风”“撞口话”的说法。

禁忌是从语言开始的。上了船，就要守船上的规矩。“八大忌语”是首先要记住的，“龙、虎、鬼、梦、翻、滚、倒、沉”，这些字眼出现在船上是犯忌。船民中姓“龙”的改称佘（蛇），或叫“扭河里”；姓“陈”“程”的，都改叫“浮”，连地名城陵矶也改称了“浮陵矶”；船主称“东家”，而不叫“老板”，老板含有陈旧易烂之意。船上说动词的时候多，有的要与日常叫法不同，“翻身”要叫“转身”，“滚水”称“开水”，“打牙祭”叫“开牙祭”。船上用具用法也讲究，碗、碟不能反着放，只能正面仰放；每天晨起做事须谨慎，打破锅碗、摔断用具会视为不吉利；饭桌上第一筷子要夹荤菜，且不许说话，这得鼓圆眼睛看清楚，无论夹到肉还是骨头都得吃下肚，是不能吐掉的，第二筷子后，才可说话和吐弃不食之物。

船在水上的路是船路，船路也是有规矩的。那时不论大小船只，过洞庭湖时，经鹿角、君山、南岳坡，都要祭祀洞庭王爷。老熊小时候看到大船上的船工司锣祭祀，船东家点燃香烛纸钱、鸣炮敬酒，司锣工先敲一长声，接着连敲四长声，船东家先叩一响头，接着长跪念道：“有请洞庭王爷，开船不遇风暴，不撞险滩，保佑我船一路平安！”锣声停下，祈祷结束，起锚行进。小船是不打锣的，但燃纸钱、点香烛、跪拜祈祷的过程不能省。后来有的礼祭简化，小礼一挂短鞭、一块小肉、一杯酒，大礼一挂长鞭，杀猪宰羊。小礼是求赐平安，大礼是“还愿”神灵。

行船中的餐聚，船东家与船工同桌，喝酒、夹菜、吃饭也各有讲究。杀了一只鸡，却不是人人想吃什么就吃什么。象征财喜的鸡菌子是船东家吃的；象征抬头顺风的鸡头是撑头篙师傅吃的；吃鸡屁股的舵工师傅，表示能掌好舵。头一碗饭只能装一大瓢中间的饭，不能装锅巴，第二碗则可随便了。碗叫“赚钱”，筷子叫“拿篙子”，调羹叫“拿鸡婆”，饭瓢子叫“拿抓巴”。

山里人对山歌，水上人唱水路歌。船工、渔民多会说船谚，唱船谣。渔民挂嘴边的船谚，有驾船摆渡的经验，“三桨当不得一篙，三篙当不得一橹，三橹当不得扯帆”“船到弯处必转舵，船到桥头自然直”，也有水上民间文化的集成，“单丝不搓成线，一人难撑两条船”“浪再高在船底，山再高在脚底”。唱的则有渔歌、情歌、防风斗浪歌，但不能唱“牧羊调”，这个禁忌源自流传甚广的《柳毅传书》神话，洞庭龙王之女下嫁受虐成了牧羊女，认为唱了“牧羊调”是大不敬，会使洞庭王爷发怒。

有一年夏天，太阳顶在头上晒，但到了傍晚，湖风一吹，热气迅速散去。落霞，湖水，长天，闭眼睁眼之间，颜色光泽形态，仿佛三棱镜有了万千变化。我在老君山水域的一条趸船上吃饭，渔家大嫂做了小龙虾、活水煮鱼，最后都抓一把紫苏连秆带叶丢进去。小龙虾是紫红的，颜色深，剥开的肉紧实。湖里的野生出产与河汊、养殖的味道差异很大。邻船上的一对中年兄弟过来陪酒，喝过几杯，船东家让他们唱几句。

船谣渔歌讲的是水上的情感生活，但在时代变化中这些歌谣多数失传，能留下的都成了“文化遗产”。中年兄弟看到我带头热切鼓掌，又觉得有些不好意思。弟弟薄嘴唇，桌上话多，伶牙俐齿的模样，这下也只顾埋头扒饭了。挨了一小会儿，弟弟外肘顶了顶哥哥的腰，说你唱一段岳阳《水路歌》。

长沙开船到母山，霞凝靖港丁字湾。借问铜官弯不弯？青竹云田磊石山。鹿角城陵矶下水，鸭栏芽铺石头滩。嘉鱼牌洲金口驿，黄鹤楼中吹玉笛。汉口开船往青山，借问阳罗弯不弯？阳罗不弯朝直走，团风把住双江口。双江口，口双江，好似杭州对武昌。水沙巴河兰溪堰，道士湖中水茫茫。

《水路歌》其实有一百多行，内容说的是水在湖南境内流经之地，一直流到崇明岛出海口的地理人文。哥哥嘴里的唱词，起音低尾音翘，韵味很足，就像一条欢快的河流。唱完他回肘顶了顶弟弟，意思是轮到你了。

弟弟抹了抹一张油嘴，拿腔拿调唱道："久闻妹妹一枝花，日织绫罗夜纺纱；一日织得三丈布，哪个不想妹成家。"

渔家大嫂带头扑哧笑了起来。我听着唱词中熟悉的地名，想着属于渔民的生活情趣，看着夕阳一点点浸没水中，湖面浮光跃金，静影沉璧，风跑动起来，洞庭湖摇晃着身体，变成了天地间的一条大鱼，一直游到夜色深沉。

禁渔后的湖上没有了船，水上生活成了口头记忆。没有进行书写的记忆会漂泊，会靠岸，也会相见。站在干涸之上，也许，我要确信，因为一场大雨抵临，四季轮回，水会归来，大湖会归来。原址保护的铁方佛依旧沉没在水中，木船在湖上销声匿迹，但升级换代的现代船舶仍在波澜不惊中轰隆航行。

化作水相逢

通往岛上的路只有一条，乘船水路。

岛在洞庭湖的什么位置，少年没有一点概念，距离的遥远让他内心摇荡着焦躁，像夜幕下眼睛看不见耳朵却听得到的水声。从湘西大山出发，先是挤了十个小时的汽车，车上的乘客大包小包，都是村里出来砍芦苇的人。路上多数时间大家是沉默的，有过一段激烈的讨论是关于芦苇今年的价格判断。卖上好价，收入也会好一些，这是大家的渴盼。喧吵过后，汽车里一阵静寂，很多人闭目养神，一个粗胖女人喃喃自语，儿子等着她今年赚的这点钱去登未来媳妇的家门。另一个尖刻的声音“刺”过来，给你媳妇买全套银饰，你还得来砍十年，那时候媳妇是别人家娃的娘啦。胖女人瞪了“声音”一眼，扭头望向车窗外，那些景致与她无关。

不知过了多久，汽车“吱呀”停下，有人喊一声：“到了！各自换船，走吧！”

那些还在睡梦中颠簸的人纷纷醒来，啧啧地议论着外面的天色：

“啥时间啦，比山里还黑得早！”然后伸懒腰，打哈欠，站身起立，搬弄东西。车厢顶灯坏了，嗞嗞闪了几下就彻底“歇菜”了。大家只好借着远处晃来的水光，某个人打开手电筒的光，清理行李，徘徊下车。叽叽喳喳的说话声此起彼伏，车厢像一个大洞，慢慢被掏空。大家作鸟兽散，三三两两，几声招呼，瓮声瓮气或粗野豪放，很快都消失在空旷的夜色里。

黑蓝色覆盖的夜空下，少年感觉风像野孩子似的东奔西跑，冷不丁露出尖尖的牙齿，重重地咬他脸蛋一口，或大摇大摆地撞个满怀。他顾不得“咬撞”之痛，急急忙忙伸出双手却没能扶住这冒失的家伙。风又调皮地呼啸而去，留下火车鸣笛疾驶过后的“呜呜”响声，在耳畔飘来荡去。

父亲说，岛很大，四面环水，通往岛上的路是乘船。

船，那是一条多大的船，能迎风破浪吗？浪花飞溅到船头，打在甲板上，碎成一颗颗发亮的珠子，滚来滚去。少年如此一想就来劲了。他在山里生，山里长，对父亲描述的这片大水有着天生的好奇。他那点偷偷学会的狗刨式，能在这不着边际的湖水中横冲直撞吗？闭上眼睛，往水里一跳，仿佛他就成了游泳健将，细长的手臂把水波划出一条条漂亮的弧线。

十五岁的少年第一次出门远行，他肩起装着锅碗瓢盆的行李，磕磕碰碰，循着父亲声音的指引，继续往前走。脚下的泥土是软的，空气是湿的，冷风飕飕地灌进脖子，少年能触摸到那股与山里不同的气息，到处都飘着水的气息，在夜晚冻成一层薄纱，能哧啦哧啦撕裂。父亲来过好些次了，每年到芦苇收割的秋冬时节，父亲要跟村里人一道，在湖洲驻扎三个月。芦苇割完了就回家过年。母亲也来过，不过这次父亲决定让母亲留在家照顾两块地的粮食、一头牛三只猪的吃食。还有正在读高中的姐姐，父亲割芦苇赚的钱，就是要供姐姐把书读完。

对读书的事，少年从不上心，也无所谓，父亲几顿棍棒教育也不见起色。山里人读个书不容易，父亲摸准了他的心思，默认了儿子的失败。少年读到初中毕业就歇火了，准备跟几个亲戚家的长兄外出打工挣钱见识世界，父亲不允，“跟我去砍一茬芦苇再说吧”。要出远门，到一个陌生的地方，待几个月，少年很兴奋，即使他知道出来是要卖力气的，身体结实的他不怕，他清楚自己现在多的就是力气。

出门前，姐姐回来了一趟，听说弟弟要去洞庭湖砍芦苇了，翻来覆去看他的手掌，眼角倏然间就红了。少年明白姐姐的心思，父亲砍芦苇把手砍成了一块生铁，粗糙、锋利，打在他身上疼得很，而他双手还没磨砺过的细嫩皮肤，会发生怎样的变化呢？睡觉前，姐姐躺在床上念了一句他仿佛熟悉的话：“蒹葭苍苍，白露为霜。”姐姐说，这是《诗经》里的，三千多年前流传下来，里面的蒹葭就是芦苇。另一张床上的少年心头一惊，父亲多次描述过的，那些茎秆高直挺拔、叶穗长袖飘舞般的芦苇，原来是从那么遥远的时间深处走出来的。少年心中，芦苇从头到脚生长出侠客隐士的飘逸和硬朗。

湖面一片深邃，没有尽头，船摇摇晃晃，仿佛是行进在一条狭长黑暗的甬道，只有尾舱机器的轰隆声响，打破空气中的凝固滞顿。船尾驾驶舱挂着一盏汽油灯，光亮如豆，随时要被风吹熄灭的样子。周围的水声摇曳多姿，引人遐想。在他和水之间，一块巨大的幕布遮挡得严严实实。少年不听父亲的劝阻，站在舱口向夜幕里探望，其实他什么也看不清。

父亲说，要是白天运气好，可以看见江豚，黑溜发光的脊背拱出水面，追逐船只。船有时会经过一片光亮，巨型船舶像一座城堡。铁脚架矗立在船上，探照灯光如瀑布般垂落。

“那是挖沙船在作业，湖底的沙子能卖钱，运到城市里盖高楼大厦铺桥梁马路。”父亲说。

“湖底会挖空吗？”少年想起山里的采石场，一个炮眼炸响，火迸石溅，地动山摇，满车满车灰白色的石料运走了，一年半载下来，大半座山挖没了。

“这湖底，恐怕早已经千疮百孔了。”父亲回答。

闪烁的光跟刺骨的风一起荡动，湖仿佛才真正在少年的眼前打开，脚下的波浪变换表情，起伏荡漾。少年心头一颤，“千疮百孔”的湖床会是一副什么模样？像吊挂在老松树上的大蜂窝。有轻微密集恐惧的少年做此对比，立即起了一身鸡皮疙瘩。他又像潜游者看到宽阔水面下的情形，一个个巨洞的上方，急遽的力量卷起漩涡，无数涌动的气泡，碰撞，炸裂，再碰撞，再炸裂。

岛是荒岛。来往的人影比不过天空飞过的雁鸭多，但岛上的芦苇不能不砍。芦苇这种多年生禾本植物，生长在靠近水的潮湿地方，过去在湖区主要是当柴烧，或是编芦席，临时搭个草棚茅屋，涨水时护堤挡浪。等到人们发现它是造纸原料，于是一步登天，身价倍增。乌鸡变凤凰。种芦苇，收芦苇，砍芦苇，运芦苇，卖芦苇。芦苇也就不只是芦苇，可以变钱，变许多别的东西。

从车上到船上，在少年的眼前，芦苇的影子仿佛无处不在，睁开眼，闭上眼，密密麻麻、重重叠叠地压过来。他在离家不远的山谷里，看到过水流之处的石头罅隙间，也零星地长一些瘦高瘦高的芦苇，三五枝簇拥在一起，与苍莽大山间的深绿浅绿墨绿碧绿遥相呼应。可洞庭湖的芦苇一眼望不到尽头，白茫茫的，在风中起起伏伏，那是多么壮观的场面。父亲平时有心无心的讲述，让少年更加向往。

动身前夜，父亲在家里边整理行李边跟少年说话。他说：“到了初冬时节，芦苇花絮随风飘扬，种子落地来年春发，算是靠天种靠天收。”

“天种天收？”

“嗯，都不用人打理的，自生自灭，就像山上的草。”父亲说，“后来有了造纸机器，芦苇的纤维含量高，就成了造纸的原料。于是有人承包苇场，雇了壮年劳力，像农民种田一样，开沟滤水、看土施肥、化学除草治虫、人工护青保苗，湖洲滩地上的芦苇也越来越多。”

那些日子，芦苇就跟着少年走走停停。他向小伙伴绘声绘色地说起芦苇荡，是比大山有着更多乐趣和奥秘的地方。

时间在寒风之夜过得很慢，寒意越来越浓，少年不由自主地裹紧身体。船尾马达声时而轰隆，时而歇停，催人昏睡。他伸出五指，想去捉住那股与山里不同的气息，飘飘荡荡的水的气息。这气息在夜晚被冻成一层薄纱，手指轻碰，哧啦哧啦撕裂，像落满一地的玻璃碎片。父亲的喊声，惊醒恍恍惚惚的少年。他抬头张望，到的是个什么模样的地方。汽油灯照亮一片模糊的陆地，少年跳下船，踩在一片松软的苇梗上，苇梗下是更松软的淤泥。伴随着脚步的挪动，发出吱嘎吱嘎的声音。

把“家”安在这个陌生的岛上，父亲要盖一间什么样的房子呢？少年困意全无，兴奋起来。他抬抬头，天地空旷邈远，没有灯，却有光汇聚过来，是水波的光，倒映在天幕，又晃照到湖洲之上。风也变得柔软起来，少年的视线慢慢适应，能依稀辨认近处和稍远地方的事物。这个岛是他将居住的“新家”，真是奇妙。

父亲从行李袋中找出刃口发亮的弯刀，走到附近的芦苇丛中，转眼工夫割倒一片。在父亲的指导下，少年帮着用细麻绳把芦苇结实地打成一捆一捆。父亲说，这是“新家”的大梁，这是“新家”的柱子。打好“地基”，他又像变戏法似的从行李袋中翻出折叠整齐的旧尼龙帆布，摊开在地，风贴着地面吹鼓起帆布，父亲顺势一抖，转眼之间帆布就“盖”成了一间芦苇棚屋。支棚、架床、开窗、开门，这种快捷简易的造房术，让少年对父亲钦佩不已。他听从父亲的吩咐，搬上几捆芦苇压住“墙角”，这样帆布不会随风刮掀。

父亲几乎一夜没睡，他在卧室里“搭”了两张芦苇床，又新盖了一个屋棚当“厨房”，然后把带来的家当一件件摆好，还用芦苇编了两把方凳、一张餐桌。这一切都是在少年睡着以后完成的。少年在梦中回到了老家，梦见自己站在一个小山尖上，看着父亲躬身在弯曲的梯田里劳作，身影越来越小，最后变成一个黑点消失在视野尽头。梦中的少年并不欢喜，风把忧伤吹进他的身体，不知不觉眼泪静静地流淌出来，顺着眼角、耳郭，积洼成耳沟凹处的一汪清池，水波微漾，泛起粼粼光浪。

少年醒来的时候，“新家”被一团明晃晃的天光包裹着，好像这棚屋原本就是一个发光体，向岛上、湖上、天空绽放无尽的光芒。芦苇制作的几样桌椅，散发着植物刚离开大地的清香。掀开帆布门，白得耀眼的光迎面扑来。眼前岛上的景象把少年震惊了。

铺天盖地、茎秆高挺的芦苇，顶着沉甸甸的穗头，随风摆动枝叶，向远方致意。从未见过这么多的芦苇聚集一起，举手投足，像严格训练的战士。风刮过来，芦苇抱团对峙，站成铜墙铁壁。又终于抵挡不住一波波的猛烈吹袭，芦苇向着同一个方向低头、弯腰，瞬间就要折覆在地。与见过的水稻相比，这些芦苇就是超级巨人，高大、粗壮、招摇，少年感觉自己就像一个小不点，在这荒岛之上无比孤独、渺小。

父亲砍得快，他砍得慢，收割过的芦苇地，空了一大块，风狂命地刮过来，被芦苇的铜墙铁壁挡住，发出一声呜咽又卷土重来。刀割破苇秆的声音窸窸窣窣，像孩子的抽泣。休憩的时候，少年常看到远处芦苇垛惊飞几只水鸟，打开翅膀，线条般的身影，越飞越远。他想到在苇丛里捡到过的空壳鸟蛋，那是水鸟生命没开始就终结的墓地。

亢奋的少年拎起弯刀，跃跃欲试。他跟着父亲的示范，顺着芦苇穗垂头和风吹来的方向，弯下腰身，左手夹抱苇秆，刀起苇落，整齐地匍匐在地。这成为少年心中一幅最美的画面。苇秆上锋利的原生枝叶划破他的手掌，留下道道血痕。少年不怕痛，父亲说，人的一生就是疼痛的一生。他模仿父亲从地上抓一把泥敷在手上，这样感觉好多了。

父亲叹息，洞庭湖是块宝地，滩洲上长芦苇，湖里游鱼，湖底出沙，占一样都要发大财，但那是别人的财别人的梦。尾随这些铺天盖地的芦苇，蜂拥而至湖洲之上的苇民，都是从湘西、贵州、四川一些边穷之地，候鸟般飞过来的。割完了，又要飞回去。从芦苇丛到芦苇棚，从睡觉的棚到吃饭的棚，生活圈地的单调让少年感到寂寞，他爱听的手机音乐也不能二十四小时打开，充一次电要跑到老远的商店去。他像一头性情无常的豹子，烦躁的时候，把芦苇当成猎物，手中的弯刀像血腥的尖牙随意噬咬。不远处的父亲并不理会，一声不吭地继续，芦苇倒下的地方，平整干净，像打扫过的战场。

秋冬季节的湖区，下雨是常事。父亲很烦雨，不能做事，砍得少，就没钱。但少年喜欢这样的日子，不用出工砍芦苇，就独自披戴上父亲编织的苇笠蓑衣，去岛上的小商店，或四处转转。小商店设在一连排半坍塌的砖房里，歪歪扭扭的“商店”两个字，字迹模糊。一个小宝笼，玻璃上浊迹斑斑。这几间砖屋没门没窗，也是芦苇编的床，十来个打鱼的汉子住在里面，父亲说这些人是帮当地的鱼老板做事。下雨的时候，这些人也窝在屋里，架一个鱼火锅，鱼敞开吃，几瓶便宜的散装白酒。少年被邀请喝过一次，劣质酒辛辣刺喉，他话少，跟渔民不知怎么交流，问一句答一句。放蛊、赶尸、傩戏、米酒、山寨、崖壁，少年的家乡物事对这些人来说，满是好奇。但少年对墙上、屋角悬挂和堆放的渔网、鱼刀、鱼叉、鱼篆、鱼夹恋恋不舍，他很想跟着这些渔具去捕一次鱼。有一回，少年看到几个汉子挑回来满筐满筐的鱼，很小的鱼，像是鱼种，他也不明白他们要把这么小的鱼送到哪里去。那个整天嘴里嚼着槟榔的青皮后生白了他一眼，说了四个字：

“送去喂鱼。”

第一次听说鱼吃鱼，少年不解。但不解的事情有一天迟早会解开，即使解不开也没关系，过些天就忘了。人有那么多的烦恼，不会因为一次不解而郁结终生。打鱼的汉子都喜欢拼酒，胸膛喝得红通通的，能把芦苇点燃。青皮后生突然向少年吹嘘见过的一种庞大机器，那是厂家正在试用的芦苇收割机，一天能割八百亩；一个壮劳力呢，一天顶破天割不到一亩半。青皮后生突然忧伤地说：“明年那些包工头联合起来买了机器，就不要雇这么多劳动力了，也许明年就再见不到你了。”少年不以为意，他其实并不想像父亲一样，成为这种原始作业劳动者，他可以去朋友们提到过的城市，在那里打拼赚钱，赚很多的钱，把父母、姐姐都接到城里来。而到现在为止，这次是他最远的一次出门，除了县城，他还没去过真正的城市。

向来严肃的父亲这次在岛上干得很欢心，他偷偷欣赏儿子的卖力，会咧嘴一笑，露出一口又黑又黄的牙齿。一天晚上，他破例给少年倒了一小杯从家里带来的酒，掐着指头算：“你每天能砍八十多捆，按每捆一块计算，一天能得到八十多块钱，三个月下来，除去下雨开销，回家过年的时候差不多可以领到六千多块钱。”当然父亲得到的会更多，他的力气大，很多时候，少年累了就不砍了，就一个人回到窝棚里倒头睡觉，有时他从一个短暂的梦中醒来父亲还没回，外面的天空已拉上厚厚的帷幕。少年跟父亲提到青皮后生说过的机器，父亲早就知道有工厂在生产这样的机器，他说：“不多想，人活在这世上，总有一条活路。”他又说：“机器议论好几年了，包工头们嫌太贵，不愿买这种性能不稳定的机器。如果真有那一天，有一大半以上的人会不再被雇用，每年入秋的时候，再也不会有人通知他们村里的人‘去洞庭湖砍芦苇’了。”嗟叹的父亲说完这些，倒头就睡着了。更多的时候，他砍累了回来，只顾沉默地抽烟，不说一句话。

少年的很多梦来自岛上，还有把岛围住的大湖。白日所见，为夜所梦。他梦见姐姐也来了，两人在芦苇荡里追赶，乳白色的苇穗，柔软芬芳，拂过脸庞，像姐姐的长发一样飘扬。他们一路奔跑，芦苇让开一条道，路很远，风吹来，托起两个年轻的身体。还有一次是跟青皮后生去捕鱼，在浅水的淤泥里埋伏好长长的地笼王，不一会儿，这种长长的网兜里游进来各种欢蹦乱跳的鱼，他抓一条，哧溜滑走，摔落湖面，溅起满脸泥浆。这些梦给他带来愉快，但也有些狂风暴雨中在岛上迷失跌落黑洞的噩梦让他惊吓出一身冷汗。父亲警告过他，湖洲有些临水的泥沼地是不能去的，陷进里面就再也起不来，谁也救不了。

岛上的日子过得很缓慢，也很迅疾。天不会一直下雨，少年还想着回家，就得拿起弯刀，走向那片仿佛永远也砍不完的芦苇地。姐姐有天晚上打来电话，很沮丧，她想寒假来岛上看弟弟，但母亲不答应。末了，她问那叫什么岛。少年愣了愣，煤炭湾、腰角、卢荻洲、差齐岬、鬼目滩，这些都是他这些日子里听到岛上渔民的称谓，他想不明白为什么一个小岛要披挂这么多名字。他岔开话，说明天问清楚了再告诉她。他躺在厚厚的芦苇床上，想，岛太大了，他要飞多高才能看得清岛的相貌。也许，这岛上到处都是一个模样，芦苇丛、皴裂的土地、铧开的沟渠、平静的水面、踟蹰的水鸟。

芦苇收割接近尾声时，少年比以前更加卖力，每天的成果不断增加，这样父亲会爽快地答允他夜里可以去砖屋的汉子们那里玩。少年一直惦记青皮后生的一个承诺，要驾驶那种蒲滚船带他去湖上捕一次鱼，这种船像巨大的拖拉机头，长着巨大的铁片脚，引擎发动后会激起雪花般的泥片。一片片，坠落下来，在水光下炫目极了。那天晚上，后生又喝多了，他们发了半个月的工钱，小商店里的酒被买空了。少年很恼火，一个人偷偷取出挂在墙上的鱼夹，去了几里地外的捕鱼水域。

少年看到远处芦苇垛惊飞几只白色水鸟，打开翅膀，线条般的身影，越飞越远。他一个激灵，跟着白色鸟飞去的方向，钻进了芦苇深处。秋冬季节的芦苇荡，湖水退去，南来北往的白鹭喜欢在此嬉戏觅食，麋鹿三五一群藏匿其间。修长而饱满的灰白色苇穗，像一支支画笔，日沐金光，夜吸银露，饱蘸天地间的风霜雨雪，在湖洲上涂鸦出一幅绚丽多姿的画卷。茎秆挺拔的苇秆，如长剑飘舞的苇叶，被少年的身体碰出哗哗啦啦的响动。他也被芦苇的坚韧撞得摇摇晃晃，像海洋般的苇浪一下就吞没了少年瘦小的身影。

少年几次试图跳起来，像一只鱼儿般跃出水面吐个气泡，但苇浪又高又大，在风中左摇右摆。他的头有些晕眩。走累了，蹲下来，连根拔起一根芦苇，半湿半干的泥土黏附着它十分发达的匍匐根状地下茎。丰水季节芦苇会浸没在水下，久而久之，在芦苇身上留下一道清晰的界线。白的花，绿的叶，黄的秆，顶部苇穗高挑饱满，挺在水面之上的晚生枝叶泛着绿意，剥掉水中泡了几个月的茎秆上的腐枝败叶，能嗅到大地的芬芳气息。

少年掐头去尾，用一截笔直的苇秆拨弄着地上稀疏的草叶。有灰白色的小螺蛳壳，螺口沾着泥垢；有边缘残缺的河蚌壳，混杂在光滑的碎卵石间，还发现了几个脏兮兮的空蛋壳，有大有小，淡淡的灰绿色，任人踩踏。少年猜这是鸟蛋，不知是否成功孵出小鸟，或是生命没开始就已终结。

在山里，少年和小伙伴掏鸟窝是把好手。他们眼睛毒，瞄准了刚孵蛋的窝，趁母鸟外出，几个人你抬我爬，身子灵巧，跃上主枝，噌噌噌，又攀到鸟窝边，手伸进去，暖暖的茸茸的感觉，喜上眉梢，眼睛笑弯成一轮上弦月。树窝窝里喜鹊居多，偶尔能碰上一两只稀缺的苍头鹰。有的伙伴心狠，要断了鸟父鸟母的念想，一举捣毁鸟窝，一根根长长短短的树枝缤纷散落。觅食回来的鸟找不见窝，自己的儿女也丢了，就绕着山林、村庄没日没夜地叫。大人听见，知道是孩子们的淘气之举，都摇头叹气，丢下一句："这些鬼崽子。"父亲不许少年掏鸟窝，他只能偷偷去，也不敢带回来，就藏别人家，挖个泥洞，找个草窝，还要去找食。有些鸟体弱，没养多久就死了，他们草草一埋，愁肠寸断，没过几天又玩性大发，去寻找新的猎物。

湖洲上的鸟，多会选偏僻草深之地孵育，这比找树上的鸟窝难多了。要是能在这里寻到一只水鸟，就不会再感到孤独了。少年低头搜寻有没有完整的鸟蛋时，听到隐隐约约传来呼唤自己名字的声音，那是父亲在叫他。他环顾四周，呼喊声像是从四面八方传来的。这差点让他迷失，找不到回家的路。他找到脚印的方向，赶紧往回跑，哗啦哗啦，身体的碰撞，在芦苇荡里又腾起一股细小的声浪。

少年认真辨认了回去的路，像个侦探一样，察看了脚印，还判断了一下东南西北。但走出芦苇荡的路似乎没有尽头，他莫名地紧张起来。清晰的脚印，模糊的脚印，斜斜浅浅的。少年把脚放进一个，像钻进一个空荡荡的房间。父亲叫唤的声音仿佛又飞来了，近在耳畔。

第二年冬天，洞庭湖的水位更低，湖洲上的芦苇长得更茂盛，渔民捡到一件缠着水蓑衣和菹草的皮夹克，青皮后生认出了是来砍芦苇的湘西少年穿过的。他在那个夜晚消失，后半夜的一场暴雨，汹涌、凄厉，好像四面八方传来求救的声音，而岛上的父亲与汉子们都在酒精的催眠下酣睡。所有人都帮着父亲，找了整整三天，雨把脚印冲洗，没有行船离岛的记录，大家最后断定少年陷进了黑色的沼泽地。

岛上渔民那天跟我讲述少年的故事时，还提到了那个远在大山的姐姐。她在弟弟失踪的那天夜里收到了一条短信。现在大致可以想象，是少年发现自己再也逃离不了岛上的最后时刻，从上衣口袋里取出了手机，借着屏幕细微的光，给姐姐发了条短信，那是他在这世界活着的最后证明。姐姐问过他多次的问题，他可以回答了——

通往岛上的路只有一条，乘船水路。

有人说第二年春天看到一个女孩来到了岛上，也许是少年的姐姐。少年走过的地方，足迹被冬雪和春雨覆盖抹去，他化作了湖里的水，见到水都是他们的再次相逢。

人间客

又一次见面，她站在临街的屋门口，那双脚又细又瘦，迟迟没有迈过门槛，扶住门楣的手微微弹动，像极了一朵花的绽放。过一会儿，正好夕阳穿过那座初唐建造的古塔和鳞次栉比的黑色屋脊，照在她安静的脸上和裸露的白皙皮肤上。彼时，街河口的鱼巷子生意清淡，顾客多是清早上午摩肩接踵热气腾腾，鱼档的鲜鱼卖得所剩无几，青石板上的脚印被水冲洗得锃亮，喧声消歇，早上灌进去的声音都倒出来，留下几声低回呜咽般的细语。

她身子一抖，终于往前走了几步，步间距短，略微倾斜。有人跟上去，她却推开伸过来搀扶的手，冲人抿嘴笑了笑。这时我才把她看得更清晰。脸和手上的皮肤如同发光的白纸，筋脉潜伏，薄薄的红润像扑飞的一片水沫。她的眼睛明亮，像湖面上的波光，粼粼闪动着说不清来处的湿意。牙齿雪白，像蚌壳合拢锁着的一道白色银边。旁人小声说，她活得越来越清瘦，走路脖子伸长，头向前点地，像不像一只白鹤？她似乎隔着距离听到了，就放缓步子，学着鹤走几步，脚尖触地，慢得时间如同停滞。走远了，活脱脱一只鹤的背影。

几年前，她一个人常住红旗村，守着一个空院子。空闲的两间房租给了保护区，放置观鸟仪器和田野考察工具。水鸟越冬调查下湖的前夜，我们聚到村里住一晚，她像迎接归来的儿女，生火做饭，杀一只鸡，煮一锅鱼，这顿饭说说笑笑，冷落的空院子闹腾起来。

乡下人天生好客，有闹腾的地方最聚人气。吃过饭，剔着牙，坐在屋门口聊天，村里有人来串门，送点熏过的腊味。我们在说今年湖里监测到的四种新记录鸟类：黄头鹡鸰、北灰鹟、卷羽鹈鹕和黄臀鹎。她没听说过，当然也无缘亲眼见到，连这几种鸟的名字，她都不会写。带队的小余站长翻着手机，普及常识，又带着叹息声读道："世界上已有一百三十九种鸟类灭绝，其中有三分之一就发生在近五十年的时间内，现在有一百八十一种鸟类濒临灭绝。"

她似懂非懂。她最熟悉的是那种叫鹤的候鸟。从后门走出百余步，拐过半亩水塘，跨过一条壕沟，看得到红旗湖一只手环抱的内湖，形状像一只探头探脑的刺猬。有年秋冬之交，她去找一种野菜，隔着壕沟看到两只白色鸟，在稻田中央一前一后，踱着规矩的步子。那天湖上风吹雾散，看得清晰，鸟的羽毛极其洁白，人们走动的声响惊扰了鸟，它们抬头张望，扇了扇翅膀，像举起一双大手，微屈的长脚突然蹬得笔直，拔地而起，又在空中平展双翅滑翔，再振翅往高处斜飞，扇动的翅膀像一个大写的字母"M"。飞出一段距离的白鹤，头、脖颈和脚，如一片铺展的叶子，没有褶皱与弯曲，空中传来几声清悦的鹤鸣。她说那是最美的飞行姿态，鹤飞远了，闭上眼睛却并不会消失。

天空的这些白点后来许多次在她的眼前飞动。茫茫田野，田塘相间，残存的挺水植物和零乱的枯枝败叶。她过去还认识一些野物，有一种体黑的水禽，头像鸡，游水的模样与鸭无差，嘴额是鲜红色的，肋部有白色纹，上翘的尾巴下面有白斑，这种叫黑水鸡的水禽很黑，黑得透亮，盯得时间长了，又觉得那黑色在发出墨绿色的光泽。黑水鸡喜欢藏身于枯败荷塘的水面上，是潜水的高手，一头扎进水里，游出十几米远。它们不擅长飞行，遇袭或感应到危险，就不管不顾地往草丛或芦苇丛中躲藏，倒是能躲得毫不动弹。它就是靠着这样的伪装，逃过几次野孩子的捕捉，她看得清楚，偷乐起来，觉得黑水鸡有一种可爱的聪明。

红旗湖是一只更大的刺猬。阳光照耀着湖面，抚摸着涌动的水浪，闪闪发光，看起来像一片金色的土地。

灶屋悬空挂着一个硕大竹篮，像乡下刚出生娃娃的摇窝床，烟火熏得黑黢黢的，不知道有多久没取下来过了。这种竹篮，早就不时兴了，过去却是家家户户都有。竹篾削片，交叉缠绕，顺势成圈，露出蜂眼般的孔洞。竹篮的箕口又有一层更劲道的青篾皮走一圈，青绿相间，打磨久了，箕口光滑，是盛鱼的好器物。鱼在竹篮里整齐码列，鳞片摩擦着亮光。那个在湖上长大的男人对她说，湖的历史就是鱼的历史，鱼比人多，鱼记载着水的一切。他又说，水是鱼的脸，也是人的镜子，照见鱼看不到的地方。

她对鱼的认识，是与对那个黑壮男人的认知一起加深的。后来她搬去了街河口的鱼巷子，街并不长，从南往北逐步抬高，那是名声响彻的一个鲜鱼交易地。稍远几百米的码头停摆着一条条湿漉漉的船，夜里从湖雾深处驶来靠拢，打开中舱全是鱼，号称日产万石。活蹦乱跳的鱼从那里起水，飞快地散进千家万户、宴桌餐盘。男人是从鳞衣来识鱼的，鱼体湿滑液流，不同形状鳞片下的斑纹线，却有着外人看不出的差异。离开水面，鳞衣会自动锁闭，不留缝隙，像收缩的铠甲保护着最易受伤的肤体。鱼在水中悄然换掉身上的鳞片，旧的褪落，新的簇生，如同收割完的庄稼在日光流年里又长出一茬。

在她家歇脚时，她把一切安排得妥当，却从不主动说话。问她，她才回答。“人老了，在别人眼中就活成了精怪。”她偶尔也会幽默地自嘲。时间像湖水一样从她的身体里流走，到底留下些什么，连她自己也说不清楚。

“见过湖上的风没有？”有人略知一二，她守着一个与风有关的故事。

她想了一会儿，说不知该从哪里说起。她经历过太多湖上的风浪了，连黑旋风也见过。后来才知道，那是湖里的水被卷起，升上半空，加上天色晦暗，水和风融为一体，风就变成黑色的了。风在湖上，是不知疲倦的，过去的小船斗胆不避的，通通掀翻，毫无道理可言。即使驾驶的大船，没有经验的舵手，发生侧翻或被风浪打折船桅也是常事。

风是从水底下升起来的，也是从那些根系发达的芦苇的空心里吹出来的。因为芦苇抱得紧紧的，抱成一大片，风奈何不了它。遇到大风来了，有人好奇，站在长堤上看风的狂暴表演。没过多久，风就会跑到村里来，那些屋檐下来不及收好的衣物，都长上翅膀飞到空中，有人挥舞手臂，大呼小叫，跟着那些变了颜色的衣物追赶。衣物挂在树枝上，落在屋顶，掉进壕沟，有更轻薄的东西，越刮越远，永远也找不到了。追的人跑得气喘吁吁，追不上了，才停下来，跺脚咒骂。他们骂得非常空洞，像是一场演戏中忸忸怩怩的送别。风还是不管不顾，贴着地，像一头暴躁的野猪，用尖锹般的嘴，在墙根、屋角、房门底下猛拱，关在屋里的人，听着门外翻江倒海的声音，身体里的骨头和关节会不自觉地战栗起来。

她说的这一切，在我脑海中速写成了画面，却并没有我特别想看到的那张。和村里许多人的来历相似，她算得上是一个外乡移民，年轻时从湖北洪湖嫁过来。家中母亲连生了五个姐妹，她是最不被待见的老三，母亲和大姐的巴掌和竹棍，随时都会在她走神的时候落下来。

她也是母亲那双大脚板耕过的一块地，头发是母亲一把就能薅住的杂草。她哭吵抵触，不肯干活，招来的又是一顿敲打。“都是要泼出去的水”，母亲的一句玩笑话，流动的戏班子师傅就把她带走了。她跑了一年，边学边看，也临时登台出演，登的台是那种在乡镇和村庄搭起的戏台，演的都是些喽啰丫鬟的配角。

“有花自然香喷喷，何必把兰麝分别论。”“明早晨，要赶集，背褡破了三条筋，我找我的干妹妹与我打补丁。”她喜欢听那些花鼓戏曲目，到现在还记得其中的唱词，有《春草闯堂》《补背褡》，还有折子戏《戏牡丹》《柜中缘》。师傅说，帝王将相戏非儿戏，妖狐鬼怪情是真情。师傅这句话，镇得她一惊一乍的。她听那些戏词入迷，看着台上人物的一颦一笑、一唱一念、一做一打而激动，脑子里蹦出很多念头，觉得人就应该不去考虑任何后果，实现那些不成形的想法。师傅是个好师傅，心疼这个勤快的徒弟，却教得严苛。生活给她安排了另一场戏，师傅准备给她排戏上台的前一天，她却跑了。

她跑出戏班，带着某种不能言说的屈辱。那是在一次城郊搭台演戏的晚上，演出结束，她还和同伴热烈地议论着明天进城去逛逛梅溪桥，戏班主进来，笑嘻嘻地说消夜做好了。待大家一窝蜂散去，她却被堵在了临时的道具服装屋里。一切突然变得狰狞和凌乱。那张平时本就不敢多瞅几眼的脸上，像玩着变脸，把谄媚、哀求、威胁、凶残、邪恶带血带泪地抖搂出来，演成了舞台上的最大反派。外面的几声咳嗽和一件长袍演出服救了她一“命”，情急之下她把衣服蒙在戏班主头上，将一长排服装和道具掀倒他身上，趁着一阵慌乱破窗而逃。她的衣服已经被扯破，顺手带走了另一件云纱长衫，披散头发裹着瑟瑟抖动的身体，往城中有光的地方连夜奔逃。什么都来不及多想，脑子里只有一个念头，跑得远远的。她也不知道跑了多久，像超越了极限的奔跑者，可以永无止境地跑下去。原计划是从街河口等到天亮后再找条返回洪湖的便船，她实在是太困了，就坐在鱼巷子一间临街房子的门口，靠着一堵散发着湿气的墙沉沉地睡去。在睡梦中，一条迎风破浪的大船向她驶来，船头站着曾经被她厌烦的母亲和大姐，在焦急的张望中迎向她。

夜晚是梦中乘船离开的。恍惚间睁开眼的时候，一股浓浓的鱼腥味呛了她一口。身边围着一圈人，她下意识地站起来，又慌张地捂着裸露的身体蹲下去。当然，一个陌生的女子，脸上弄花的妆容还没洗得干净，衣服被扯破了几处，身上缠着一件花里胡哨的云纱，这样一个戏子打扮的女子出现在这里，不被围观才是不可思议的。她似乎是要在一群陌生人面前登台演出了。

她此生的唯一一次婚姻，是嫁给了一觉醒来看到的那个男人。旁人开玩笑说她嫁的是湖上的一条“风网船”。后来她才知道，有风网船的都是水上的大户人家。回到那个逃离的夜晚，她困顿地睡了几个时辰，醒来后发现围观者中那个皮肤古铜色的男子瞪着一双微微外凸的眼睛。眼睛里射出一道特殊的神采，能穿透世间万物，像尖尖的木楔钉进她的魂魄里，永远也拔不出来了。那一刻，她面红耳赤，觉得在这双眼睛面前，自己是世界上是最糟糕的模样。

就是这位黑壮男子礼貌地把她请进了家门，她就是在他家门口睡着了。他的母亲给她准备了一套换洗的衣物。进屋后他没有说一句话，但她从眼睛里读到了善意。等她换洗好出来，他正埋头细致地修补着铺满一地的渔网。网洞很大，她忍不住说了一句：“鱼不都会跑掉吗？”

黑壮男子只是微笑着。

她又说：“鱼跑了，那你打鱼不是白费了气力吗？”

“为什么要一网打尽呢？”

她想到了昨夜的破窗，她也是一条漏网之鱼。她觉得眼前这人傻乎乎的，也许在他眼中，她才是真正的傻子。

这个介绍自己叫许飞龙的男子，抖了抖银丝状的渔网，说道："有了鱼，水才有了颜色有了动静，也有了味道和形状，打鱼佬从小受到的教育就是，要给鱼活路。"

她心里在说，鱼在水中，到处都是活路，碰到打鱼佬，才是没了活路。

慈眉善目的许母做好了饭，她闻到桌上的香味，这才意识到自己饥肠辘辘。在她狼吞虎咽的时候，许飞龙偶尔会瞟一眼。她知道他在偷看她，或者说，他们互相在偷着打量对方。他们说的第三句话，是她问他："为什么鱼儿要成群？"

她摇着鼓鼓的腮帮子，他怔怔地盯着她说："那是因为鱼比人更怕孤独，水路太长，风浪太险，鱼儿成群是保护自己。"她当即就改变了主意，不想回洪湖那个又穷又僻远的乡下老家了，回去了终归又要出来，她要留在这里做一条成群的鱼。

街河口发生过许多事，那段日子大家说得最多的是许飞龙捡了个漂亮的媳妇，那是上天安排的姻缘。许家殷实，标志就是拥有的那条双桅双帆的风网船。大桅高十五米，头桅略矮一点，帆篷升起张开，像是船安上了翅翼，跑得过七级大风，冲得破四米高浪。这条船有二十一米长、三米宽、一米二深，这样的"巨无霸"，是属于年轻的许飞龙的。她没想到那个夜晚的悲剧出逃，会是这样的一个喜剧转折。

许飞龙的父亲是风网大队中的老渔民。解放衡阳，洞庭湖上剿匪，一九五四年特大洪水抢险救灾，风网船在风浪中左摇右倾，却又总是化险为夷、安然无恙。风网船都带有大拖网，船上十来个壮劳力才能完成一次拖网作业。她跟着跑船，见过一次许飞龙带人拖网，网是早上放下去的，从红旗湖最东边，船一直在慢慢往前走，帆挂起来，船速提快，网也慢慢浮上水面。青草鲢鳙鲤鲫鳊，网眼大，小鱼都放生了，余下的都是上了斤两的鱼，那是她见过最多的一网鱼。她顿时明白为什么许飞龙用的渔网比别人的洞要大了。打完那网鱼，遇到了一个寒冬，第二年，湖里的鱼就少了很多。机动船多了起来，风网船没过多久就退出了历史舞台，湖上跑的一百多条风网船，后来都不知所终。

她走回屋里，走回黑暗中，手中的蜡烛光把屋子照亮，有那么一瞬间，她感觉到整间屋都充满了光芒，光却让她看不到手中的蜡烛。这时，她特别想祈祷，成为一名虔诚的信众，跪在那个空中人的膝下，说一些只有他能听到的话。村里停了电，世界陷入黑暗，我们累乏而卧，小余站长教我把脚抬高，血液回流纾解了白日徒步的劳累。我突然想起隔壁那间侧房里的渔具，那些普通的渔具，被收拾得干净整齐。据说是从许飞龙沉船的地方打捞起来的，有人问她丢掉吗。她摇头，把它们带回家。有鱼的地方都会看到它们，但我是第一次在这里见得那么齐全，渔网、鱼篓、鱼簺、鱼刀、鱼盆、鱼案、鱼镖、鱼斗、鱼笠、鱼夹子。那天夜里醒来，我分明听到侧房里的窃窃私语，是这些渔具按照自己的出生年代和水中用途争座排位，这多像一个水边的寓言。这些归属于那条倾覆之船的旧物，在水汽弥漫的村庄里，与她朝夕相伴，却变成了最遥远的念想。

失眠的时刻，她也能听到夜色里的声音，即使是很远的洲滩上水慢慢吃没那些矮灌和野草的声音，风摇着村口的大樟树的喧哗，还有崔百货家货架间几个孩子抢吃食的吵闹。有更特别的声音，是湖边上的虫子在屋里飞过来扫过去，像逡巡的战机，碰到灼热的灯泡，或是灶间扑出的火苗，就烧焦翅膀扑扑坠落下来。

最多的一种声音，是许飞龙剖鱼的声音。鱼的身体撕裂，从腹部、背部、鳃部，肉绽血流，似乎是鱼在发出疼痛的哭喊。见识过许飞龙剖鱼的人，一定不会忘记他，那种动作方法的高妙是很多人永远也学不到的。有的人生而有天赋，他有一双瘦细却有力的手，比任何剖鱼的刀具厉害的手。她刚跑到街河口，有时就坐在门口的台阶上，痴痴地看他面前一盆鲫鱼，七八两左右一条，匀称而饱满。他手上出现的一根有小指甲盖粗的锥针，磨得尖细锋利，灵巧地在针鳃附近的鳍翅插入半根筷的深度，在锥针抽出来的间隙，食指滑进鱼肚内，鱼身一个倾斜，指头带出来一根鱼肠，肠上粘连着一个小钱袋般的苦胆。他迅速掐断鱼肠，鱼鳍破口处合拢，液衣上的一点血迹抹去，看上去完好无损地躺在鱼盆的水中央，还能摇头摆尾地继续游动。

好多次下雨的白天黑夜，雨珠落下，天空的眼泪，砸出大地巨响。她就在这响声中梦到他，一张脸像被暴雨冲刷过的山坳。这张脸靠近她，藏进发际，发出细微的声音。她并没有听懂声音的具体内容，但那必定是求助的。

有人在背后议论过她的丈夫，杀生太多，她并不以为意，命运的安排是无人知晓的，那么多在湖上漂的人，有的终生平安，有的英年早逝，水认识所有人，不会只厌恶某一个人。她想起那个夜晚过后的黎明，堤坡上青草倒伏，道路明净，她不知道该望向哪里。湖上的暴风骤雨，她已经诅咒过了。世间的暴风骤雨，她也已经诅咒过了。

有时在梦中，她又见到了许飞龙，这个再也感知不到人间痛苦的人，却还是满脸痛苦的样子，坐在一把藤椅里，蜷腿缩脚，眯缝着眼睛，像是害怕明晃晃的阳光。他盯着屋前的一片空旷，那条通往村里的拓宽的路上，一个人走过来，是另一个他，一身长途跋涉的尘土，边走边抖落，有时那人踉跄着，真是担心他摔倒再也不会起来。坐在椅子里的他，也像只白鹭一样，伸长脖子，发出几声咕咕响动，目不转睛地看着自己的死亡。

她是村里唯一养猫的人。那也是一只老猫了，没事的时候就卧在大门口，抓挠着一旁的木椅或是地面。不远处的墙角，有风刮进院子的一些杂物，黑色的羽毛、风蚀的蝉壳、干涸的粪球，更多的是一层覆一层的落叶。许飞龙家是最早在村里建大院的人，院中央立着一栋两层红砖楼，大瓦檐坡顶。过去有跋扈的老鼠，在横梁到廊柱、墙根到瓦檐之间发出吱吱的欢声，在檐下容纳阳光的边缘试探着触摸那个光亮的世界。可此时，人去楼空，到处是猫走动的影子，家里的老鼠匿迹了，剩下一些生活的秘密和真相，比人活得更长久。

那天晚上的月光亮晃晃的，大地之上镀着一层银辉，她坐在家门口，缝补一条磨破了膝盖的裤子。那个人是喝醉酒后过来的。他原本是走过她家门前的，突然又折返，摇摇摆摆地站到了她面前，时而遮住月光，时而又把月光还给她。她并没有感谢月光的归还，而是冷冷地站立，举起手中的针，针变得比缝补时更长，像一把寒光凛凛的匕首。是自我的护卫，也是挑衅示威。她认出了来者，从他的眼睛里看到一座大厦坍塌。湖风吹得他接连打了几个哆嗦，平日里的嚣张被刺向心口的针挑破，脓汁外溢，肿胀压瘪。只剩一张纸的距离，他还是退缩了，村里的狗突然狂吠一阵，脔心也在狂吠，咬痛了他澎湃的欲望。后来是他自嘲地讲述了这个夜晚的惊险，这份供词如同爆炸物，她在人们心中的柔弱顿时荡然无存，她用一根针给自己建立了一个城堡。

她从湖汊湾回来，前几天预报说有大风，十几条座船都弯在汉矶口。崭新的船，涂了桐油的木窗、舱顶、舷边，在阳光下闪闪发亮。一条船一户人家，这十几条船就是一个小村落。船主熟识的，把船挤得紧密，你来我往，如履平地。有的性格疏远些的，把船停得远一点，显出些错落。等到起风了，船上的人都跑出来看，把船头横杆上晾的衣袜和挂的筲箕、篾盘都收进去，有人直起身，迎着风吹的方向，头发卷起来，像是拔离地面前的起跳准备。但她眼前却常常浮现的是那个生离死别的午后，天色突变，黄昏提前降临，满天乌云和满湖恶浪进行一场生死角力，要将天地来个颠覆。因为怀有身孕，她被留在家中，突然的眼皮跳动，预感到湖上的危险，她挣脱许母的劝阻，跌跌撞撞地跑上了长堤。心中的焦虑、狂躁和不安，连同吐不出来的哽咽，都在风抽打着支离破碎。她踩空一块石头滚下堤坡时，一阵剧痛好像要把沉重的肉身碾成齑粉，身体也变成了湖，水在汩汩流动。自己碎了，红旗村碎了，所有的未来都碎了。

冬天，渔民闲的时候多，喜欢扎堆烧火取暖，把掉落的枯枝收罗一抱，被挖出来的半截树蔸，有人还顺手牵羊把哪户墙垛码得整齐的木柴抱走一捆。火很快就燃烧起来，火星在半空发出噼啪响动，盘旋着上升，越爬越高，成了天上一片一片油亮发光的云彩。那种火，能烧上几个时辰，甚至从早到晚。有人散开，转身回家，又有人走出家门，向着火堆聚拢。有时候，村里的东头和西头，会烧起两堆火，这一边的好事者打着吆喝，想着法子把火烧得更旺;那一边的人不甘示弱，不知从哪里搬来倒地的一棵树，那种除了制作纸浆再无用处的速生杨，火烧得噼里啪啦，像村子被缠卷的长长鞭炮炸响。

小余站长有多少年都是绕着湖打转，也早习惯了湖上的纷纷人事。那个时候，他从湖上回来，会坐在她家门口，听到湖风在红旗村吹出嘈杂的声响，像一夜猛涨的湖水刮擦着堤岸的草丛和碎石。上了年纪的渔民话少，冬天像是怕舌头冻着了，一开口，自动打着卷儿，那是他也听不懂的秘密交流。

人们看到她坐在岸边的时间越来越长。她并不搭理，兀自看着水中粼粼闪闪的群鱼，追着浪，迎着水，来来往往。波浪不是风力所致，是鱼的游动所为。她怀疑自己眼花，揉一揉，总见到一条大鱼，时游时停，扭头回望，鳞片起伏，像是要抖落那副甲胄上的忧伤。她的耳边响起一阵念诵，从黑夜大地升起来的声音，让人丢魂落魄的大悲咒，是唱给水中的亡人。这些密集的声音，如同湖上风卷巨浪，芦苇荡枝头压低，满树银杏鹅黄落地，她感应到的是世间苦难在身体里挣脱捆缚的锁链，迸发出咔嚓咔嚓的呐喊。

她突然觉得，整个世界都变成一片荒芜，所有人都淹没在水底，连呼救的声音也没有发出。

有一段日子她搬回鱼巷子，许家的人一个个被时间带走，但许家的产业还在，多年前贩鱼买下的两爿铺面、一间带小天井的房子。房子是那种很老很老的了，弯拱形的黑色瓦片，一块咬着一块往上攀升，像一群排列有序的人臂挤臂肩拱肩。青砖垒起的墙堞都有造型，年深月久，墙头动物形状的砖雕不知何时没了踪影，却也无人追究。隔几家，都会栽植有树，多是老香樟，春天落叶时，黑瓦间就躲着许多的落叶，风一吹就盘旋着飞起，落到巷子的老石板路上，或远远的湖面。她刚住进来，像住进一个没有了灵魂的躯壳里，随处碰撞的都是陌生和空旷。瓦缝间有老鼠奔来跑去，猫却因年迈腿软，慵懒地卧在门口充耳不闻。巷子里的院墙相邻，方便了那些调皮的孩子放肆追逐，踩落几片瓦，房前屋后，天井院落，响起一阵当当哐哐的碎片声。很多次，她迷迷糊糊中又看到了与许飞龙初次见面时眼睛里的那道光，通透有温度，照亮着她，不愿睁眼，睁开光就跑远了。

她已经知道自己的衰老，如同一朵花开到荼蘼，人生的美丽都是过去式。有人念及她曾经的美令人动心，她都只是心中一颤，脸上平静得看不到一条皱纹在动。在镇上帮人卖过一段时间的鱼，有人背后叫她卖鱼嫂。这个表情冷漠的卖鱼嫂把生意做得风生水起，外面来镇上贩鱼买鱼的人，都喜欢挤在她的摊位前，脚步生根，脑子里会蹦出那么多问题。你看上了哪条鱼，指一指，她不吭声，动作麻利地捞起。她捞鱼用网，望人一眼，见无异议，称好重量，然后双手捧起放进买鱼人的篮子篓子里，像是怕弄疼了鱼。

许飞龙出事时，湖上一片浊浪，睁眼不开。待到风平浪静，上百个船工和渔民上游下游分头打捞了五日，船骸找到不少，他的尸首始终不见。沉睡在水下的人，多是被鱼吃得干净。这么一片浩瀚的水成了他的墓葬地。起初，她有多眷恋他，就有多恨这片日夜流过村庄的水。有人叹息，谈论着无法捉摸的天意。那时，她却变得淡然，从悲恸中走出来，劝慰许母和家人，死在水中也是死在大地之上。

是在一年多后，她才请来风水先生帮他选了一个衣冠冢。仪式之前，风水先生嘴里念念有词："人为飞龙，飞龙化鱼。"她心里刻着这几个字，有时看见鱼摊前的游动的那些大鱼，她从那些鱼眼中竟会看到几个熟悉的手势。真是像做梦一样，许飞龙就出现在这些鱼的眼睛里。

晨起暮歇，她感到眼前一片迷蒙，像是起了雾，迎风流泪，挤在眼角的眼眵也多了起来。许飞龙走后，她好多回就朝着船翻沉的方向，那也是她摔倒在地失去孩子的方向，天微微发亮，或夜色朦胧，她的眼前多了一道道水波。那是一段欢乐时光，跟着水走，追着鱼走。她钟情地看着他将湖水直接舀到锅里，没有泥腥，没有污质，就是最自然的味道。她后来再也没吃过那么鲜香的鱼汤，即使是村里新架设的自来水管，她也闻出了一股生锈的味道。她流过太多的泪，眼睛受了伤害，看不清远方，她也不介意，远方原本就该是不要看清的。而在内心深处，她知道，上天占有着时间来打发一拨拨人间过客，一个人差不多到头了，就如同她此时的感觉。

她走在村里的路上，望着那些走到前头的人，他们回头时，目光相遇时，总像是有话要说的样子。但他们什么也没说，又径直朝前走了。

又一次见面，我们平静对视，她衰老的容颜却遮不住眼眸里的光亮。她叙说那些过往，每一个字眼都发出了波浪起伏的共鸣，如一名大提琴手演奏着所有悲伤的低音部。

圆形之夜

每一个早晨，他都要借助外界的声音才能从睡梦中醒来。唐山妻子的，或是路过的村民与登门顾客的，他们叫着崔百货的名字，像是用电锯锯着一段木头。他的耳朵闹哄哄的，极不情愿地挪动着肥胖的身体。尽管如此，他还是觉得成人之后的生活要远比儿时更为确凿。

童年时的恐惧经历，像一张细颗粒的砂纸，把每一个夜晚打磨成长长的涵洞。他匍匐在地，似乎永远也爬不出画地为牢的夜晚。涵洞弧状的四壁光滑冰冷，有的地方长满棘刺，听得到刮破皮肤带出血肉的轰鸣。

他不知道声音从何而来，他呼叫的声音，也被轰鸣淹没。

这些恐惧，父亲并不是不知道。当村支书的父亲很晚才回，看到床上缩在角落的他满头大汗，嘴里发出断续的惊愕呼叫，并不怜惜，而是吭哧哼哧地边拍打着满身酒气，边摁水中葫芦似的去按他摇摆的头。这个在村里有着绝对权威的男人无法把握一个孩子的畏惧，他从外面回来，有时怒气冲天，有时欢天喜地，但有一点永远无法改变的，是红旗村通往每家每户的道路在他脚下都是亮堂堂的。

母亲躺在另一张床上，传来几声叹息，和屋外刮进来的风声，都是紧绷的。她是个药罐子，发丛里散发出的都是中药味道。在他六岁那年，母亲参加村里的集体捕捞，这位有着一双铁手掌的大力女人独守一边网，在寒冷的湖水里站的时间太久，起岸后落下了类风湿的病根，不久衍生关节退化，行走变得艰难。去镇上、县里看过了医生，集体劳动后遗症在村里好些人身上都有，母亲是最严重的一个，可父亲在广播里从没点名表扬过一次这位叫杨玉花的女人。

还有一个说法，村里崔山的媳妇忍受不了丈夫夜里出门爬到香寡妇床上的耻辱，登门撒泼，以死相逼。香寡妇也不示弱，不顾颜面，走出家门投湖，为了表明决绝之心，据说还吞服了几颗呋喃丹。当然并没有成功死去，路过的母亲警觉地听到了湖水的响动，认出了即将沉没水下的蓝印花布袄子，香寡妇被救上来，像条垂死挣扎的鱼一口口呛吐着水沫，呋喃丹也许毒性还没散开就呕吐出来了。闻声而来的崔山媳妇看着湿淋淋的香寡妇，当着众人的面毫不犹豫地跳入水中。她的姿态是摆给赶来的崔山看的，两者之中只有一人能活下去。母亲手忙脚乱，又跳下去救人，并和一个不愿被救的人在水里打斗起来。这个过程中，崔山就站在岸边，看着生命中的两个女人闹出的荒唐事。母亲几下折腾，气力殆尽，最后吼一嗓子：谁再跳，我就陪着一起死。岸上众人纷劝，崔山一脸烦躁地扭头走了，这才中止了两个女人的胡闹。母亲忘记了那几天正是她的生理期，回到家中，下身就开始流血，止不住地流，姐姐不在家，流血的场面吓着了他。那些蜿蜒着从母亲的大腿根部流出的血，开始像发丝，后来变成蚯蚓形状，又像极了他无所事事将沟坝钻泥穿洞引出的一股股逃命般的水流。

到他记事更清晰点起，母亲的行走就变得不正常，先是双腿打战，站立不稳，然后愈发软弱无力，如同软骨病患者。母亲凭着一双大力铁手，成为村里渔业队最早的女成员，患病退出后，即使只是帮着修补渔网，连这点老太太能做的事也干不成了。她更多的时间是坐在木藤椅里，看着天色一丝丝变暗。木藤椅是香寡妇托崔山进城买的，母亲的小身个子正好团卧在那张小船似的椅子里，隔很久才换一种舒服的姿势。他即使在现场，也没想通透一件事，母亲是如何从水中将身高马大的崔山媳妇和胖胖的香寡妇救上岸的。这是一个谜，村里也从没人去谈论过，仿佛母亲天生就力大无比。他也有一双孔武有力的手掌，和他慵懒的模样有着天壤之别，只能说是承继了母亲家族遗传的本事。可惜了母亲，一双被男人羡慕过的手已经丧失力量，垂耷在木藤椅扶手旁，他看到她眼睛里的光亮，如同暗下来的黄昏失去白日的葳蕤光泽。母亲死去多少年，他还忘不了那双大眼睛和屋子里的中药气味。

承担家务的是姐姐，一日三顿饭之外，要喂四头猪，猪菜要剁得细碎，要在大锅里熬成糊糊。姐姐从不喊累，她短暂的休息就是站在大门口看一看进村路，空空荡荡，驮邮包的绿色自行车连影子也不见，或者是坐在一面小圆镜前。他从没看到有寄给姐姐的信，那些信先要停留在村委会，父亲是不允许带它们回家的。他不愿待在家中，父亲前脚出门，他后脚就溜了。他也并不明确自己想要去干什么，为了躲避姐姐的支使，他宁可窝在头上风嗖嗖吹过的芦苇荡中。其实那里面茂密如林，散发着大地潮湿黏滞的气息，一点儿也不冷。

姐姐没事的时候给他讲故事，无头鬼、吊颈鬼、僵尸、专拐小孩的货郎，夜晚还会有挖心的红发巫婆趁他熟睡后抓走他。他从此对故事怀有敌意。他也并不是害怕故事，故事帮他长出了想象的翅膀，好像从一个黑匣子里放飞出更多怪异的东西，他与它们一起飞远了，遁入夜空。

他的夜晚和睡眠被那些怪异东西带来的恐惧所占领。汗流浃背和无力的身体让他渴望成为人们眼中的“飞天蜈蚣”，横冲直撞，无可阻挡。他空有一双有力量的手，只在愤怒时才能使上力气，而他生性喜欢独处，注定成不了想成为的那种人。

他说不出到底在恐惧什么，这是件让人耻笑的事。父亲骂他蔫瓜子，姐姐笑他胆小，只有母亲泪汪汪地鼓励他不要怕。在他眼前，一个影子晃动，天黑就来了，是那个淹死在湖里的伙伴一直没从心里赶走。他们一起追逐、打闹，偷窃田里熟了的瓜果、秋天墙头晾晒的板栗，那是做坏事时心照不宣又能互相理解孤独的朋友。伙伴死在一个炎炎烈日的黄昏，湖里涨水，金光万道，他跟着船下湖，在六门闸的洄水湾失足落水。附近的几家船赶过来，几个水性好的渔民身上绑着绳子下水打捞，水太深了，还有几个水下暗流，打捞者一无所获，说孩子必定是被漩涡卷走了。这么大的水，有经验的渔民也不知道尸体会冲流到哪里。次日人们在洄水湾落水附近一片水流平缓的草丛里发现了孩子，是漩涡把他藏起来又送回来了。时隔一天，伙伴的身体泡得发白肿胀，几乎看不到眼睛，一张变形的脸，眉眼周边的肉鼓出来，像镇上屠户案板上最后一块卖不出手的尾子肉。

他在夜里看见伙伴，月光将影子映在窗玻璃上，那张熟悉的脸时隐时现。伙伴活得好好的，但他知道这是一个虚妄的幻觉。他是个“踩地生”的孩子，先把一只脚伸向世间，另一只脚还舍不得离开母腹，村里的赤脚医生幸好早些年是个接生婆，费尽气力把这对母子的撕扯分开。“你差点要了你娘的命。”父亲动怒时就骂他。但母亲从没数落过这件往事，在外人面前说的是，他不活着出世，她的活着也没意义。

母亲叮嘱他夜里听到呼叫的声音不要回头，不要去黑暗的角落，走路昂首挺胸，将头发从前额往后梳三下。这些乡下习俗并没有帮他解决一个少年的夜晚恐惧。有一段日子，母亲磨着父亲要给他收魂。父亲气恼地甩下一句，“能喊不会丢，丢了喊不回，要弄你们弄”。乡村的喊魂都是母亲背着孩子完成的，她把这个任务交给了姐姐。姐姐试图背了背迷迷糊糊还在睡梦中的他，上不了身。母亲想了个办法，把他床上的被子折叠好，被子代替他趴伏在姐姐身上从村里走过。姐姐背着“他”，走几步，喊一声：“回来哦！”又答一声：“回来啦！”这些呼叫的声音颤颤巍巍，害怕从嘴里滑落出来，拼命抓着姐姐的牙齿和嘴唇。母亲坐在身旁照拂着他，拍打着他的额头，回来啰！回来啦！这声音也是细弱的，却是母亲斩钉截铁的呼喊。

前年冬天，遇到下雨，不能下湖，我们滞留在红旗村，在崔百货家过夜。雨点纷飞，改变了我们的行程。我拿出长筒望远镜，搜寻田垄上的鸟影。大寒之后，冷风一阵阵席卷红旗村。村里的人住得有些距离，下过一两场雨，村里的路更加泥泞荒芜，草地潮湿，水洼里覆盖着一层薄冰，坑洼看上去就像一个受伤者身上的伤口。

他有一搭没一搭地回我们的话。天最冷的那些日子，人们都害怕外出，他原本就胖，里外三层衣服都穿在身上，裹着蓑草编织的雨肩走出家门。他摇摆着走了几步，脑袋四处探看，笨得如同一头熊。他问我们外面来的人是不是觉得红旗村很远，远得像一个模糊的不存在的地方。村子在一块狭长的岬角处，因为靠湖，才更显得遥远。湖水绕着村子，像是给这里建了一道长长的围墙。怕是从没人听说过水墙，他说很早之前红旗村就是一大片湖泊，水曾淹没过整个村子，最终又被人抢回去了。人想抢的东西，谁阻挡得了？他问我是不是这个理，我笑着说这是没理由的现实。

村里遍布水塘水洼，翻堤就是湖，他打小不愿意上船，也没学会游泳，这与别的玩伴不一样。孩子们喜欢玩水，丢到屋后的水塘，挣扎几下，打起一片飞起来的水花，没过几天，就学会了凫水，有的狗刨式，有的四肢划蹬蛙泳。在那些以水为生的大人眼中，他从小就不被待见。不敢下水的人守在湖边上，不是少了乐趣，而是无用的标志。不会游泳的他，到成年后还常被人笑话。他也不去反驳，就坐在自家小超市门口，看着屋前那些经过的人。有时是大清早，要下湖的人走过时套靴哐哐啷啷，手臂在长及胸部的雨裤摩擦，发出扑哧的声音。

他会打招呼，下湖啊？

对方接过他递上的烟，很诡异地笑，一起去不？

他连忙摇头摆手，身体后退，似乎害怕对方一把将他拽去。

坐落湖畔的红旗村，因为雾多雾大，也被人称作雾村。晨雾已经散开，太阳照亮田野和水流，远处的天穹下，水上洒下金色碎片，碎片拼贴到一起，变成一道道浪波，像是要一点点吞噬被零散的房屋看守的田野。

他记得很久以前的一天，也就是在雾气缭绕的时刻离开红旗村。崔支书通过镇长的关系，帮他在县造纸厂谋了一份工作。这在村里人眼中是去吃公家饭了。造纸厂的林业队来过这里，种树砍树，都是那种欧美速生杨，一年工夫个子就噌噌地长起来了。其实在他出生的七十年代初期，这种树就被当作护堤防浪林和抑螺血防林引进栽种到了湖区的田野之上，后来粮食价格下跌的年头，周边有造纸厂大力鼓吹“林纸一体化”，县里乡上重点抓的是农民增加收入，政府和企业像是一拍即合，都把生长快、用途广、投资回收期短的黑杨当成了首选进行力推。从小朝夕相处的乡土树种鸡婆柳、枫杨、构树、鸡桑通通都因成林时间长而被抛弃。黑杨疯长，每天睁开眼睛，似乎它们又往上蹿高了一些。长那么快，他不知道是该欣喜还是绝望。那时他还蒙在鼓里，不知道树种下去，就像安装了一台抽水机，湿地旱化拆裂，水鸟远离。一片片的黑杨林拔地而起。他进到造纸厂，常听领导怀着嫉妒的语气在会上说起环湖邻县汉寿被评上了“中国黑杨之乡”，也看到湖上几艘满载黑杨的大货轮，不知要将堆成山高的黑杨伐木运去哪里。

他在造纸厂并没干多久，村里人看到他又回来了。他坐在家门口，崔支书在屋里大发雷霆，掼倒了桌椅。他看到母亲直直地坐起来，眼角两行热泪涌出，流进脸上皱巴巴的皮肤缝里。

丢掉造纸厂的工作，他从没有后悔过。他只对人说过一次，分配在水处理车间的他，每天要忍受酸臭的废水气味。最让他惊讶的是，这些水直接就排到了县城的护城河里。强酸强碱的废水经流之地，浮着泡沫、垃圾，青草枯死，淤泥焦黑，一片狼藉。一个老工人师傅摇着头叹气道："不出几年，这片草地就废了，这条河就废了。"他们十几个水处理车间的工人，每天看着这些废水欢畅地流走，有点费力的就是隔几天要把围墙外的出水口所淤积的黑泥往外再扒一扒。看到出水口扒成了一个冲积平原，他去跟车间主任说："水这样流下去，湖里河里的鱼会死光，也会寸草不生，厂里要真正想办法进行废水处理。"车间主任斜了一眼这个初来乍到的乡下小伙子，留给他一道选择题——乖乖老实地上班，要不卷铺盖滚蛋。

他当不了那个哑巴，虽然身边那些人喷着烟雾，嘻嘻哈哈，经过成品库时会顺几本蓝格纹账本纸回家给孩子作练习纸，却从不去想废污水往哪里流，流到哪里去，会不会改变他们的生活。他是做不到的，车间主任的告诫和傲慢，反而是激怒了他。但激怒了也没用，他夜里偷偷用几块麻布袋装的大石头将出水管堵住，废水淹没了车间，生产车间又因水无法循环排放而停止运转。那正是厂里加班加点抢进度创效益的节点，厂领导都震怒了。他能想到大半夜水漫"金山"之后的手忙脚乱和纷争吵闹。躺在宿舍床上的他，听到同事在楼道焦虑地叫着他的名字，却睡得格外香甜。那些过去对夜晚的恐惧，居然奇迹般地消失了。

那是一段灰头愣脑的日子，父亲把崔支书的权力淋漓尽致地用在他身上，高高在上的责难和辱骂，村民遇见后的打趣和讥讽，有如纸厂翻滚的污水喷发出恶心窒息的气味，要把他推倒、绊倒，要将他淹没、生吞。他的回来，最开心的是母亲，擦掉眼泪后的母亲，冲他露出傻痴痴的笑，眼睛里仿佛在赞美他的决定。他坐在母亲身旁，诉说着进城后的见闻和造纸厂的破坏。他并不是要把心中的懊恼、愤怒和不快施加到母亲身上，而是诉说本身就是一张滤网，可以过滤掉那些他所经历的晦暗物质。

母亲的脸看得见衰老爬上的痕迹。额头、眼角和嘴唇上的皱褶，像摞在一起的渔网。她一会儿点头，一会儿落泪，手保持着一个固定的姿势，四指握拳，大拇指挺着。风吹乱她的头发，他突然立起身，看到一道道银光在眼前闪过。他紧紧地攥住母亲越来越瘦细的手，在手心里摁倒母亲竖起的大拇指，握成一只完整的拳头。

姐姐照例是忙着家务，不去追问他县城的任何事。父亲说，镇里新来的民政专干托人捎了话，想要和姐姐处对象。她不愿和一个未曾见面的人相亲，但父亲的话里有话，能找个镇干部，是前辈子修来的福。他和母亲都是不舍得姐姐离开的人。这个家，少了他一点问题也没有，但姐姐要走了，他一想这件事就头疼。他不知道父亲有没有过考虑，也无法将不安传递给这位早出晚归的父亲，最后，是红旗村早晚的霞光消弭了他的忧伤。

清早喷薄而升的旭日，黄昏色彩浓艳的夕阳，两度将整个村子照亮，田畴阔野，湖泊池塘，高黑杨矮灌丛，在那旋转的光线里，消失了形状，融为一体，外界的声音也一起消失了。他入迷地看着远方，又看看院子东房西墙的亮堂，母亲安然若素地坐在藤椅里，阳光腾挪，拍打着她的脸和身体，衣服上的微尘上下飞舞。在他眼中，她变成了一尊镶金人，金发金眉金眼，悄然滑落的眼泪也变成了金色的谷粒。

河北唐山的女人是怎么找到他家里来的，他始终觉得像是午后做的一个梦。但她的回答是，只要真心想找一个人，怎么会找不着呢？他心想，红旗村有多大，全县城有多大，碰到这样一个有韧劲的女人，真还没有找不到的人。她是在傍晚时分来到红旗村的，走到他家门口兀自站立，喘气镇定，他先看到的是她身上沾着一圈毛茸茸的金光。光芒移动着走进院子，他才看清她的相貌。圆脸上睁开着一双会笑的眼睛，个子不高，腰身板挺得笔直。这张脸有些眼熟，但他想不起来了。她向他叙说着来历，十岁成了孤儿，投奔姑妈来此，也算半个本地人。到纸厂食堂做临时工，有一天打菜时，一个工友对她舀菜的分量不满意，嘟囔了几句上了火，差点掀掉了菜盆。周边无人劝阻，只有他上前扳住了工友的肩头，一双像铁钳般的手和动弹不得的力量，两人僵持了几十秒钟。时间变得格外漫长，工友泄气了，端起打好的菜盆想转身离去，他的手依然没有松开，工友迟疑着朝抽泣的她道歉后才被允许离开。她想当面致谢，这也是她登门造访的原因，可他们一直没再碰面，后来听说他做了件堵住污水口的糗事被厂里开除了。她找了几个工友才打听到他是哪里人，跑了一百多里路才问到了红旗村。他低头看见，她的那双胶布鞋的鞋面是刚擦过的，像草尖上带着清晨的雾气。

唐山女人絮絮叨叨，打卷的声音那么动听，母亲就在不远处打量着她。一个脸胖臀大个头不高的北方女人，说话时嘴里呼出的气，在夕阳下也有了一朵云霞的形状。

他看着身边的两个金人，似乎是一个人的重叠与幻影。

唐山女人来红旗村的第一次，就被母亲以天黑为由挽留下来了。他没有说一句话，心里有个声音，母亲帮他说出来了。树扎了根才长得大，母亲有她的盘算，叫他把自己的床腾挪出来让给了远方来客。他在杂物间铺了床褥子草草躺下，几乎彻夜未眠，听着外面的寂静和清脆的响声，还有隔壁床上她酣睡时的呼吸。这是个没长心眼且对这个世界充满信任的女人，他心底突然有了一种异样的感觉，像春天雨后有一只蜗牛缓慢地爬过。他对悬浮的夜晚有了亲切感，两个女人眼中模糊的欢喜，像是刮起一阵疾风，把恐惧撕扯着吹远，失眠的生活有了着落。

把一个小杂货铺改成家庭超市并开在出村的路口，主意是唐山女人定的。这时的她已经嫁给了他四年。崔支书出面帮他换了一块宅基地，地是她去选的。她在红旗村有着好人缘，很快认识了常住在村里的人，认识了那些村里的过客，鹭鸶、凤头麦鸡、天鹅、白鹭和黑水鸡，也认识了青草鲢鳙之外的洞庭金枪针嘴鱼、凤尾飞刀毛花鱼。一个家，因为她的到来，变得热闹起来。姐姐嫁到了镇上，他娶了唐山女人，崔支书家一年里办成了两件喜事。他觉得她是上天派来取代姐姐的，家务活她承揽下来，凭着在纸厂食堂的经验，还有她跑去邻居家的请教，她学会腌制腊肉，也学会了活水煮活鱼。他原来期待改变却不抱希冀，以为一成不变的都在悄然中改变。

父亲挂在嘴边的一句话，他不只是属于这一个家庭，而是整个红旗村的。在村民嘴里，他是雷公命，嗓门洞大，脾气火大，却最后灰头土脸地败给了一场被人策划的官司。村民对黑杨危害湿地的认知加深，又不满纸厂的租金太少，在崔山的秘密组织下，两天时间砍倒了几十亩即将长成的黑杨树。他也是一个参与者，希望全部砍光那片密密麻麻的黑杨林。他不是要打倒他的父亲，而是造纸厂的那段工作经历让他对黑杨有着天生的抵触。有一次，外地来的几个背包客，指指点点的议论被他记在心里——黑杨严重破坏湖泊湿地生态系统，威胁到鱼类、水生动物和鸟类的生存环境，成林后湿地植被衰退乃至大面积死亡，湖泊湿地的生物多样性下降。他模糊地理解着“生物多样性”，站到了父亲的对立面。

砍树事件发生后，纸厂来人，只管按照当初与村委会的合同行事，双方发生纠纷，僵持不下。纸厂报案，又上诉到法院。崔山是父亲提拔任用的村秘书，幕后指使、纷争矛头和责任追究都指向了父亲。县里、镇上的干部轮番把父亲叫去训话，父亲回到村里又被村民反对，纸厂拿着合同要求村集体赔偿上百万的经济损失。父亲成了一块夹心饼，也成了一个活靶子，还站到了法院的被告席上。一个被抬高的人也容易被摔折。这场红旗村的砍树风波，引发了村组织政权的更迭。父亲一直想挽回滑到山崖边缘的权力归属，却被收买领头闹事者人心的崔山出面收拾好了这个“烂摊子”。没过多久，风向标一百八十度转向，上头要求对非生态林的黑杨轮伐清理，崔山又顺风顺水地成了先锋模范。当他意识到这是场蓄谋已久的阴谋时为时已晚，没有人再看着他走完最后的道路。天没塌，大地亮堂，失去权力的崔支书常常迷失在村里的路口，他步履蹒跚，仿佛每走一步都是在掉进陷阱的路上。

“一个胖子害怕夜晚是可以原谅的。”他经常这样自嘲，在每一个人面前。他又自言自语，终有一日，胖子也会变得胆大包天。

母亲去世后，他跟唐山妻子说了一声，要回老房子住几日。他没想到拖着病体的母亲会比体格强健的崔支书还活得久。人们议论他父亲的身体是自己整垮的，因砍树风波被免职的崔支书日渐消瘦，烟一根接一根抽得咳嗽个不停，后来查出肺癌半年不到就走了。他没多说一句话，一个人活得身体的气薄了，淡了，散了，就离人世间越来越远了。

是挂着下弦月的一个晚上，他像童年时那样躺在母亲的床上，拉上被子，盖住头，在黑暗中，他的呼吸顿时变得急促，心跳慌乱。他掀开被子，大口大口吸气，像是从几乎窒息中获得自由。他又一次无法入睡，伸手到床沿上，从叠好的一摞衣服中摸开一件，那是母亲的一件尼龙新外套，病逝前从没穿过。外面下雨了，潮湿隔着墙和空气爬到他的身旁躺下。他抱着衣服，闻得到母亲的气息，他突然抽泣起来，眼泪让他放空，摇身变成空气就能托起的一张白纸，远处的湖上荡起一阵风，他就准备着随风飞起。天蒙蒙亮的时候，他从睡眠状态醒来，风和雨都停了，远处哪家的亢奋鸡叫与田沟的倦怠蛙鸣向他作了通告。

家庭超市的生意不冷不热，但也被唐山女人经营得有滋有味。日常生活最乐意消解有想法的人生。他原谅着自己的碌碌无为，也没做出一个胖子无所畏惧令人钦佩的事。他又去过县城，路过造纸厂，看到的是杂草凄冷，人去楼空，工厂最终是因环保整治而关闭，护城河有几年臭名远扬，县里被迫投入很高的代价去修复一条污染的河流。湖洲上的黑杨不见了踪影，上面的清零禁令严苛，动真格而卓见成效，野草艰难地反攻那片土地，两三年后才有了草地丰茂的感觉。

没事的时候，他常蹲在一块可容纳双脚大小的青石上，盯着从家门前草丛或那棵露出地面半米高的黑杨树干上爬过的蜗牛。每年春天，他都会重复砍一次从杨树根部生发折生的新枝，那时的心情是愉悦的。蜗牛壳上的花纹，深灰里藏着白，螺旋状的纹路似乎无穷无尽。他突然笑起来，世界是不是也是在这样的壳上，被一只巨大的蜗牛驮着，在圆形的时间通道里缓缓爬行。他就这样边想边笑。唐山女人见他露出久违的笑，朝通往红旗村的空荡荡的大路上看了看，也跟着笑了起来。

水最深的地方

那个冬夜是睡在野外的。睡在湖心的一条座船上，也是睡在牛奶般黏稠的冷雾里。进入湖洲之上，时间就变得模糊。从早上出发到暮色降临，湖上一直在起雾，在一片茫茫中繁衍另一片茫茫。雾气弥漫，眼界愈加看不清晰天与地，边与际。白天经过的寥落的几条船，都隐匿了，那些万里迢迢飞来越冬的鸟，连同春风湖一起消失了。

晚饭在座船上吃的。一条到了冬天就被主人闲置的座船，陷在沼泽般的湿地中央。是他介绍的朋友的船，到时由我们象征性支付一点费用。他原只是帮我们引路开船，此时被请出来掌厨。一大锅湖水煮鱼，已经香气四溢。充当厨房的舱尾，被煤炉上翻滚的热气塞得满满的。热气是另一种雾。热气环绕着他矮墩墩的个子，在昏暗的灯光照射下，有一种错觉，仿佛热气是从他身上发出来的。一上手就看得出他是好厨艺的人。湖里待了些年头的人都会吃鱼，也会做鱼。这顿晚饭主菜其实也就是做一锅鱼，再配两三个热菜：芦笋火熘、莴苣清炒、腊味合蒸。食材都是从村里带过来的，酒倒是船主的，头道粮食酒，入口辣，喉咙像一瓢开水滚过。渔民多少都能喝，喜欢这种高度烈酒，御寒祛寒，消累卸乏。喝多了，脸和胸膛都红扑扑的，闷驴性格的人也多了几句没深没浅的话。

湖上跑了大半天，手脚冰冷，吃饱了，喝足了，身体立即暖和起来。他趁我们吃喝着，已在船中央架起了火。火是烧的一根树蔸，和几块旧椅子腿，不能烧太大，顶上是油毡布，两侧是掀起来的，通风透气，我们围坐下来，腿前是热的，背后是寒的。风吹得掀起来的油毡布发出打脸般的响声，还有船头的旗帜、一个微型的风力发电装置，都呼啦啦地旋转着，船舱的灯就跟着不稳定的电流，亮着，暗下去，又亮起来。

春风湖的老班子说，雾是人身上的气，过一天就刮薄一点。那么多住在湖区的人，是他们的气养出了这漫天飞雾。没有风，雾就不动，像是舞台上垂下来的一块大幕布。雾起之后，看不到路，到处都一个模样，湖区的村庄原本就长得极其相似。我吃过雾的亏，走过一个路岔口，也许要多走十来里路才发现错过了。但当地人心中，雾是挡不住路的。雾再多，路还是在那里。人在雾里走久了，会走出很多个雾人。镶着人形的雾，一步步走动，人走到哪里，把雾也带到哪里。

几只白鹭飞过村庄，翅翼之下，是几声门轴挤压发出的笨重声响。接着，偏屋灶膛里有火光闪动，有热气腾起，如同最坚固的铠甲护卫，再大的雾气也无法攻破这最后的堡垒。

转眼天黑，夜雾是灰褐色的，村里的灯火熄灭，人们昏昏欲睡，炉盆里的树蔸火忽明忽暗，烟气熏眼，泪水哗哗流下来，会帮人们想起伤心故事。一个人经历的甲乙丙丁春夏秋冬，总有不愿去想的，引发你的离愁痛楚。雾进了村就挂到树杈上，爬上屋顶，窝缩矮棚，它的颜色会渐渐褪去，褪成地上的落叶，屋顶的湿露，矮棚的湿草。人和雾，酣睡的时刻在天光泛白里结束。

他说，村里起早的人，打开门都会侧一侧身子，不让第一股最冷的雾气撞到身上。当然是有讲究的，人散出去的是热气，吸回的是冷气，湖边湿寒，寒气太盛，折短阳寿。我听他的，住村里的冬天，总要在门口怔怔地站一会儿，跃跃试探着踩出门槛外。我的腿清晰地感受到了湖风的野凉。我们都信他的话，毕竟他在春风湖待了那么长久的岁月，另一个原因，对无所畏惧的人类而言，对一件事抱有敬畏是有益的。

冬天水落，渔民叫落樵，湖水向长堤退去很远的距离。这是一段令步行者绝望的距离，看不到远方，只会感觉到每一次迈步都是重复上一步。这段宽幅的距离，分布着泥沼、浅滩、内湖、干洲和湿地，外面来的人都把这统称湖洲。湖洲是不平整的，起落坑洼，泥深草乱，只有沿着三轮车辙、人的脚印、牛蹄踩出来的小路往前走。经过一些水洼，有时会看到未被割去的芦苇。在雾中飘动，像是挥着一块巨大的纱巾。我指着远处的那些苇垛，一人多高的苇垛，像一个个堡垒般的苇垛，问它们是不是都要送去长江边上的造纸厂。他点头说是的，天种天收，湖要养活多少人，没人知道。我又问那片沟洼边的芦苇怎么还没收割。他说那不是芦，是荻。我问芦与荻之间有什么方法来区分。他说，荻比芦矮，芦比荻硬实，逢冬从贵州、湘西来的苇客过眼就知道它们谁是谁。他叽里呱啦的越说越快，像有人拿着鞭子在抽赶着。

芦有家野，细分之下，喊法不一。我来过湖洲多次，也不能准确地分辨它们。其实也不仅是我，有些来做研究的博士，也会扯着我来帮他确定芦与荻、苇与茅。世界之妙不仅是人的复杂，任何物种也都如此。叫大头芦的，茎秆根部粗壮，风摧不倒。叫观音芦的偏矮，剑形叶带锯齿边，叶梢包茎紧，打开的叶片像千手观音。最常见的是线芦，喜洼地湖畔，茎细且高，抗水性强。造纸人喜欢荻，他指着几棵红褐茎的苇状植物，说湖区人叫这红铁秆，还有一种当柴烧的荻茅就叫茅柴。

风吹散了眼前的雾，吹响了那片苇丛，半垂的穗子起伏摇摆，帕斯卡说过那句著名的话，人是一根会思想的芦苇。芦苇之说我并不能透彻地明白。风把苇丛吹得更响亮了。

他似乎猜到我正想的，说道："保护站来过几个研究水生植物的博士，年轻小伙子，说人是芦苇，能思想的芦苇。你们说一说，很应景，我也听不懂有什么奥义，更是说不得，说了就是糟践了这句话。"

我连连摇头，表示不是这样的，"在湖上漂过的人，和芦苇成天摸爬滚打过的人，最有资格说"。

我们笑起来。他的脚步加快。我想，人都是自以为只有人才会痛苦和可悲，却从没想过世间万物，都承载着不同质地的痛苦和可悲。

第一次见到他，也是请他驾驶蒲滚船当向导。在齐膝深的淤泥地里，蒲滚船加足马力，拖着一条坐了六七个人的小木船去做越冬水鸟调查。硕大的铁轮滚动，扬起一片水花般的泥花，向前开出一条路。湖上没有路，有经验的渔民才知道真正的路，不会因为偏斜而驶进沼泽陷阱。有些粗枝大叶的不幸者，人和船都陷在泥涂中动弹不得，只能打通电话向还在湖上作业的渔民求救。那些隔近了才看得到的船，并不是每条船上都有人，有的上岸度冬，有的偶尔来收一收地王笼碰碰运气，有些是提前来安插渔笼为来年打点小埋伏。四周一片空旷，每条船都像是这里的湖心。

他当了四十多年的渔民，闭上眼睛都知道路。有人看着他的背影，满脸惆怅，然后贴到我身边俯到我耳旁，他是个有故事的人。什么故事？我立直身体，看到他嘴巴翕动着，回答的话却听不清一个字，蒲滚船发出突突的轰鸣，远处的鸟一群群地飞起落下。

火苗飘忽不定，跟着风左右摇摆。我们围坐在火堆旁，他跑过来添了两块煤，又跑进去收拾餐具。有人拿出手机播放京剧《战长沙》，一个敦厚中带些犀利的声音正念道：

> 只见他风摆胸前的白髯动，苍眉直立瞪双睛，面如古月精神满，虽然年迈甚英雄，凤翅盔朱缨罩，麒麟甲玉玲珑……

旁人哼起旋律，双手打起节拍，喊他的名字，来一段“关黄对刀”。他站在船舷边，正将残羹冷炙倒进湖里。他清一清嗓子，脱口就唱起来：

> 燕赵闻名纳降表，神阳胆烈早投诚，龙主难脱囊沙计，我马踏山东七十座城，霸王空有拔山力，只落得乌江岸自刎血染红……

那感觉太奇妙，这荒野之地，他唱词中的悲凉如此应景。独独只有我们这一船上的几个人，仿佛此时世界只剩下我们，我们也只剩下这片荒野。我侧倾着身子找他，一团模糊的影子，被雾气包裹着，好像随时要变成另一团雾飞出去。

旁人又俯过身凑近耳语道：“谭亩地是个有故事的人。”

我这才记清他的名字，太有意思的取名，终生流浪的父辈最大的心愿就是儿孙能有自己的一亩三分地。然而，他几乎前半生都是在湖上的寒凉与酷晒中漂泊。漂了太久，二十世纪八十年代到了春风湖，憨厚本分，讨了一块地盖了两间瓦房，儿子意外死去，妻子伤疾离逝。旁人速写般地讲了曾经在他身上发生的旧事。他还在唱着，手机里的旋律也嘶嘶呀呀地唱着。

过后不思量，不思量。谁这么说一句，我的心却突然紧起来，身体也无端地抖动，是寒意的遁入，是为了湖洲故事的凄悲而抽搐。他手中的残羹与冷炙，在冷风中变得更冷，湖上谁个人的一生，不是到处潜沉着悲辛。

终于等到他坐下来了，早就忙完了，他独自走来转去，不靠拢我们，似乎更愿意远离人群。船上寒夜太冷了，防风外套围脖帽子裹得严实，但是从甲板座椅脚底升起的冷，如蛇行般游遍全身。他坐下来，挑了挑烧过许久的火堆，冷恹恹的火又被挑得热闹起来。我这才仔细地看清他，黝黑的皮肤，筋脉毕露，右手指甲间是漆黑泥垢。他像是被火分成两半的人，半边身子照得红通通的，另半边在黑夜里镀着一圈毛茸茸的光影。火在眼前跳动起来，像是醉酒醒来，温暖的缺口如同溃垸被堵上，身体旋即暖和起来。

旁人让他说说湖洲上的旧事，让外面来的人听一听。我是那个“外面来的人”。他挠挠头，开腔的声音失去了刚才唱词中的高亢，似乎只是因为家中来客推辞不过，作为主人的他必须说话了。他先说起的是春天。湖洲的春天，草坡、垸堤、滩涂，看麦娘、黑麦草、凤尾蕨，星星点点的绿，睡一觉醒来就变得浓郁起来。那种绿，鲜亮，透明，发光，谁看了都会喜欢，都会忘记沉积的忧伤。

他就在那样能够忘掉忧伤的绿色中去草滩上放牛。他坐在稍高的堤坡上，眯细着眼，远远地数着牛的头数，九、十、十一……这些牛有的是自家的，有的是邻居的。他乐意在失去儿子之后，当起一个放牛倌。偶尔，他会得意地走过去，沿着牛的肚腹往上摸到下巴，牛毛如针，顺着摸不扎手，牛也很享受他的抚摸。但他心里并不舒爽，这些牛，有的已经被人买下了。卧病在床的妻子，需要用卖牛换来的钱去治病，虽然那个看不见的病，没有哪位医生说能治好。焦虑越多，噩梦也越多。有天夜里，他梦见湖中有个大洞，把他裹着往又深又黑的洞里旋转，他的身体搅动着湖水，水面上的船跟着卷起的浪一只只沉没，去往水最深的地方。

他不说那个水最深的地方的梦了，接着说要离他而去的牛。有的牛活了不少年头了，迟早都是要死的，就像他一样；有的牛舐犊情深，也是到头来终归要父子分离。这是命，世界上的人与动物，有时命运是如此相似。他内心发着感慨，这声音只有他自己听得到。他听到自己在说：我们再不见了，是我对不住你。

你是高兴吧，不跟我这糟老头一起了，你去开始新生活吧，你要被宰杀了，莫哭泣，人活着也是要死的，不像那些长命的树。

他说的树，是一棵长在离岸有几百米远的滩涂上的柳树，也是一排柳树。但在涨水季节，只有一棵最高大的露出半边脸，其余的都被淹了。水退了，那些淹了的树还是活得好好的。到了春天，绿得格外醒目。它们活了很久了，也不知道还会活多久。他觉得人的记忆都应该交给这些树。

旁人递烟，他伸出左手接，火光里，看得见有三个指头明显矮了一截，结痂的肉指头是圆的，中间有一个绿豆大小的黑痂。我听说过他的手是被船的螺旋桨削去的。他跳到湖里去救邻船上玩耍落水的调皮孩子，孩子的父亲在驾驶舱，马达的轰鸣、劲猛的湖风，吞没了孩子的呼救声。恰好从旁经过的他，看到了一沉一浮的红背心。伤愈后，孩子上过几次门，唤他“干爹”。湖上的渔民即使不熟，寡言少语但惺惺相惜，都有着同一片水养同一条船的兄弟之情。他认下这个“干崽子”，相隔百数里的另一份情就这样结下了。

前两年彼此走动得勤密，过年过节，大人的生日，湖上的偶遇，礼尚往来，真还有点非亲却走亲了的感觉。孩子嘴甜，他变着法子给孩子编个小鱼篓小篾笼，教他潜水，玩上半日一天，他跟着自家的船又走了。走了，他会痴痴地望着湖面好长时间。孩子家的船像个水上的黑斑，愈行愈小，彻底消失。那些日子，湖上多了些张贴标语和循环广播的公家船，宣传的是“天吊户”落户、渔民上岸。他早些年笼络付出，好不容易在村里谋了个安身之地，却还是习惯了水上漂。摇晃的水面比大地还要踏实。

那一家人借着政策，搬上岸，运气好，住在了城里的渔民安置村，孩子也进了学校，音讯渐稀。孩子父亲年富力强，在街河口的渔市搞了个排档，转手把湖里上来的鱼卖给城里人。他不以为意，心里虽有空落，但也不至于特别沉重。湖上经历的风雨、灾痛，所有的坎坎沟沟都是要过去的；过不去，时间也会帮你削平它、填满它。

他有时会去三十来里外的镇上买一点东西，有时他这里走那里看，又空着双手往回赶，幸运的话，会赶上崔百货拉东西的三轮货车。货车上的人嬉嬉闹闹，崔百货手握方向盘，一边拍打烟盒屁股，点燃弹出的一根精白沙烟，叼在酱紫色的嘴唇间，一边嘟囔着：“别挤了货，挤坏了不好卖，你赔不赔？”没人搭理他的话，继续嬉闹。三轮货车叭叭冒出一股烟，黑烟，有呛人的柴油味。

挤在人群里的他，只是生活在记忆中的他。一路上，他看到田地里的鸡，浅沟里游水的鸭，有着吃不尽的食物。他想到野外的那些栖息的鸟，不知道它们从哪里飞来，北方，中国的北方，西伯利亚的北方，极度寒冷的北方，那个遥不可及且化为乌有的北方。那些各种奇怪称谓的鸟飞那么遥远的路那么漫长的时间，来到这里，寒天冻地，一年又一年，图的什么，不也就是生存。他似乎对“活着”有了崭新的理解，心里不知是疼还是欢喜，仿佛他的孤独有了伴侣。

邻村有人来找过他，劝他去镇上的小教堂。他问去干什么，对方也一时答不上来，支支吾吾，说去了就知道了。问急了就回答说人做的一切错事，会得到一个人的原谅。他问那个人叫什么。对方说上帝。他突然想笑，但觉得不严肃，因为对方的脸是很严肃的。他轻叹口气，人孰能无过，怎么会不犯错呢？他回忆自己做过的错事，从儿时开始，一桩桩一件件。记忆是欺骗高手，常常连自己也不知哪些是亲历的真实，哪些是从旁人那里嫁接到自己身上来的。

那一盆树蔸火的表演已在夜半时分落幕。我们各自睡去，驾驶舱的床窄，外面风吵了一宿，像有人在蛮横狠竖地乱画一气。衣装整夜未卸，被子上有层油痂，渔民、湖上的志愿者、拍鸟的摄影家、考察水生物的博士，都曾在这里借宿过夜。被子沾染了太多人的体温和呼吸，但我也还算睡了一个囫囵的觉。起夜，尿憋得太久，身体越发地冷。我站在船舷边上撒尿，滴滴答答地溅到脚面上。寒风把舱门撞得砰砰响，却意外地不觉冷，冷到极点就是冻住了。身体没有了感觉，仿佛和船，和空旷的湖，冻结在一起。湖上依旧大雾弥漫，但天色已变得熹微。我扭身要进舱里，那床被子再僵硬，也尚有余温。我这时看到了他，站在尾舱的舷边抽烟，不知在想着什么心事。烟头的光，在晦暗的此刻，显得特别明亮。一闪一烁，似乎能照亮湖的远方和人的过往。我向他走去，他深深地吸了一口，嘴闭着，鼻孔里吐出徐徐的烟雾。烟雾和湖上的雾气是不一样的，倏忽间，烟雾就没了踪影。我一时不知要跟他说些什么，或者是我在琢磨说哪些话能给一个鳏夫安慰。他定定地看着我，又深深地吸完最后一口烟，烟头慢慢暗下来，一支烟他抽完，干净得恰到好处。我笑了笑，他突然问我，一个以水为生的人要怎样度过他的一生？

湖洲上的男孩子都冷漠、粗暴，他们游水、攀爬、捉鱼，骑着水牛在水塘打闹，野蛮地杀死一只眼睛凸起的青蛙。他们会用一排篾篆堵在水流缓慢、水草丰盛的河沟，赤脚踩在水中赶鱼，连最小的鳑鲏也不放过。乡下又把鳑鲏叫四方皮，这种鱼喜欢在有河蚌的地方栖息，在发情期间通过摩擦河蚌的敏感部位，趁着蚌壳张开之际，排卵到蚌内完成繁殖。秋冬时节，顽皮的孩子还会拿弹弓去射击躲在水塘的鸟，惊起一片飘散的飞羽和尖厉的叫声。

他的儿子寡言少语，不合群，有时看着同龄人从家门口来回追赶，顶多是抬头望一眼，又埋头挖坑栽下那些劈断的树枝和花草，填土，浇水，也许永远不会成活。他从家里偷谷粒撒在偏僻的田埂边，远远地看飞鸟啄食，也从野地救回过几只受伤的鸟——豆雁、灰鹭和未成年的鹤。它们被荒废的网缠住腿脚，被故意设计的陷阱所困，他用布条绑住它们受伤的腿，包扎流血的翅膀，让它们待在安全的窝里。他会细心地找来鸟能吃的昆虫、鱼虾、种子和粮食，也尝试着帮伤愈后的鸟扑哧扑哧扇动着翅膀飞起来。那个经常走在田间小路上的孤单身影，村里人都知道是他的儿子。

他用脚踢过儿子，恨他把读书的时间花在这些无用的事情上。儿子进入叛逆期，话越来越少，像一个年迈的渔民不愿多撒一次网。他心里觉得不能让下一代再步后尘，水上漂的生活要结束在这一代人手上。这也是他死活要让不爱读书的儿子坚持读书的理由，但这个理由因为一个意外变得令人发笑。

儿子死于一桩故意谋杀案。当地引起了很大的震动，那些日子人们张口就在谈论着他儿子的死因、经过，唏嘘着那具捞起来的水下白骨。儿子被人沉尸水下，还是他自家的那条船。这件事对他而言，真是命运莫大的戏弄。他在夜晚听到过水下的响声，并没警觉，妻子推醒过深睡的他。他很纳闷，从来没有听到过这么大的声音，不是起风了，也不是有别的大吨级的船经过，他感觉到船在跟着声音摇晃。夜里的湖上风平浪静，只有他这一条船在摇动。他记得起身侧耳听了一阵，是尾舱下面水发出的声响，水的响动必定是鱼制造出来的。游过的是一群鱼。那一年，湖里的鱼特别多，他两天就要驾船送一舱鱼上岸，手头盈余多了，他考虑把村里的房子再搭盖一间，儿子在镇上中学寄读，周末会回家。那个家的现在和将来，都是要给儿子攒下的。

大概是儿子死去的第三天，死亡时间是公安破案后确定的。两条外地渔船借他的座船停靠了一晚，船的主人是双胞胎兄弟，为了让人区分他们，总是穿一黑一白不同颜色的背心。那天晚上下过一场雨，他们邀请他移步，一起喝了酒，还打了会儿扑克牌。黑老兄睡眠并不深，半夜感觉到湖在掀动，外面雨停风歇，他诧异得很，总觉得水下有什么东西，就那么磕磕绊绊到了凌晨，看见舱尾的水下一群鱼，密密麻麻，腹肥头大。他一个沉潜，鱼群横冲直撞，四处逃散，水中像炸开一个气团，卷起一个巨大的漩涡。他顺着座船的下水缆绳摸到了一副骨架。黑老兄把船上的人都叫醒了，白骨还绑在一根粗麻绳上，被丢了在他的船头，绳子上还有黑色的血印。

他瞪着眼，妻子脸色煞青，紧紧抓着他的手。他在那一刻觉得妻子的手力如此巨大，自己的手要被捏断了。公安来了好几条快艇，刑侦专家在船上前后左右仔细地查了个底朝天。公安看船上人的眼神像刀子一般，他们每一个人都有嫌疑。这群板着脸的人上船后，他就一个劲地骂晦气，咒着哪个缺德的人嫁祸于他。毕竟他是最大的嫌疑人。妻子躺在内舱的床上，头疼病从见到白骨的那一刻起发作了，更头痛的消息不久也被带到了船上。

案子不到一周宣告侦破，其实也谈不上侦破。周边的失踪人口问询一圈，是学校发现他的儿子不见了。DNA 的检测远没有今天这般发达，公安到附近的村里、镇上走访了一些人。一个女生向老师吞吞吐吐讲述了几天前夜晚打斗的线索，老师转述给前去学校调查情况的公安。公安听完，拔腿就跑，跑到镇派出所报告。公安原本还只是怀疑，试探着去找其中一个青年，他想逃没逃脱就被按倒在地时，恐惧得哗啦叫喊着就供出了杀人者的名字。几个同伙自以为事情做得隐秘，还在犹豫着是否逃离之际，被公安堵在了各自的家中。为首的那个犯罪嫌疑人是镇上许多人都避而远之的狠角色，整日游手好闲，喜欢动拳踢脚，凭着一股别人比不了的凶暴，让人生出畏惧。此人靠着每年鲜鱼上市，欺行霸市，暗中盗卖过野生动物，赚了很多昧心的钱，带着几个镇上的社会青年打扮成古惑仔，开着一辆二手桑塔纳四处蹦蹿。有天深夜在镇上新开的小歌厅唱完歌出来，他们在马路上拦住了一个初三下晚自习回家的女学生，他的儿子和几个同学刚巧路过，逞能把这个被纠缠的女生解救出来。几个古惑仔碍着当时街上人多不便动手，吃过夜宵，喝出几分醉意，把桌子一拍就去了他家中。带头的狠角色只是想教训一下这个学生崽，没想到那把平时须臾不离身的匕首，在夜色里变成了杀人的工具。人被捅死后，他们趁着夜深，出船把死者的尸体绑着石头沉在湖中的一条无人的座船之下。他们太急促，也没想到，那就是死者家的船。这几个在街头混的古惑仔，年龄比他儿子也大不了几岁。

他没想到的事情戏剧性地发生了，他和妻子去邻镇吃了顿远房亲戚家的喜宴，回来后，儿子不见了。起初，他以为儿子是在学校宿舍，或者是负气去打工了。儿子成绩不好，早说过要去打工学一门技术。那个时候，学校管理没有那么严格，社会治安也是危机暗藏，毕竟是三十多年前了。

那段日子他变成了哑巴。妻子从船上回到了家里，就再也没有下过床。妻子头发白了很多，话也越来越多，不管有人没人，整天在呓语中活着。她一次次夜梦中惊醒，大呼小叫，要出门跳到水里寻找儿子。她说梦中看到儿子像小时候般调皮，潜在船尾的水下，让她喊着数字，儿子最多一次潜到了十分钟、二十分钟，水下没一点动静，站在船头顺着绳子着急了，将绳子拉起来，明明是一个人，结果爬上船，变成了一副白骨。儿子是被鱼吃了，她发怒的时候，咆哮着，拿刀剁鱼，船板上血淋淋的，剁完鱼她把它们通通丢到水里，然后匍匐在舷边，双手在水中抓着，像是要捞回躲在水下的儿子。那些夜晚，湖水也在窃窃私语、愤怒、呻吟和抱怨，所有的声音，他都是从妻子那里听到的。

家里折腾得乱糟糟的了。犯事的狠角色被判了死刑，对方家里想尽办法捞人，也来给他送钱，希望他帮着一起去法院求情，改个无期。他木讷地呆坐不动，默默念着：杀人偿命。钱当场就退回去，态度决绝，仿佛钱是随时要爆的炸弹。来人拍门打椅，骂他绝户、孤老、无人送终。他听得心尖尖像刀戳般地疼，眼泪管不住地往下流。他安慰自己，水上的生死不是头一次见识，苦命的渔人泪，终归是要流进湖水中。屋里妻子又发病了，大呼小叫地喊着：“儿子，快上来，快上来！”邻家的狗也跟着吠叫起来。

他把屋门重重地关上，把那些人关在了门外。这个世界上，除了他，没有人再听得到这个女人的声音。他恨邻家的狗，以及村里的狗，儿子被杀那天夜里，狗都哑了，村里没听到一声吠叫。

新的一天我们继续在湖里走，空中有少数的鸟飞过，滩地栖着许多的鸟，有人说看到前年新发现的黄头鹡鸰，但没有抓拍到就飞走了。我们焦急又认命地等着雾散日出。从清早见面之后，心里想着的，我并不说出来，仿佛嘴里的话语会被湖上的寒风吹得四处飘散冻僵，冻得硬邦邦的。他依旧是寡言少语，只管做着吩咐他做的事。蒲滚船卷起大片的湿泥，那些黑色的淤泥，在空中飞溅，真像被撕碎抛起的一朵朵黑鸢尾花。我心里揣着他问我的话，一个以水为生的人要怎样度过他的一生？这是个没人替他回答的问题。

那个躺在床上的女人没过几年就走了，他是得到解脱，又并非完全解脱，是陷入生活的失魂落魄中，又像反吊双臂悬在半空。

他中途有几年很少下湖，不捕鱼也不吃鱼。起初家里还会来几位好心的邻居走动，他却故意要躲开人们的视线。走出家门，消失在夜里，与原野的孤独待在一起，仿佛那孤独能将他推到水下的儿子身旁，水下很冷，他胸口余温犹存。没过多久，他原来的那条二手座船又贱价卖了，另一条朝夕相伴的打鱼船停靠水湾，日渐破损，左思右想，他又忍痛让它换了新主人。在他心里，最不愿去触碰的，是那个水“最深”的地方，不仅是鱼游的地方，也是儿子生命安息的地方。那个离村口杨树林不远的土坟堆，其实里面只是一些灰烬。儿子旧物的灰烬，时间的灰烬，生命虚无的灰烬。

寒冬野外萧瑟，空旷让人心碎，长在村庄房屋四周掉光叶子的树，直戳戳地站在大雾弥漫的空中，风吹枝落。大雾也纠缠着湖洲滩涂，天地消融在一起。他时常站在屋外，看着同样孤单的老房子，喊了多少年的翻新，再也没动过念头。他在躲藏着什么，也在躲藏中消耗掉人生中最好的时光。有人遇到不幸的事，找到他寻求慰藉，他就拍着对方的肩，说你看看我这身又老又硬的皮囊，都得感谢岁月的艰难。他身上套着的那件灰色冲锋衣外套，防风防水，但已经破旧，上面印着“志愿者协会赠”的字样。外面的人到湖上来来往往，这种不知根底的来往，让他有了能够把日子过下去的那一点点信心。

那活着之上的信心，也是天上冬来春去的飞鸟带来的。他听到空中的鸣叫、嗡嘤、呼啸，或是欢悦、清澈的声调，像是看到田埂上瘦削的孤影，热泪一滴滴滑过脸上丘壑般的皮肤。他划动双手，身体不由自主地战栗起来，如同一只想要张翅飞却始终没飞起来的鸟。

蒲滚船在轰响中划了一个大弯，绕过了一处危险的沼泽，有人喊着他的名字，竖起大拇指。他扭过头，嘴角笑了笑，看得到那些风吹老的皱纹，被不知何时溅上的湿泥抹成黑斑。顺着大拇指的方向，也是我们前行的方向，大雾照常降临，茫茫湖泽，生活依旧，过往不知所终，白日从雾中挤出，散发着微弱、摇晃却坚定的亮光。

对一个夏天的观察

后半夜，空气仍旧是汗黏黏的，我的睡眠同许多声音纠缠不休。

开始是一阵窸窸窣窣声，我以为是家中来了一群莽撞的老鼠。继而窸窣变成了窃窃私语，像面目不清的密谋者扎成一堆，嘴唇在翕合之间射出牙齿上的白色冷光。叫了两三声的警笛骤然停下，车顶转动的刺眼红光把牙齿的白皙映衬得更加清楚。然后听到一个女人语焉不详的尖厉哭喊，哭诉好像与死亡有关。

还有另一个女人的叫，从邻居家发出，并非第一次听到，一声一声的，抑扬顿挫，虽然只是几个单音节词，但让人感觉到内容具体。我一度把这声音当作一个女人肆无忌惮的叫床。偶尔听过的几次颇令我心虚发汗，仿佛一顶不道德的帽子扣在头顶。傍晚碰到过牵着干瘦的女儿回家的她，女人无论遇到谁都会亮出一个看上去温柔的笑。这勾人的笑配上对晚上叫声的想象，令我免不了惶惑，可当我无意中得知这少妇患有奇怪的癔症时，那种勾人的美好顿时瘆人起来。于是那些引人胡思乱猜的晚上的叫喊有了明确的解释，只是一个癔症患者发作时的表征。

此外还有些什么声音？像大自然的，夏虫的啁鸣，嘹亮的蛙啼；机器的响声也不停顿，风叶开足马力鼓动着的空调加上若隐若现的水管的滴答声，像一首粗糙、蹩脚的咏叹调；附近工地上加班的打桩机砰嗵砰嗵震颤大地，呼啸而过的出租车轮急速的摩擦声像一把锉刀在心口划过；还有夜归者洗澡时下水道的喉咙发出的呜咽……

好些次，我把自己和此起彼伏的声音置放在梦的背景中。我孤独地与它们展开角力，胜负不分，可我精疲力竭。夜晚的状态因为这些声音而只能用迷迷糊糊来概括。夏天的燠热于是在希望有所改变的夜晚变本加厉。

在清晨少许的凉意中被手机的闹铃声叫醒，周围终于有了出人意料的宁谧，让闹铃格外突出。起床，洗漱，开门，关门，下楼，在时间的掐点下它们一挥而就，或是从从容容。白天也就是从上班这个极抽象而又目的性极强的字眼开始，同暮色般令人迷惘的下班一起结束。省略这种简单的“上与下”的经过。回家的路上，不可避免地又看到那些熟悉的老房子，茂密的樟树，四通八达的小道，那些围在树荫下陌生而天天在眼睛里晃动的打牌者，那些边走边吼几嗓子的收破烂者、小菜贩、修房补漏的民工，那些和我在同一时刻下班的人脸上都写着相似的疲乏……在我的脚步里向后滑退。这是一座老工厂生活区里习焉不察的场景。

收破烂的两个男人骑在三轮车上，一个五十来岁，一个二十出头。老的喊：收破烂喽，收破烂；收破烂哩，收破烂。腔调有韵。每一句停顿的间隙里，小的就会喊：电冰箱，洗衣机，电视机，旧空调，再拖泥带水地滑出一个长音，能收的都收啦！这像极了一对父子。在小区里流动着以收破烂为生的人不下十个，我上班时他们有的就开始吆喝着穿梭在小马路上，我下班时他们拖着三轮车里或多或少的废品仍然恋恋不舍地转悠。我从没想过去打听他们租居在哪片廉价的出租屋区，生活又是如何，就像我熟视无睹的房子前后的一棵棵树。生命力旺盛的它们隔不了两年就在冬天被割除那些粗壮的枝杈，都是些外地模样的人在砍，听说是付了钱才允许这样做的。被砍掉枝杈的冬天，每一栋楼看上去晴亮了很多，可空气中总是有股黏稠的液体流动的气味，怎么抹也抹不干净，怎么用鼻翼扇动也无济于事。那是树的伤口所散发出来的。人有伤口也会流血，也并非所有的伤口都流血。

那对父子在路的三岔口停下歇息，车厢里空荡荡的，老的递了棵烟，小的迅速掏出打火机递向老的叼烟的嘴巴。两个人说话。小的鼻音很重，像是请教：能把自己喝醉死的人，真是头次听说。这算不算奇迹？

老的说：少见多怪。

小的说：你见过醉死的人？

老的犹豫一下，摇摇头。然后两人不说话了，面目在飘散的烟雾里隐匿起来。

我知道这些人总是有议论不尽的奇怪的事情。他们走街串巷，如同城市流动的风景，聚在一堆就变成了一群传声筒的集合。我走过他们身边，听到上述几句简短的对白，拐弯，看见露天下的牌场战得正酣，而一桌散了的牌友，旁边坐着几个眉飞色舞的人。在这里，还有几家室内牌馆，每天都有固定的人，也有来去自由的人，似乎没有季节之分，日夜之分，有的是今天赢了还是输了由此生发的高兴与失悔。我有时真羡慕这群看上去快乐的人，口袋里并没有几个钱，却怡然自得，可有时也把他们这种创造简单快乐的方式看成是麻木的生活。

我多瞟了他们几眼，可没有人注意到我。做早点生意的胖女人磕磕巴巴地说：转钟两点多，好多人都起来看。不晓得么子事，一个晚上冒困好觉。尸体都发臭了，警察当时不知道喊的哪里人搬走了。人是他老婆发现的，哭天哭地的，拖了不晓得多久才报警。女的，前一向还在这里打炒股麻将的，输了钱就拍桌子。

戴着两只厚啤酒瓶底镜片的矮男人插了几次嘴都没插进来，听说他是这里斗地主的高手，以前有班上，现在不知是停薪留职还是从厂里买断，几乎天天混迹于此。他问：是住 105 的吗？坐他右手边的女人马上蹦出一句，还做了个皱眉动作：

他缩成一团，房间里到处是空酒瓶。酒气跟臭气搅在一起，难闻。

真想不到，还有人居然可以把自己醉死。

醉死？那是自杀，不会是他杀吧，那男的不像有钱的样子。

以前看到他们有个小孩，不过最近没见着。

反正厂里是经常发生这种事，稀奇古怪的。

好死不如赖活……

我听到这些议论时有意放慢脚步。他们嘈杂的声音时高时低，我想听清楚有些吃力。迎面走过的一个面熟的人，拉住我，按捺不住兴奋地告诉我，住我前面一栋的一个男的死了。他指了指那栋房子的方向。

我问是怎么死的？

他说是喝酒醉死的。

我站到那栋楼的附近时，还有三五一堆的人在议论纷纷。我非常好奇地走到 105 所在的单元口，装作若无其事的样子转悠，楼道灰尘扑扑，我发现房子的门被水泥封死了，肯定门是开在了前面阳台上。后窗是关闭的，如果不说，没有人能感觉到曾经飘浮的死亡气息。但确实是昨晚就在这里发现了一个非正常死亡的男子，议论者的语气很坚定，不像以前有那么多的版本，这次口径一致：醉酒身亡。在电网整改重设的崭新电表箱上我找到与“105”匹配的名字：丁立民。这个名字跟随着某一时刻而消失了。

我在沉思中意识到昨夜那些虚幻地在梦里扑腾变替的声音，我发现我错了，我以为它们在梦境里，它们其实存在于已经过去的真实时间里。

男人的死与夫妻之间的争吵有关。吵完架，女的回娘家了，男的就……我没法想象得更细致，一个男人与自己的女人吵架后，男人把自己反锁在家中，喝酒，以致醉死。平时的争吵吵了就过去了，唯独这次带来了一个残酷的结果。女人做梦也怕是想不到的。当她回家发现钥匙在锁孔里失效了，就使劲地敲门、喊男人的名字，最终她破门而入看见地上蜷着一团东西，起先她错当成了一只猫。而猫脸上的奇怪表情，仿佛反复重申一句话：过去曾是你的男人，现在我已经死了。她的尖叫和泪水几乎同时开始。男人，我又思考他是个酒量大小如何的人？需要多少酒才致他死地？一瓶，十瓶，更多？是感情的这一滴酒把他推到了另一个世界，或是世俗生活？这种死亡也是消失。真像那个收破烂的年轻人所问，这算不算奇迹？

我突然记起那个满脑子怪异思考，经历了蓝色、玫瑰红、立体主义、超现实主义、抽象主义的辉煌画家毕加索不止一次地说过：一切都是奇迹，一个人在洗澡时没有在水中溶化也是一个奇迹。

任何死亡都有动机。奇迹并不像说的如此轻巧。伤害，我想到了这个能够解释死因的词语。究竟是怎样的伤害让一个人甘愿放弃晴天烈日下的自由呼吸，奔赴冥灵的世界。

我一直想打听到更具体一些的消息，来确证我理解的动机。周围同样怀着各种猜疑心理而津津乐道的人们。第二天在办公室，我尚未启口，一个同事在半兴奋半颓废的言说中已经勾勒出一个老实的男人，下岗，在手机店专修二手手机，儿子快读小学了，妻子是个因肺病而办好内退的挡车工，爱好打牌，男人包揽家务，唯一的缺点是喝多了酒就喜欢打女人……当我正着手将她们这些道听途说得来的消息加以整理时，那位堪称热切关心世界局势的中年女同事又扯到更远的地方。

美国，伊拉克，以色列。具体到又一枚汽车炸弹爆炸，武力绑架。我们的注意力也开始转移，我想象那些整日生活在恐慌之中的中东地区的老百姓，是否会想到他们的命运被几个毫无关联的人津津乐道着。

傍晚时我站在前阳台上，透过樟树叶丛去寻找那间房子，也许我和那个叫丁立民的男人哪天就在楼下交叉的马路上遇见过，他一家人在散步，聊天，眼神平和。然而在式微的天光里，一切都模糊起来。回到客厅我听到楼道响起碎乱笨重的脚步和嘈杂的说话声，从门镜里看到一个穿制服的警察带着两个胳肢窝里夹包的便衣，他们敲开对门邻居家松松垮垮的旧铁门，自我介绍他们是来了解情况的。好几次在这片生活区里发生意外事件后，都会有警察登门拜访。这不知是例行公事还是案情有疑点。我经历过一次这种询问，相反我并没提供什么有价值的情况，在盘问中那个入道不久的年轻警察倒把死者的某些真实状况告诉了我。于是我把房间收检一番等待门铃的响起。我想从警察那里套出一些有关死者的内容。我有那么多疑惑，只有他们能给予准确的解答。和警察对话是进行一场智力与语言上的挑战。我开心地等待着。

没有，想不到的是警察迟迟没有敲我家的门，连他们什么时候走的我都没察觉到。是临时急事还是知道枉费工夫而撤离？为什么不能多花点时间与我沟通，虽然我免不了与那些邻居们打照面，形同陌路，但可以把我的思考告诉他们。我生出一股恼恨却无处发泄。

不记得哪一天，我经过麇集在方桌上战斗的“他们”身旁时，一个玩手机的男子大声说话，像是宣告，我已经把他从电话簿上彻底删除了。他的语气听不出是悲伤还是调侃，我也无法得知那个被删掉的“他”是谁。事实所呈现的，已经消失的丁立民肯定也连同一串数字被一些人连根拔除了。

我认定这个醉酒而死的男人同一种深深的伤害有关。起源于心灵，在身体上爆发。前者决定后者依靠酒精的麻醉来极端地对待生命。

就在夏天最酷热的8月开始的日子里，在这座改制正在进行时的工厂里，工人们联合起来导演了一场声势浩大的集会。一年工龄，一千两百八十元。依此类推。要么拿钱走人，要么把钱当股本投进新注册的公司继续工作。在领导层撰写的买断和再分配的剧本中，已经亲手编织了一颗巨大的火球。那些把青春完整地奉献给这座曾号称东南亚最大的纺织厂的女工，情绪激动地手挽手，走上街头，堵塞了临靠工厂的一条交通要道。在炎炎烈日下，女工们打着伞，从上午9点到下午3点，从晚上8点到12点。没有订单，原材料涨价，纺织工厂的竞争越来越大，产品质量下滑，企业负担沉重等一系列原因，潜滋暗长地推动一座无比红火惹人红眼的工厂的萧条期真实地降临。如果说是她们采取了极端的方式对待国企的变革，毋宁说是刚离任的厂长留下的数字空洞加速了这种结果。亏空变成若干组大大小小的数据，水一般地蒸发了。我第一次看到数百名警察和十数辆警车从四面八方冒出来，开始还有某位市领导出面要同工人协商，工人们默认这种协商，并退让出一条通车的路，只要能满足她们经济补偿多一点的要求，她们甚至甘心承担非法集会带来的后果。孰料一直等不到答复的她们像受到莫大欺骗，她们在扩大队伍，她们狠下心来进行一场对峙，带来的僵持局面令人担忧。而现场在近40摄氏度的高温下，充满愤怒的集会者和维护秩序的警察都汗如雨下，无疑都像一枚枚定时炸弹，那团点燃导火索的火焰，谁都不希望哧啦一声燃烧。后来有中年男工人也加入到静坐的队列，空气中的火药味陡然浓重起来。他们原先被强行要求在车间候命，绝对不能充当那团愤怒的火焰。任何生产都已经停止。那些曾整日咔啦、唰唰作响的机器在偌大的厂房里意外地沉默下来。

有人在传言:某女工被打了，某某和某某某因中暑发病被送到医院，某男工冲撞警察被带走了，交通堵塞行人怨声载道……这些片段似的消息在集会的五天时间里飘落，重重地压在每个在工厂生活着的人心头。大家都期盼事情有所转机，像希望在太阳的炙烤下喝上一杯冰矿泉水那般迫切。她们在私下言论中也懂得劳动力密集型的工厂的艰难行进，她们只是想仍然有那么一份维持温饱的工作，一直到退休，并非在人到中年时却被告知将加入到更庞大和严酷的竞争之中。她们没有任何优势，没有关系，没有学历，没有特长，随夫携子，最可怕的是年龄不再青春。对毫无丁点本钱的人，即使她们的过激行为得不到一个良好的效果，毕竟以她们的方式试过了。

旁观者都在寻思着什么？也许把这当成消暑的一种方式，或是抱着看热闹的心理或是拿着电话指手画脚唾沫四溅地描述，更多的旁观者能理解弱势群体的心思。这理解只会加剧一个善良、有正义感的人的悲痛、忧思。难道没有更好的方式让她 / 他们开心地生活。

在这个夏天，这段属于工人们造成不可避免而又意外伤害的日子是挨着每一秒钟过完的。工厂决定暂停改制进程，勉强恢复生产，工人们轮流休假，工资以天数计算，审计组同步开展调查。那些因为在烈日的曝晒下生病，那些因为过激的言行被拘留者，成为一场看似有个结果其实又没有结果的行动中的受害者。过去的一幕，已经被夏天记录下他们既虚弱又坚强的身影。这一幕即使再短暂，也会让亲历者铭记。

那个叫丁立民的男人，是否也是被这种伤害打击的受害者呢？夫妻双双下岗（先不管什么原因）所带来的家庭经济的拮据，生活的忧愁，加上夫妻争吵时言语的粗莽，还有背后淹没的因素，扼住了他的喉咙。他咽下去的不只是低价酒的麻辣和割裂，还有不敢流露的眼泪和一个男人的自尊。

在这个城市的夏天，伤害连同酷热打击了一片人，不只是纺织厂的女工，被丈夫、父亲遗弃的母子，为自己和他人利益奔走的焦头烂额的人，也包括我。当那些平时与我抬头不见低头见的工人曝晒在烈日下时，一桩危险潜伏在焦躁之中抵临我的身体。

同学聚会十年一遇，选择去开发才半年多的连云山漂流，我不识水性，还听说那里山石嶙峋，惊险刺激，管理不善。那些日子我跟随电视台两位年轻能干的记者后面在城市的角落四处奔走，充当各种声音的传递者和见证者。虽然有很多理由可以让我委婉地拒绝，但我还是去了。我是带着私心去的吗？别人问我，我问自己。聚会里有位“她”与我有一段似乎美好过的插曲，这让许多知情者笑话我要抓住机会。我置之一笑。我们分散在城市里的两个点上生活，虽相距不远，却从未偶然地相遇过。缘分这个令人迷惑的词让人心灰意冷。更重要的是我们冷静地意识到，在身后都各自站着一位已同我们息息相通的人。没有意义的脱轨无非是伤害别人并给自己徒添伤痛和烦恼罢了。

回到聚会话题本身，气氛相当热烈。没人去过多考虑意外。我有些紧张，冥冥中感觉不祥，但不敢说破，只有等待。

当搭坐的皮艇从十几米的高处滑落到水中时，我就被四溅的水花打湿了眼睛。那道白光一闪即逝，我就如同坠入黑暗之中，前堵后挤的皮艇把我撞翻落水了。没有一点游泳经验的我喝了好几口水，呛住喉咙，脸色肯定变得苍白。我一只手紧紧抓住皮艇上的扣带，才没有淹死在这景色盎然的山林间。脑子里我完全乱了，她，已经不在我身边。浮上水面，场面混乱，我被拥在皮艇之间，大声喊她的名字，人影晃动，可没找到她。我的目光终于搜索到被人救到了岸边的她，因恐惧而低声抽泣着。她的安全让我焦灼的心终于踏实了。我低头看见走过的浅水区，有一股暗红的水流在脚边徘徊。当时痛并不强烈，身体却发冷抖缩，鸡皮疙瘩密密麻麻地浮在皮肤上。是她发现我受伤并叫出声来的，左脚踝内侧被石头撕裂开一道三厘米长的伤口，被水浸泡得四周发白的肉，血像春天从墙缝间渗出的水，丝丝密密。那根大动脉血管暴露在视线里，血管表面像蒙上了一层霜，一鼓一缩，我真担心它若是断裂的话，会陷入到何种处境里。隐忍着复苏的疼痛，我爬上山岸，又搭了近十分钟摩托到一个赤脚医生的家庭诊所里消毒，缝针，注射。同学们的皮艇都顺水漂下，两个小时后我才会和他们见面，只剩下她陪着我去面对身体所遭到的突如其来的伤害。有她，我拒绝了麻药，我满不在乎，我微笑着跟人说话，如果说我在这过程里变得格外的坚强，那是因为她在我身旁。其实汗珠从毛孔里奔涌出来爬满身体，我只是变成了混在其中的一颗水珠，被她攥在手心。

回城的途中，车内忽冷忽热，我心情也忽明忽暗，我沉默着抑住疼痛的流露，我不知如何去跟家人解释受伤。她坐到我身边，一声不吭，我也紧闭双唇。后来她的手指在我的膝盖上跳动，小拳头钻进我的手心，肌肤的温暖像电流一般触摸我的心灵。我们开始互相跟对方说话，挑选开心的话题，谁在讲述时，对方就是认真的听众。没有同学来干扰我们的交流。西天边，橙红的太阳通体发亮，我们把视线投到公路一边的稻田里，看那些汗流浃背的农民还在弯腰耕作，余晖镀出一个个金色的身体。车一直在奔跑，从白天跑进黑夜，而我全然不知。当黑幕已经把天地严实地笼罩，在城市灯火辉煌地映照下，我看到她目光中说不清的磁力，还有流动的清纯的情感。我们在心底已达成共识，以后不需要见面，当仰望天空时，我们会看到对方的眼睛。

我原以为这样的伤口会在一星期，顶多两星期的时间里完全恢复，没想到，它让我在家足足躺了二十四天。每一步没有搀扶的行走，就会拉扯起痛觉神经的起哄。那道弯曲丑陋的疤痕，浅浅地贴附在那里，刺激我的眼睛。我无意用过多的文字来表述个人身体历史上所遭到的最大伤害，毕竟已经过去，伤口愈合，伤口四周一层层地褪皮，又生出新的表皮。同学聚会已成往事，引出的任何感受都在这种褪与生中流逝成水。

被疼痛缠绕、躺在沙发上无以打发的时间里，做得最多的事是看碟。我喜欢那座湖上的静谧和深邃，在雾气弥漫之间恍惚游动的绿岛、小屋、树影，景色令人心旌摇荡。而那个美丽的主人公哑女把所有的语言变成了眼神，无论爱或恨。她一言不发，可她无时无刻不在说话。水，鱼，小屋，偷情的人，嫖妓的人，躲难的人都暗中道出哑女的心声。哑女在影片的时间里如潮水般执着而猛烈的爱，让人心里头常无端地发紧。我始终无法忘记两个同伤害有关的场景。男警察因惧怕被捕归案，吞入鱼钩，锋利的尖钩刺穿想象的花衣，她帮他躲过搜捕并一个个取下沾满血锈味的醒目鱼钩。当哑女意识到男人将愤然离去，无助，忏悔，将鱼钩塞入下身，用力拉扯出鲜花般绽开的血朵。那些血淋淋的鱼钩对视觉的冲击竟让我肢体抽搐，白纱布覆盖下的伤口似乎在裂开，缝合的黑线已被挣脱，身体里的鬼怪精灵活蹦乱跳地钻出来。我骇得大喊，想从心里喊跑害怕，也把多日来困在家中的压抑抛撒在黑夜中。

于是那些散落在《漂流欲室》中湖面之上颜色各异的小房间，成了在炙热中夜不能寐而去假想的对象。一度任欲望占有，捕捉，虐杀的人或事物，反复上演着因虐恋引发的无法挽回的伤害。这是影片虚构的伤害。那些在现实中不知不觉的层出不穷的伤害也在这个夏天的日光中肆无忌惮地流淌。

也许很多人会以各式各样的理由记住这个夏天。热浪的袭击超出往年，稀少的雨水来去匆匆，人们恨不得躲进机器制造的荫凉里永不露头，只有几条狗有气无力地哈着舌头，垃圾堆积如山西瓜皮上叮满东张西望的苍蝇。

如果没有脚伤，我会继续顶着烈日去和一张张陌生的脸交流，听他们嘴里发出的一切声音。在奔走中我已经记录下：住在花果畈附近的郊区村民，垃圾处理场就躺在他们身边，整天播散着热烘烘的臭气；上百个善良的人听信谎言，被一个道貌岸然者你几千他一万地卷走六十多万的血汗钱；患雷诺氏综合征的农村女孩，枯瘦如柴，父母在病房里唯一的表情是泪眼潸潸；更甚的是那个房地产开发商四年多来将一房多卖做得滴水不漏，还拖欠着施工队民工们的一百多万工资，如今逃之夭夭。无助，恐惧，愤怒的眼睛，太多的表情在镜头前晃过，而更多未记录的在镜头背后黯然神伤。

持续高温，热气烘烤着我居住的旧楼，风扇一刻不停地转动。这些我都可以不在乎，我多么害怕那些无人说话的日子，只有让影碟机重复播放着漂亮脸孔说出的台词。即使有时一句也没听进去，我也不管。只需要有声音来证明我的存在。我还想入非非，落入水中的一幕以N种后果的方式呈现。生与死就在意念间跳跃。如果我死了，是不是在夏夜的天空有一颗星星闪亮地坠落，或者家门前一片树叶忧伤地飘下。现在我活着，我要珍惜的不仅是自己的身体，还有站在我背后的那颗爱护的心。

人，总希望留在永恒里，而我把这意外当作夏天在身体上留下的永远的纪念。

日历上的“立秋”已被翻动，看上去夏天的身躯笨重且脚步缓慢，一直走不出高温的阴影。我们无比沮丧，尤其怀念季节分明的过去。过去的不会重现，在我眼中，这个夏天显得如此漫长，充斥着不稳定、多变、意外与矛盾、焦虑与冲突、弱者的目光、底层的悲怜……如侵蚀的胶片，存留着不愿翻阅却必须面对的黑白片段。

风终于在夜间回来了。也许就像我祈祷的，秋天到了，天堂的光将降临！

咖啡之味

咖啡的“咖”

我要谈到的是咖啡，毋庸置疑。

与咖啡有关的这个女人，从她九岁那年夏天吃到第一颗省城亲戚带来的咖啡糖后，“咖啡”这个词语就狠狠地钉在了脑子里。像一个观念蒂固根深。那整个上午，阳光扑打着每一件它够得着的事物的脸和背，巷子里的风撩起她的长发，光芒落在黑发丛中如同琴键上手指的跳跃。而就在偏僻的小镇那几条可以数得着的横七竖八的巷道里，她嘴里含着糖穿梭着，不张开嘴与人招呼，只是微笑。

她的舌蕾对那颗咖啡糖经过唾液和牙齿的磨合后散发出的浓重的苦甜味异常敏感起来。这是一种多么独特的她所从未接触到的味道。以致在过后的几天里，对另外的食物她毫无感觉，口腔里保留着她深刻地记下来的“咖啡”这个词语的气味。一个词语也是有气味的。

她有意识地凑近伙伴的鼻子，小心翼翼地张开嘴巴，只有一条细缝，只用缓缓地吹气，每一个伙伴便都兴奋起来。她就是用这种方式让每一个与她好的伙伴“品尝”咖啡糖的味道。她们接受了，仿佛那呼出的一缕看不见的气体就是那漂亮包装纸里的东西。从没呼吸过这种气味也没尝过的孩子们，也开始了对一粒糖一个词语的向往。

那缕气体从她两片薄薄的唇之间溜出来。也被唇拦腰截断，立刻将另一个人的嗅觉吸引。她站在那里，嘴角挂着诡秘的笑。她的尊容在长大成人之后仍然保持着那不易察觉的诡秘的笑。如同普鲁斯特对“小玛德莱娜”糕点的迷恋，她对咖啡的热爱成为一个小女孩心中的理想。

多年以后，当她成为这座安静的城市一角的咖啡厅老板，在许多兴奋不已的夜晚迎来认识或更多不认识的顾客捧场。上下两层一百多平方面积的空间里，一股暗中涌动的热气体使她热泪盈眶。她像一只屋顶上在冷风中蜷缩的猫，圆睁着眼睛扫射着那些正面侧面背面的男女。那颗咖啡糖带来的梦想，变成了吧台后面、包厢间的眼泪。

在她九岁那年冬天下第一场雪的时候，她在那个偏僻的小镇，唯一一条通往县城的公路边等着亲戚允诺的腊月来临，等待一袋咖啡糖在新年的早晨出现。不久亲戚的意外身亡将这一泡影砸碎，直到她十年后离开家乡走进城市。她在城市的奋斗来自真实的奋斗没有拔高她的位置，她以几乎绝望的心态离开这里，而又在几年后回到这座离开后便产生亲切感的地方。任何人总想在原初的奋斗地结束一个人失败的历史。她的腰包鼓噪，众多认识不认识的朋友被圈进来，在咖啡厅、茶吧、酒店的杯光灯影下她以另一种姿态来主宰城市和自己的生活。这些躲藏着她身体的秘密的钱，在加速着市场的流通后也修饰着她的容貌和传奇。而每一座城市包藏着的诸多传奇，她的是算不上显赫的那种。

“咖啡开花”——在某画家极具现代性的灯箱作品上方，这个以她的身份注册的咖啡厅闪烁的灯光，终于加入到城市妩媚的夜晚之中。她把它想象成一朵永远盛开的诱惑力十足的罂粟，她像第一次接触异性身体那样激动与紧张。

一群朋友们在最大的包厢里喝着最昂贵的咖啡，以几近疯狂的打闹，发出最响亮的笑声叫声扑面而来。盖过音乐，盖过悄悄躲在洗手间流泪的她的一声尖厉叫喊。从胸腔里奔放出的声音，这么简单这么迅疾就被淹没，她没有意识到悲哀而是转身用高级纸巾小心翼翼地拭去眼角的痕迹。一拭而现的鱼尾纹沟深深浅浅的，这是时间的勾勒。在她熟练的修补后，她神采飞扬地经过那条灯光幽暗的过道，重新投入到一群神态各异的面孔中。

天色昏暗下来，咖啡厅里的音乐轻缓地流动，那个站在豪华公用洗手间的大镜子前细心修饰的女人，几乎总在相同的时刻重复这些动作。她坐在你对面。即使是细密的纹路，在灯光下也早已隐匿。那些具有年龄特征的细部和常年喝咖啡留下的暗物质，被掩盖在时间和女人的手的动作里。夜幕下的女人都是美丽的。

她最喜欢的就是和你聊咖啡，聊星座。你不可能把她看成一个单纯只为实现梦想只是有一个小女子的物质虚荣的女人。在聊天的过程中，她的眼神流转，她的姿势优雅。仿佛她的一生就是在夜晚在咖啡的世界伸展。

她常常举起手中晶莹的细钢勺，搅拌着那一杯浓密的液体。

我是生活在海洋里的双鱼座。她总是以这一句作开场白，她的眼睛不直视你，而是盯着你额头及以上的地方。我融合着多重的矛盾与冲突，温和、软弱、幻想、敏感集一身，我是半天使半魔鬼的综合体。双鱼座的人天生对醇酒美食没有抵抗的能力，特别容易沉溺于某种嗜好上，即使是咖啡，也很容易酗喝成瘾。我现在最喜欢喝最温和的法式牛奶咖啡。你呢？

如果你是一个不懂咖啡的人，那么从她嘴里相继吐出的词句充满着陌生和新奇。拿铁、卡布奇诺、维也纳、欧蕾、意式浓缩、摩卡奇诺、夏威夷……法式牛奶很容易做，二分之一的热牛奶对上二分之一的纯咖啡。温柔的牛奶大大减轻了咖啡因的杀伤力。

这是一个对咖啡真正无比热爱的女人。她对你的星座你选择的咖啡叙述得头头是道。她对艺术、服饰、装置有独到的理解与品味，她以一句半魔幻半谶语式的话结束：个性非常直接地反映在你的星座象征和你对咖啡的选择上。

我们只有微笑地点头。这是认同或者厌倦，心知肚明。

她仍然在两座城市之间穿梭。别人对她的了解就到咖啡止住。众多青年男女慕名而来无非是想面对传闻中那张美丽的脸和听一听与自己有关的咖啡选择。

对于那座城市里关于她的行踪，是一个迷宫。她的独来独往守住了那个秘密。但她不断地对“咖啡开花”布置着新的内容。这里不断有从沿海的城市搬来的新艺术品和经过她翻新的造型，花样迭出也造就了她的知名度造就了另一个秘密。当一个女人显示出一种富有，也抛出了无数谜团。

在某些日子里她异常开心，有时莫名低落。像一个孩子，她的情绪就成为一些人关注的焦点。焦点背后的故事像飘飞的落叶，被“咖啡开花”的灯光击溃。在她这里，某些男人置换了角色，他们细声细气地议论着她的大方富有和姿色，以陪她度过一个隐蔽的夜晚为荣。在这座安静的城市，她的声音无疑会在某天嘈杂起来。有关她有关“咖啡开花”有关隐私也像准时亮起的灯火一样通明，还有她的泪水她的尖厉叫声她的行踪，在他人的头脑中虚构着无数的悲欢和暴力。一个需要刺激的时代被她拒绝，她的收敛和谨慎从事愈来愈令人心烦意乱。这不应该是这样一个女人的行为。

她在去年冬天离开这里。她把“咖啡开花”转给另一个声名狼藉的女人。于是我们看到一个纯艺术的“咖啡开花”变向了通俗。她离开的原因无人知晓，许多人仍然按时或不定期地去咖啡厅坐坐，喝她曾经指明的某种咖啡。已经有很多人习惯了对应着自己的星座来寻找合适的咖啡品种。处女座的是玛莎克兰，狮子座的是黄金，天秤座的是维也纳，魔羯座的是曼特宁，水瓶座的是摩卡可可……

她成为一种象征躲在“咖啡开花”的暗影里，直到许多的时间来验证这个不复存在的女人的离开。更多关于离开的说法是那座城市的某个男人，她身体的支配者和“咖啡开花”的后台，不习惯她在这里的作为。他嫉妒她利用他而成为众多男人的追求者。他希望她成为别墅里豪华装饰的一只雀。她的梳妆打扮只属于一个没有时间归属的男人已经众所周知。许多的秘密其实是不愿意捅穿那张纸而成其为秘密。

女人的身体能创造一个神话，也能毁灭一个流传。

这是我们都经历过的 1999 年，有关她有关一颗咖啡糖带来的梦想有关“咖啡开花”里发生过的一切，在叙述者的嘴里是否能成为永久。

咖啡的“啡”

这个人也许永远不回来了，也许明天回来！像这句被模仿了无数次的话，她给我们的疑惑就到这个句子为止。

而我和我们，依然生活在“咖啡开花”的城市中。离开那个与女人、咖啡有关的故事许多日子之后，我发现还没有到忘记得一干二净的地步。时间又滑动到一个新的刻度。时间又滑动到另一个人的身边。

原本有许多的日子我们可以选择坐到一块儿，但她——另一个与上述无关的女孩，要年轻要单纯，也经历过生活的简单磨炼。在 2 月 14 日这天，特意从一百七十多公里外的城市赶来。在暮色浓密情侣们倾巢出动拥上街头时，我们坐在“上岛咖啡”的一道半弧形的卡座里。而那个“咖啡开花”的地点，被某房地产商购买后整体规划成一处商贸地，那声名狼藉的女人像抛弃一个男人那样丢下了它。

在“上岛”，B7 号台。记住了这个台号，是因为在这个晚上特别安排的游艺节目中我们幸运地得到了鲜花和掌声。大厅里坐在鹅黄色灯光下唱《月亮代表我的心》的短发女歌手离我们最近，歌声却离我们最远。在歌声的间隔里听得到她的喘气声，看见她自我陶醉时眼角羞涩的纹路。

我们四个人。我是唯一的男性。很有的意思的是，她们各自代表着现代生活中的一种角色。一个刚刚痛苦地走出婚姻城堡，一个结婚才一个月，另一个经历过几次失恋还对婚姻充满着幻想。而我，只是三点之外需要增加的一个稳固点。

三个女人在今天晚上的“演出”中台词不多，很沉默地谦逊地往对方的煲仔饭钵里夹菜，举起手中的透明玻璃杯在空中画出一道优美的弧线然后送到修饰过的唇边。在这个动作过程中，眼神参与进来起着暗示的作用。三个视角的交叉，三道视线的交会。我不知道该说些什么，素来不擅言辞的我被邀请来的目的是见这个刚办完离婚手续不久的女人。我们认识很长时间了，但第一次坐在流动着各种气息的咖啡厅里，在情人节的夜晚，以一种尴尬的状态。

这种状态制造出心里的不安。

我熟悉的远道而来的她。在一所师范大学自费读书考研，为此放弃了一份稳定且收入可观的工作。这是现实社会里一个怀着理想的人常常选择的方式。为了驱赶睡眠，啃读那些厚本枯燥的考试书籍，她习惯了咖啡。一种叫“雀巢”的速溶咖啡。我的眼睛停留在她的脸上，刚好有一束淡黄色的光斜着落在她肩上。她的脸随着身体的摆动而沉浮在光中，那些因长期劳累及饮咖啡留下的褐色物质对一个女孩做了无情的标记。而我的思绪则飞速地跑动，在大街上在过去的“咖啡开花”在她租居的狭小房间里。那间靠着大学的某处住所，隐藏在弯曲的小巷弄里，床、书、日常用品拥挤地以各种姿势躺在寂静的空气里。咖啡，在发亮的勺子里，从固体状态转移到液体中。咖啡溶解的声音在她翻动书页的动作中荡开。一双时间的手正悄然地从她的身体里搬运着什么。

我内心一阵恐慌，渴望着离开。或者静。安静是不可能的。周围的声响密密匝匝地拥抱过来，像一个人对另一个的羞辱。调皮的羞辱，缓缓跑过。有一阵风掀动她的刘海，把某个幻象赶出眼球。从何时开始，我们互相回避了视线的碰撞。我不知道我们的眼睛与心灵看到了什么。

B7 号的三个女人与一个年轻男子。是否在周围众多各怀心事的眼神里发现了这个简单的秘密意味着什么。我们不喝咖啡他们在喝。我们不说话他们在说。我们的模样包括姿态看上去那么普通而又与众不同。在我们桌上的鲜花与桃形的卡片里，摆放着一壶夏威夷咖啡和一颗潮湿的心。某个日子我们四人中的某一个意外地看到文字或抽象的画面中雕刻着这个夜晚的 B7 号台，有些熟悉似在昨日。而多数日子后，在记忆中，“他们的眼睛，他们那炯炯有神的古代眼睛，洋溢着欢乐”。看到的他们的欢乐，却丝毫没被感染。

会不会有个意外在我们似是而非的期待中发生。

桌上摆着的四杯咖啡倾倒自一壶夏威夷，我看得见壶顶上方的热气体渐趋微息。为了表达对一个人的同情，我们虚伪地将嘴闭住。

停电。无法判别是人为还是短路了。光芒从我们身边逃离如此快捷。我们得慢慢来学会适应黑暗适应一颗蠢动的心怎样被理智压制着千万别碰到黑暗中的芬芳。在黑色里，在一瞬间变得那么静谧，声音消失像耳膜的故障。我伸手不见五指，我听到她和她们的呼吸声，起伏的频率、速度越来越趋向于密集，暴雨打在芭蕉叶在湖面在硬塑雨棚在手掌心在一辆疾驰的车顶上，声音在暗色里冒出。

时间会帮助任何一个人摆脱或制造所谓的困境。我送她们中的一个走，到门口，招手的士，付钱，挥手示意告别。我又送她们中的一个走，到门口，招手的士，付钱，挥手示意告别。还有一个留下来，陪我那剩下的短暂之夜。一切都是短暂。时间，道路，动作，歌声，快感，爱情，不要企图能变漫长、遥远、清晰、明亮。像桌上的四杯咖啡，杯口对着陌生的灯光，晶莹的瓷把手和咖啡一起冰凉。

停电。停电是设计的节目。那个蹿出来的新声音是中年男子的浑厚作品，他带来灯火的熄灭是为了渲染并制造某种情绪，他想带给这里所有人今晚快乐的念头在一长串舌头搅拌之后获得明确，有的人欢呼有的人茫然。不知不觉中女歌手偷偷溜之大吉，是会她的情人、老同学、领导，她的歌声赶着场子在城市的角落里飘荡，无人带到大街上。她的身体像灿烂的夜之花在遍地开放，趁着青春期的即将退场留一张风花的证明。这是鱼尾纹的可怜，在众目睽睽中她爱上了自己的歌声甚过身体却听不到歌声。

在 2 月 14 日浓情蜜意的夜晚，我拿起那个脸上爬满暗物质却依然在我心中漂亮着的女孩的手机，在黑暗占领的时间里给自己发了条简单的语音短信。第一次用语音短信，手机的屏幕光照亮了我的眼睛，在商家免费的季节里，需要短信的对象太多，只剩下自己最孤独。也许是这天通信线路无比拥挤，我很迟才收到它而且一直没有把它打开。我想从另一种媒介听自己的声音却不能，于是这个短信连同与咖啡在一起的夜晚成了我梦里的一只盛满秘密的透明匣子。

咖啡，咖啡

在阿拉伯的古文献上可以看到11世纪初期与咖啡有关的记载。该地区是将咖啡生豆晒干了再煎煮后当胃药喝的，意外中发现咖啡具有提神醒脑的良好效果，再加上伊斯兰教戒律苛严，禁止喝酒，伊斯兰教徒们便用烘焙后熬出来的汁液取代酒类成为兴奋性饮料。据说当地人懂得使用烘焙咖啡豆，已是13世纪后的事情了。此种相当于咖啡前身的黑色饮料，当时的煮法是先将生豆晒干，再烘焙，以杵捣碎，加水熬煮后，待残渣沉淀，饮用上层透明部分。以伊斯兰教圣地麦加为中心，先阿拉伯传至埃及，再传叙利亚、伊朗、土耳其等国家。

在这段被人用红笔圈点的文字旁有一行小蓝色字——咖啡因宗教的渗透而渗透。

而此时深夜中的我，正在朝另一种渗透迈进。一个人面对热气停止升腾的咖啡，白色的咖啡杯，小巧玲珑的瓷勺。闭上眼我可以把自己想象成坐在一个陌生的咖啡馆里忧郁的人，睁开眼我只是待在自己租借的狭小旧宅里。我的嗅觉听觉视觉几乎失去该有的效用，陷入，只有陷入才能帮助自己摆脱。

在有关"饮"的生活中咖啡要占据几分之几，百分之几，还是万分之几。多次我想要就这个关键词做一次随意的调查，我奇怪着为什么要保持着对生活的警惕性。而其导致的后果是在憧憬与惊恐之间不停地转换角色。我怀疑——一直怀疑着叙述的意义。任何刻骨铭心的叙述极易产生幻觉，将一个人引领进异地，就像面对咖啡，我说或者不说，都不会带走它本身的意义。

第三条河岸

夏天要到来的时候，挨着小景镇的藕池河还未见涨水的丁点迹象。傍晚镇里闲散的人们像往常一样在堤边散步聊天。但那天大家在河里看到了一条新崭崭的船。船停在河中央，看上去比捕鱼的划子、舢板要高大好几倍，又不同于普通的小机帆。桐油刷亮的舷、舱、甲板，甚至一颗铆钉都闪闪发光，远远地望得见夕照下的河流闪烁着满河金辉，那船就格外地金碧辉煌。很明显大家都被吸引，被一团燃烧的金光把眼睛迷乱了。它的来历、主人就成了河堤边站着的每张嘴里喷吐的词汇。

直到那个小木匠站到船头挥动粗壮的手臂，大家才停止议论，一齐目瞪口呆地盯着那一团渐渐消逝的金光。

小木匠姓胡，可人们常叫他水筐，要么就直接喊他小木匠。这不仅因为他是镇上木匠中间年龄最小的，还有的是几乎没人见过他打造过规模稍大点的家具。有人只见到别人从他家里搬出一张小方桌，几把小木椅，那些结婚的几组合从来不见有人找他定做。可如今小木匠水笙自己做了一条大船。

更叫人惊讶的是，他还把家当都搬到船上了。有人隔着二十来米远的河面和温柔地拂着面庞的河风，大声地冲着那条船喊话。声音都很兴奋，面对各式各样把疑问浓缩的喊叫，得到的回答一概是——

“我在这里住下了。”

没有人能说得出为什么水笙要在“这里”住下，按理说，他是个木匠，不是捕鱼者，即使是想改行当捕鱼者，早出晚归，也非常年浮在水上，在小景镇就从没先例有过住在河上的人。

接下来的一个多星期，水笙成了镇上被大家议论最多的人。“水笙跟船还在河上漂着？”“嗯！”这成了见面的招呼语。好奇心重的人去了他那破旧的房子，里面除了搁在墙角的几件木匠活工具，的确说得上空空荡荡，他与他捡回来的外地女人和为数不多的家当一齐住在河上了。隔得近的邻居们都说，真是奇了怪了，前两天还见他婆娘在外面晒豆角。

这事没有任何预兆，没人知道他是如何做好这条船，又是怎么弄下水的，这么大的事不可能不透露一点儿风声。水笙就是这样神神秘秘地在河里住下了。

镇上人慢慢地回忆起，他在哪里买过八个立方的上好杉木，他几次来买了铆钉，这段日子谁若掌握一些未知真实与否的线索，就会得意扬扬地宣扬出来。老实说小木匠水笙是镇上被忽略的一个人，从时兴买从南方来的家具后，木匠在镇上的位置就滑坡了。打棺材却成了抢手生意，可镇上这几年人老得似乎特别慢，木匠们的生意萧条到历史最低点。再加上这个沉默寡言、外貌丑陋、还只能打点小木器活的汉子，常年窝在镇顶西边的一间破屋子里，来人订做就干活，从不去与镇上人套近乎拉生意。他的生活不用想就能猜得出过得挺窘迫，“幸好还没孩子，要拖儿带女的够他好受”，有人背地里这么说他。可就是这个平时无法引人注目的汉子成了最受瞩目的人。

那条船很随意地在河面上漂着，漂了一天，一星期，半个月后，大家也逐渐淡忘了这个人，认为这不过是胡水笙哪根筋搭错了，搞得好玩。晚饭后照样去散步的人，有的就蹲在码头上咂吧咂吧着边吸烟边看看那条船，有的像是看一个固定的风景，久而久之都熟视无睹了。一件新鲜的事物被熟悉了，也就不如之初那么奇怪勾人了。

可这对夫妻吃什么？这个问题是大家好几天后才提出来的，后来有人就发现水笙在船上的舱厨里储下了不少食物，又有人发现深夜他曾把船划过来，抵岸后将粗壮的绳子系在码头的纤石上，他会把绳子放长一段，船就仍然是在水中漂着，隔着岸一段距离。从来就没有人大胆地想过要趁着他离开的这当儿偷偷跳上船，去探个究竟，他买好东西回来，就铆足臂力扯动绳索，把船一点一点地扯过来。他跳上船，收回绳子，不用掌舵，船就滑向河中心了。最奇怪的是，河里迟迟没有涨水，年年要涨水的河格外平静。有老人迷信地说，水笙的船镇住了河神。早知道这小子非同寻常。

日子久了，除了一些孩子在河边玩耍时好奇地说一说有关船和听来的关于水笙的消息，镇上的人都忙着各自的事，船只于是成了河面上的一个移动的风景。没有人再去绞尽心思地想那些总是被否定的关于水笙住在河上的理由。水笙被看作一个发神经的人。这样的人做事是没有规律和道理可循的，这样的人在镇上每年都会出现一两个。

第二年开春，镇上的接生婆不慎跌死了。“接生婆是个好人，死得太早”，许多被她接生来到这个世上的男人女人大人小孩都不免唏嘘感慨一番。即便如此，镇医院的妇产科已经逐渐被年轻点的女人接受，所以大家也未把接生婆的去世当作什么恐慌。可第三天下午，半个镇子的人发疯似的都拥到河边看热闹去了。大家议论纷纷公安把水笙抓起来了，说怀疑他与接生婆的死有关，还犯了溺婴罪。有人就把握十足地说，一个人无缘无故地搬到船上住了，早知道就有问题，这不，出事了吧。说归说，但没有个准词，派出所的人一言不发，板着面孔，几个人划着另外的三条船把那条“金船”押解靠岸。大家云遮雾绕地看着已经不再放射金光的船缓缓地移到岸边，胡子拉碴的水笙和他面色苍白的外地女人从舱里走出来。不知是在船上生活久的缘故还是内心的恐惧，那女人一上岸，腿就瑟瑟发抖。

虽然是人命关天，但因为接生婆独来独往，无亲无故，所以大家叹息着水笙冤里冤枉把命搭错了地方。过了几天，众说纷纭的奇谈怪论才逐渐变得口径统一起来。

有人说，水笙是带着怀孕的女人躲到船上生孩子，算命的说他命中与水和木有缘，要想生儿子就要将二者结合起来。水笙喜欢男孩，是大家有目共睹的，以前他只逗别人家的男孩玩，碰到女孩子玩游戏什么的绕过去走了，连头也不回。有人说，女人生的还是个女儿，接生婆这是帮他接的第四个女儿。前三个都被水笙溺死在马桶里，这次，他又亲手把孩子丢进了河里。接生婆心知这水笙盼儿子盼疯了，肯定不会放过女婴，虽然答应了水笙不将此事告诉任何人，但左思右想的她还是偷偷上派出所说了。有人说，水笙听闻接生婆的告密，在那天凌晨悄悄出现在她家门口，骇得本来胆小的她从台阶上滚落下来摔死了。也有人说水笙来只是为了讨些药方子去治他女人的小腹痛。

这事后来拉拉扯扯地挨了好些日子才有结果，水笙抓起来判了五年，虽然没有证据是他亲手害死了接生婆，但她受惊致死与他有关。

……这事总是要过去的，只是那段事发后的夜里住在河堤边的人家常说会听到河里有婴儿的啼哭，骇得小孩子们晚上规矩地待在家中，望着窗外的夜色打瞌睡。

那条金船不知被公安弄到哪里去了，问谁谁也说不准。第二年夏汛，河往猛子里涨水，老人说这是建镇有史以来最大的一次洪水，差点决堤淹了小景镇，这是有的人作了孽……

就是去年夏天，七八位朋友在长沙远人家中传读一篇叫《第三河岸》的短篇小说，它有好几个译本，另译作《河的第三条岸》，作者是巴西人罗萨。我在内心承认这是优秀短篇之一，它有点偏，选本鲜有见到，问过很多年轻朋友，都没读过。小说讲一个少年家庭幸福，有一天，父亲突然驾船在离家不远的河面上漂荡。他一直没有回来，也不肯回来，但也没离开这条河，只是漫无目的地在河上漂泊。不管刮风下雨，烈日严寒，父亲头戴草帽，衣衫单薄，一动不动地坐在船尾。他一年年地老了，没有人猜到他是何用意，也没有人知道他是怎么活下来的。只有“我”暗中地守护着我父亲。

当时朋友们分成两派争论这是不是最好的短篇的问题。我没有太多表态。我一直努力回忆着发生在小景镇的这个隐约故事，可惜那时我还小，从来没想过把这件事情问个究竟。我后悔，非常后悔，要是我知道得更清晰些，是否也可以写一个比《河的第三条岸》更漂亮的小说呢？

水笙，木匠，金船，女婴……这些残留在记忆中的模糊身影，在我头脑中极速旋转。假如时光倒流，对那个冷面巴巴的小木匠水笙来说，他有没有第三条河岸呢？